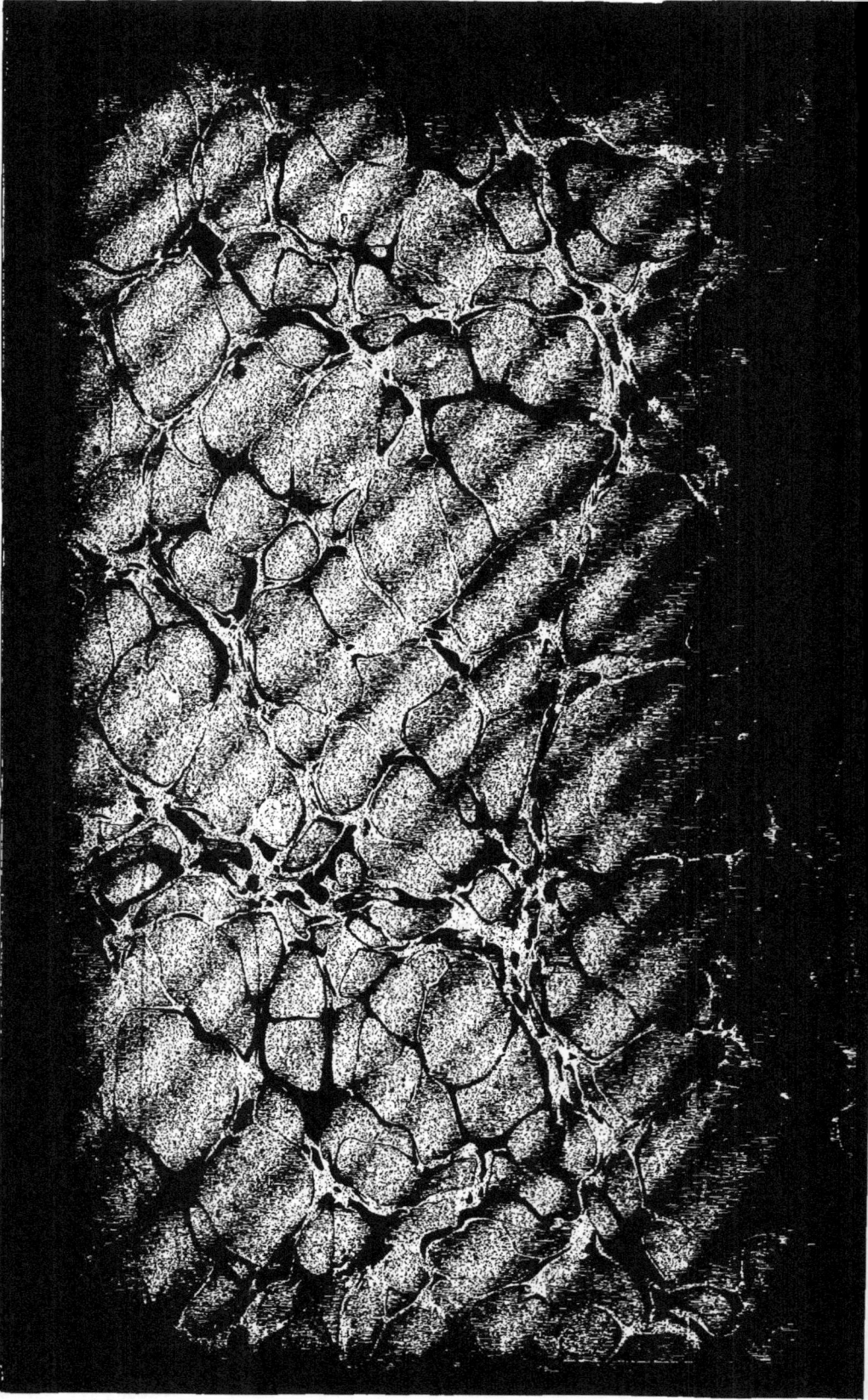

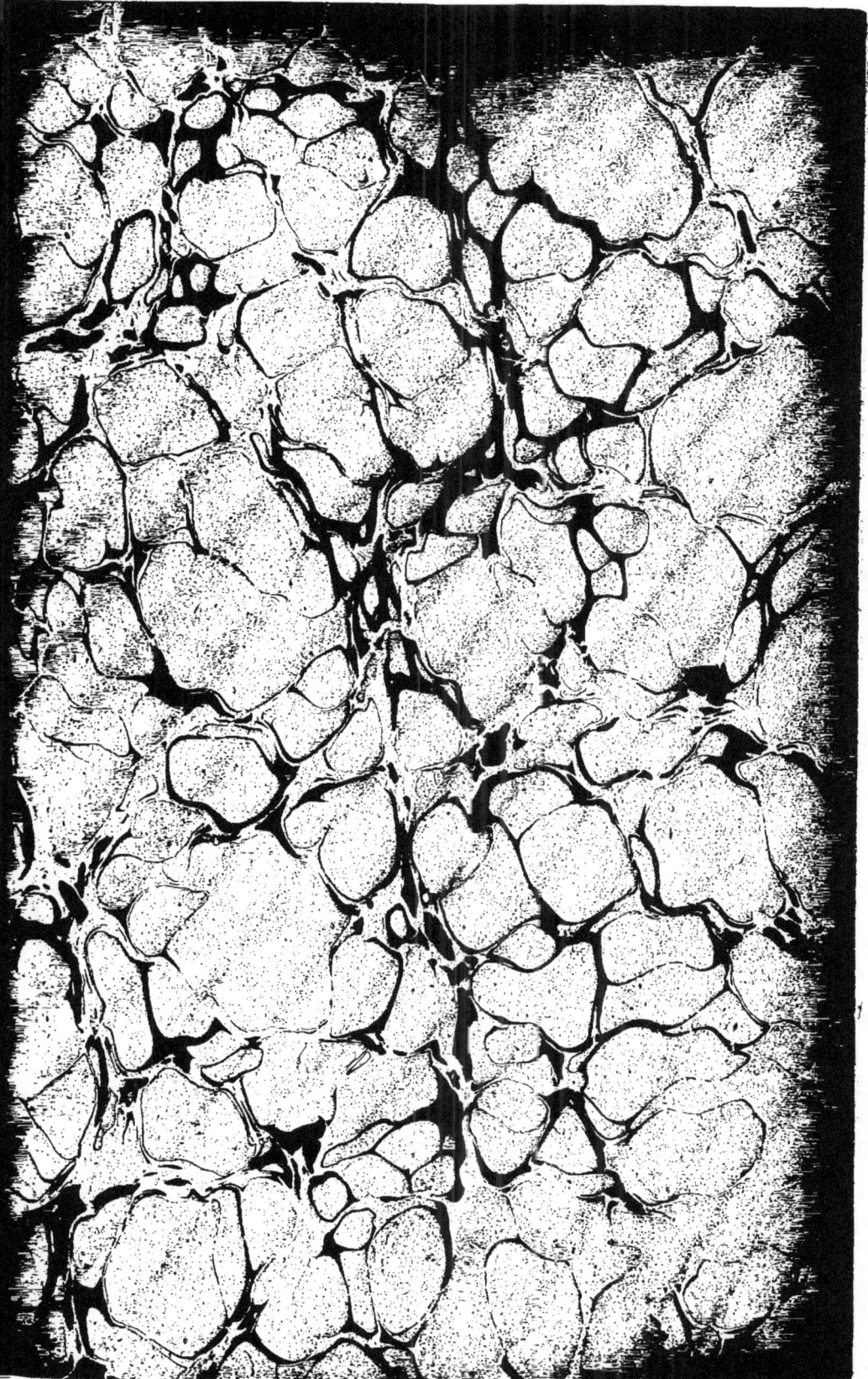

Gaston DUCHESNE

HISTOIRE

DE

L'ABBAYE ROYALE

DE

LONGCHAMP

Extrait du *Bulletin de la Société Historique d'Auteuil et de Passy*.

PRIX : 2 FRANCS

PARIS

A. CHARLES, LIBRAIRE

8, RUE MONSIEUR-LE-PRINCE, 8

1905

HISTOIRE

DE

L'ABBAYE ROYALE

DE

LONGCHAMP

DU MÊME AUTEUR

Merowig, scène barbare en vers. Charles, éditeur. 1 fr. 5o.

Devoir sacré, récit patriotique en vers.

Bulletin de la Société historique d'Auteuil et de Passy.

Histoire du Mont Valérien.

Histoire du Bois de Boulogne.

Histoire de l'ancien cimetière de Boulogne.

———

EN PRÉPARATION :

La Route du Pardon, roman.

GASTON DUCHESNE

HISTOIRE

DE

L'ABBAYE ROYALE

DE

LONGCHAMP

PARIS

CHARLES, LIBRAIRE

8, RUE MONSIEUR-LE-PRINCE, 8

—

1905

PRÉFACE

Aucun travail complet et suivi n'a encore été écrit sur l'Abbaye Royale de Longchamp. Des articles, des notes, des vers traitant du dix-septième siècle et de la promenade de Longchamp ont seuls été publ és par les historiens, les érudits et les poètes. Il y avait cependant une étude à faire concernant la fondation de l'abbaye, sa richesse et ses mœurs, tour à tour sévères par la règle qui lui avait été imposée par les papes et relâchées par les coutumes des seize et dix-septième siècles, sa décadence, sa ruine.

Longchamp offrait l'intérêt précieux cher au chercheur : Les religieuses élisaient leurs abbesses; le roi n'avait aucun pouvoir sur elles. — Fondée par Isabelle de France, l'abbaye devait être détruite par la Révolution et, comme peu de maisons religieuses, ne devait plus revivre. Sa carrière était limitée. Il n'en fallait pas plus pour entreprendre le travail que nous avons primitivement offert à la Société historique d'Auteuil et de Passy.

Sans avoir la prétention d'avoir tout dit, nous nous sommes attaché à réunir les matériaux, et, espérant n'avoir rien oublié, nous en avons dégagé l'ouvrage que nous donnons aujourd'hui aux lecteurs avides de détails curieux et de pittoresque.

Nous remercions tous ceux qui nous ont aidé à mener à bien ce travail, et notamment : l'éminent et dévoué secrétaire général de la Société historique d'Auteuil et de Passy, M. Émile Potin; M. Tabariès de Grandsaigne, chercheur fervent auquel rien n'échappe; l'aimable archiviste M. Lucien Lazard ; M. de Forges de Montagnac; M. le comte Fernand de l'Église. Grâce à eux, notre étude sur Longchamp pourra être utile à plus érudit que nous qui, à l'aspect de la tour écroulée qui orne encore un coin du bois de Boulogne, se souviendra de la royale abbaye et voudra en écrire une histoire.

GASTON DUCHESNE.

HISTOIRE

DE

l'Abbaye royale de Longchamp*

CHAPITRE PREMIER

FONDATION DE L'ABBAYE

L'abbaye de Longchamp fut fondée par Isabelle de France, fille de Louis VIII, dit Cœur de Lion, et sœur de saint Louis.

Après avoir consulté Geoffroy de Vierzon, Eudes de Boui, Guillaume d'Harcombourg, de l'ordre des frères mineurs, dame Isabelle avait écrit à Hémeric, chancelier de Notre-Dame de Paris (1) : « Je veux assurer mon salut par quelque pieuse fondation. Le roi Louis IX, mon frère, m'octroie trente mille livres parisis ; dois-je établir un couvent ou un hôpital ? » Le chancelier opta pour qu'on ouvrit un asile à des nonnes de l'ordre de Sainte-Claire. « La Révolution lui a donné tort, dit M. de la Bédollière : elle eût conservé l'hôpital, elle a démoli le couvent. »

Le roi décida d'établir ce couvent dans la forêt de Rouvray, non loin de la Seine. Il envoya sur la rive droite son chapelain Mathieu, qui, en avril 1255, acquit de Simon Duval Grimon, de Saint-Cloud, quatre arpents de terre

(*) V. Bull., t. I, p. 186 ; t. II, p. 181 ; t. III, p. 192 ; t. IV, pp. 34, 60, 94. — V. aussi Lobet (Paris. 1856, Hachette et Cie).
(1) P. HÉLYOT, Histoire des ordres monastiques, religieux et militaires, in-4, t. VII, p. 202.

I

assis au lieu dit l'*Oranger*, dans la censive de Sainte-Geneviève (1). Au mois de mai de la même année, il acquit, toujours au profit du roi, quatre arpents de terre au port de Suresnes, dans la censive de Jean le Flamand, et qui appartenaient à Hemeri de Montmartre (2).

Cette partie du bois était fort fréquentée par des gens de mauvaise vie, qui y commettaient grands crimes envers les voyageurs ou de pauvres passants et lui avaient mérité le nom de *coupe-gorge*. Elle était située sur la paroisse d'Auteuil, parce que le village *des Menus*, dont elle était voisine, dépendait alors de cette paroisse. Ce ne fut qu'en 1343, un siècle environ après la fondation de l'abbaye de Longchamp, que le village des Menus fut érigé en paroisse par Foulque de Chanal, évêque de Paris, et l'abbaye de Longchamp passa à la paroisse des Menus-les-Boulogne.

Le 10 juin 1256, saint Louis vint poser la première pierre de l'église abbatiale au lieu choisi. Il fit à cette occasion un long discours et dota l'abbaye de quarante arpents pris dans la partie de la forêt avoisinante. Ce fut cette partie de terrain, défrichée et cultivée, qui forma la plaine de Longchamp. Voici, du reste, ce que dit Danielo (3) sur la pose de la première pierre :

« Avec grande pompe et magnificence, accompagné de la reine Marguerite, sa femme, et de Louis, leur fils aîné, de notre sainte Isabelle et d'une suite infinie de princes, princesses, dames et autres gens de toute sorte d'états, le roi Louis fit planter la croix par le révérendissime prélat diocésain et tout à l'instant, de sa main royale, il mit la première pierre, et la reine Marguerite la seconde, leur fils la troisième et notre sainte par humilité la quatrième seulement. Lors, au-dessus du lieu, on aperçut voler en l'air

---

(1) Arch. Nat., L. 1020. Cet achat fut amorti par les abbés et religieux de Sainte-Geneviève de 28 deniers de cens à eux dus par l'abbesse et les religieuses de Longchamp, à la prière du roi saint Louis et de Mme Isabelle, moyennant 10 livres.

(2) Arch. Nat., L. 1020. Cet achat fut amorti par l'abbesse de Montmartre en septembre 1262.

(3) Biblioth. Nat., Danielo : *Vie d'Isabelle de France* (1840, in-12). (L. 27 n, 10075).

trois colombes blanches des plus belles et rayonnantes qui se soient jamais vues, et ce qui étonna davantage les spectateurs, ce fut quand ils apprirent par le rapport d'anciens du pays qu'il n'était point nommé d'en avoir jamais vu de semblables ; sur cette apparition, la reine régnante prit notre sainte par la main et lui dit : « Belle-sœur, voyez-« vous ces oiseaux, ils signifient je m'assure que la Sainte « Trinité est au convenant de votre œuvre », et le certifient ainsi de leur propre bouche : Agnès, sœur Isabelle de Rheims, sœur Agnès d'Aneri, sœur Julienne, sœur Mahault de Goderville et d'autres, qui ont dressé lettres patentes pour perpétuer la mémoire, en la date de décembre 1262. »

Après le discours du roi, sœur Tremblay de Courcelles, qui tenait lieu de supérieure, s'agenouilla devant sa majesté ; puis, s'étant relevée avec humilité, lui adressa des remerciements.

Le pape Alexandre IV, ayant été prévenu du vœu qu'avait fait Isabelle de France, envoya des bulles sous la date onzième de son pontificat (1257) et confirma les actes de saint Louis à cet effet par bulles de 1258 (1).

L'abbaye fut achevée en 1259 ; les trente mille livres parisis de saint Louis étaient dépensées.

Le 12 février 1259, une nouvelle bulle d'Alexandre IV, datée d'Agnano, autorisait les religieuses à occuper l'abbaye. Ces premières religieuses furent tirées de l'abbaye des filles de Saint-Damien d'Assise, qui était établie à Reims (ordre de Sainte-Claire). Ce furent les sœurs Gilles, Étienne, Ade, Angre, Agnès d'Aneri, Julienne, Agnès de Crespi, Mahault de Goderville, Désirée, Marie du Tremblay, Marguerite du Tremblay, Mahault de Fontenay et Isabelle de Venisse, qui leur servit de présidente (2). Elles entrèrent à l'abbaye le 23 juin 1260 (3), et saint Louis, présent a cette cérémonie avec toute sa cour, gratifia les religieuses de trente nouveaux arpents proches de leurs murs.

Il s'éleva bientôt autour de l'abbaye un petit village, qui

(1) Arch. Nat., LL. 1600.
(2) Bibl. Nat., Mss français 11662.
(3) Arch. Nat., LL. 1604.

fut le village de Longchamp. La première maison en fut construite par Isabelle de France, qui l'habita.

Les maisons de ce village, en petit nombre du reste, comme nous le verrons au chapitre II, furent habitées par des personnes qui n'étaient et ne furent pas religieuses, comme en témoigne la lettre suivante de Philippe VI de Valois, en date du 13 décembre 1341 (1) :

« C'est la copie d'une lettre du roy pour demoiselle Helehuys des mesons que damoiselles Xandre et Marie de Sars demouroient, là hors ou pourpris de l'église de Longchamp.

« Philippe, par la grâce de Dieu, roi de France, à nostre bien amée en Dieu l'abbaiesse de Lonc champ près de Saint Clou, salut et dilection. Heluis de Port, damoiselle, nous a fait supplier que comme elle soit ancienne de l'age IIII^{xx} ans ou environ, et ait servi longuement plusieurs dames en France et dorrainement la comtesse de Bouloingne, et pour la faiblesse et l'ancienneté de sa personne ne puisse plus bonement servir, nous li vousissions octroyer pour sa demourance la habitation ou soloient estre, oudit lieu de Lonc champ, damoiselles Cendre et Marie, avec l'aisement d'un petit jardin, en la manière que ycelles damoiselles le souloient tenir ; laquelle chose, de grâce espécial en tant comme à nous appartient et puet appartenir, nous avons ottroiée et ottroions à ladicte damoiselle Heluis. Si vous prions et mandons que la dicte habitation et jardin vous li faictes délivrer, et d'iceus la laissiés joir à sa vie en la manière que dict est, sans ce que aucun empeschement li soit mis. Donné à Saint Denis le XIIIe jour de décembre l'an mil CCCXLI. »

Plus tard, nous trouverons d'autres pièces se rapportant à des personnes non religieuses qui habitèrent même des chambres à l'abbaye.

(1) Arch. Nat., L. 1021, reg. du xiv° siecle. Cette maison était dans la plaine, hors les murs, près de Menuz-les-Saint-Cloud. Par une lettre de 1349, datée de Fontaine-Notre-Dame, en Valois, Philippe, sur les instances de Blanche de France, sa sœur, fit don à l'abbaye de cette maison et du jardin attenant, à la mort d'Hélehuys du Sars. (Arch. Nat., J. J. 68, n° 384, et K. 44, n° 17.)

(Cliché Neurdein frères.)

ISABELLE DE FRANCE*.

* Cathédrale de Chartres, détails du portail nord, baie centrale. piliers de l'avant, à droite
Isabelle a, à sa droite, saint Zacharie ; à sa gauche, plus en avant. Louis VIII, son père. —
Saint Louis, son frère. figure aux grandes statues de droite de la baie latérale de droite du
même portail, avec un sac de pénitence et les pieds nus. (*Chartres, sa cathédrale, ses monu-
ments*, par A. CLERVAL.)

Ce ne fut véritablement qu'à partir de 1263 que la princesse Isabelle se retira à Longchamp. Elle y vécut misérablement vêtue et, de ses propres mains, répara les vêtements des pauvres et les siens. Elle prépara ses aliments, généralement grossiers, et alla elle-même en toute saison, quel que fût le temps, puiser à la Seine l'eau nécessaire à son usage ; aussi ses mains fines et délicates se fendirent et se gercèrent (1).

Le 22 février 1269, elle sentit les approches de la mort. A l'exemple de la reine Blanche en pareille agonie, elle se fit mettre sur la paille et, ayant appelé autour d'elle ses compagnes, elle leur fit de touchants adieux. Elle expira quelques instants après, âgée de quarante-cinq ans.

Le roi Louis IX s'apprêtait à s'embarquer pour sa dernière expédition en Palestine, lorsqu'on le prévint de la mort de sa sœur. Il accourut aussitôt à Longchamp et assista aux funérailles. Pendant toute la cérémonie, il se tint à la porte de l'église pour empêcher d'entrer les personnes dont la présence n'était pas nécessaire. Il prononça ensuite un petit discours plein d'onction, pour consoler la communauté d'une perte si douloureuse, et lui annonça que, par son testament de février 1269, il lui léguait 60 livres parisis.

L'année suivante, en 1270, le corps d'Isabelle, revêtu de l'habit de l'ordre de Saint-François, qu'elle n'avait point porté pendant sa vie, fut placé dans une châsse et exposé publiquement à l'adoration des fidèles dans l'église abbatiale. Le couvent, Mme la comtesse de Flandre, Mlle Marie, sa fille, qui était dame d'Oudenarde, Mgr Guillaume de Guise, son chapelain et plusieurs autres personnes assistèrent à la translation. Puis Isabelle fut enveloppée dans une étoffe de soie de couleur pourpre. La châsse, en bois de chêne, large de deux pieds, longue de six, fut renfermée dans un cercueil de pierre ; le tout fut couvert d'une pierre tombale, élevée de terre d'environ un pied et demi, et placé dans le chœur de telle sorte qu'au delà de la grille et dans le

(1) Arch. Nat., L. 1029, Mss de la vie d'Isabelle, par Agnès d'Harcourt.

chœur étaient la tête et la partie supérieure du corps,
et que toute la partie inférieure était en deçà et en dehors du
chœur. Sur cette tombe on voyait l'effigie de la sainte
d'après nature. Elle y était représentée couchée de son
long, un livre sur la poitrine, les pieds sur le grand autel,
vêtue en religieuse de Saint-François, avec le manteau
royal semé de fleurs de lys et une couronne sur la tête (1).

L'abbé d'Herville nous dit qu'autour de ce tombeau était
une épitaphe en vers latins : *In pace factus ; est locus
ejus.*

En 1517, on s'occupa de nouveau d'Isabelle de France.
On parlait d'un grand nombre de miracles opérés sur sa
tombe ; il était bruit surtout de celui dont avait été l'objet
sœur Jeanne Charphande en 1516, miracle dont la relation
écrite était suspendue à l'entrée de l'église. Le pape Jules II
adressa aux religieuses une bulle, dans laquelle il leur
octroyait la grâce de célébrer l'office divin pour sainte
Isabelle, le dernier jour du mois d'août. Cette bulle fut
présentée par Le Franc de Spinolle, Génois habitant Paris,
le 19 janvier 1517. Le Franc de Spinolle la remit aux mains
d'un banquier du nom de Fristobaldi, qui ne voulut la
livrer aux religieuses que moyennant 240 écus d'or. Les
religieuses se récrièrent ; mais, par la sollicitude de frère
Robert Messier, docteur en théologie et confesseur à Longchamp, qui avait composé l'office propre de la sainte, la
bulle fut retirée moyennant 100 écus d'or, qui lui furent
prêtés par un de ses amis.

La bulle enfin entra au monastère, le 23 août, par les
mains de frère Robert Messier, accompagné de frère Adam
Falconis, confesseur à Longchamp, et de maître Pierre du
Puys, procureur de la maison, après complies, tandis que
les cloches sonnaient à toutes volées et que les religieuses
chantaient le *Te Deum laudamus.*

Puis, comme la bulle était adressée au cardinal Adrien
de Boissy, légat de France, évêque d'Albi, frère Robert
alla le trouver en Berry, afin de la lui présenter. Le cardinal

(1) Voir, à ce sujet, *Danielo* : 1840, in-12. Bibl. Nat., L. 27 n,
10075.

de Boissy envoya alors à Longchamp un commissaire, Antoine Balenier, doyen de Bougival, afin de s'informer des miracles opérés par Isabelle, et Antoine Balenier, assisté d'un conseil et de plusieurs docteurs en théologie, ayant reconnu les miracles pour véridiques, en informa le légat, qui consentit seulement à approuver la bulle (21 décembre 1517). Il y avait alors à Longchamp soixante-douze religieuses, sous la direction abbatiale de Catherine la Picarde (1).

Le pape Léon X fut, à son tour, informé par les religieuses que les miracles continuaient sur la tombe de la sœur de saint Louis ; il s'enquit de la vérité des faits et, ceux-ci ayant été déclarés véridiques par ses commissaires, il mit Isabelle au rang des bienheureuses par sa bulle du 3 janvier 1521.

Le pape Urbain VIII permit, en 1637, de retirer du tombeau le corps d'Isabelle et de l'exposer à l'adoration constante des fidèles. Le 4 juin 1637, Jean-François de Gondi, premier archevêche de Paris, le fit enchâsser et mettre entièrement dans le chœur.

En 1670, l'abbesse Claude de Bellières obtint du pape de célébrer l'octave au nom d'Isabelle (2).

(1) On en trouve la liste au ms français 11662. — V. les listes aux documents, à la fin de cette histoire.

(2) Dans le *nécrologe* et les *calendriers* de Longchamp du XIII° siècle, Isabelle est simplement appelée : *Illustrissima Domina Isabellis, mater nostra, fundatrix istius Ysabellis.* (Chastelain, p. 712). Ce n'est que depuis François I° qu'elle est appelée, dans le martyrologe : *Sacratissima mater nostra sanctissima Ysabellis.* Il y eut une dernière addition au XVI° siècle, dans laquelle on assure hardiment, contre le témoignage d'Agnès d'Harcourt, que la bienheureuse Isabelle avait fait profession de la vie religieuse dans ce couvent.

CHAPITRE II

LES BATIMENTS DE L'ABBAYE
LEURS AGRANDISSEMENTS ET LEURS EMBELLISSEMENTS

Avant de pousser plus loin l'histoire de l'abbaye, il est intéressant de savoir ce qu'en étaient les bâtiments.

La seule description à peu près exacte qui en a été donnée ne remonte pas au delà du xviiiᵉ siècle. Cependant il est facile de se rendre compte de l'ensemble des constructions, d'après les documents relatifs aux agrandissements et aux réparations.

En premier lieu, il ne fut construit que l'église et un bâtiment claustral faisant suite au bras gauche de la croix formée par l'église. Plus tard, au xivᵉ siècle, se construisirent les ailes, qui portent sur notre plan les lettres B et C. Ce qui fut le petit village est figuré par les bâtiments qui portent les lettres E, F, I ; la porte d'entrée du couvent était en *n* ; le bâtiment E semble avoir été la maison d'Isabelle. Le bâtiment G fut occupé par les communs et les écuries. Ce ne fut qu'au xvᵉ siècle que les bâtiments D furent édifiés, le monastère devenant trop petit pour suffire au nombre des religieuses qui prononçaient leurs vœux à Longchamp.

L'ensemble de ces bâtiments était entouré d'un mur (1).

(1) Ce fut par lettres datées du Louvre, le 15 avril 1367, que le roi ordonna à l'abbesse de faire construire ce mur en pierre de taille et de faire garnir les fenêtres de grillages. — Arch. Nat., K. 49 (nᵒ 17).

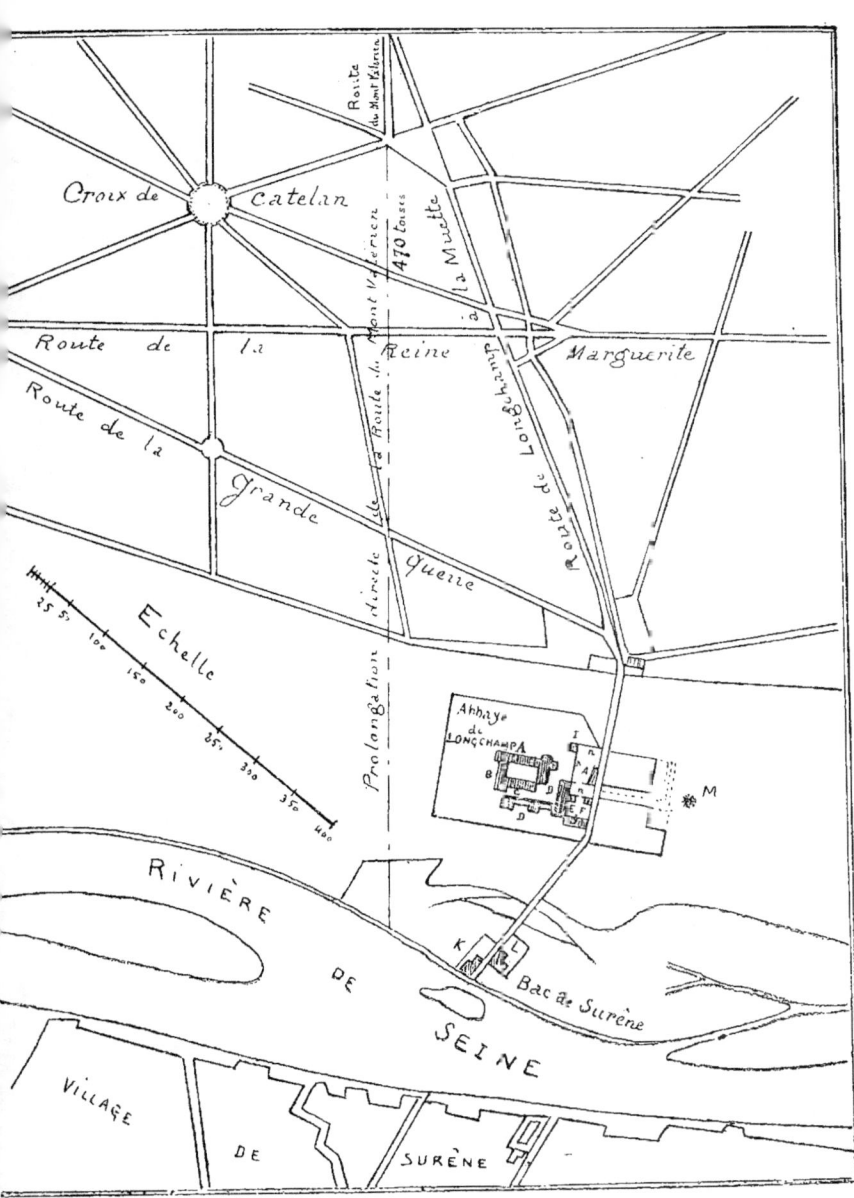

Croix de Catelan

Route du Mont Pélerin

470 toises

la Muette

Route de la Reine

Marguerite

Route de la

Grande

Guerre

Route de Longchamp

Route du Mont Valérien

de Longchamp

Echelle

25 50 100 150 200 25, 300 35, 400

Prolongation directe de la

Abbaye de LONGCHAMP

I

B

A

D

E

F

M

RIVIÈRE DE SEINE

K L

Bac de Surène

VILLAGE

DE

SURÈNE

Un mur intérieur N séparait entièrement la partie claustrale du reste des communs. L'extrémité du bâtiment D devint le parloir, l'autre partie l'infirmerie et le réfectoire. Comme nous le verrons, on y louait des chambres.

Voici une description de l'abbaye au xviii° siècle.

Le monastère était un bâtiment long, percé de petites fenêtres d'égales dimensions sur un étage élevé. Le toit était haut et percé de lucarnes qui appartenaient aux greniers.

L'église est d'un beau style gothique, avec de longues fenêtres ogivales, dites *lancettes* ; ses contreforts, ses arcs-boutants sont élégants, la flèche est hardie, l'ensemble est en forme de croix. Un des bras communiquait avec le bâtiment claustral, et l'autre avec l'entrée de l'abbaye, par une cour. Cette entrée se composait d'une grosse tour et d'une salle spacieuse, qui servit d'abord de parloir Ces bâtiments furent entourés d'une double muraille. Entre ces deux murs s'étendait un jardin bien cultivé, plein de beaux ombrages et de grands treillis. Le mur extérieur était soutenu par des contreforts. La porte, d'aspect monumental, était flanquée d'une tourelle qui donnait à l'abbaye l'aspect d'une résidence féodale.

Cette église avait été construite entièrement avec de la pierre extraite du coteau de Chaillot. Elle était grande et garnie de boiseries. Près de la porte d'entrée, on remarquait le mausolée de Jean II, comte de Dreux, grand chambrier de France, mort le 7 mars 1309. Sa statue, de marbre blanc, le représentait, dans le costume du temps, couché sur un sarcophage de marbre noir. Les lambris de la chapelle de la Vierge étaient ornés de peintures représentant sa vie ; sur l'autel, il y avait une Assomption. La décoration de cet autel fut refaite au xvii° siècle. Le maître-autel, orné de colonnes torses, reçut plus tard un tableau représentant l'Annonciation. Les autres tableaux du sanctuaire étaient : à droite, une *Adoration des bergers* et le *Sacrifice d'Abraham* ; à gauche, une *Sainte Anne montrant à lire à la Vierge*, et les *Saintes femmes près du corps de Notre-Seigneur*.

On voyait dans la sacristie, près du maître-autel, un *Saint Bruno*.

Sur l'autel de la chapelle de gauche, était une *Descente de Croix* ; sur les lambris, on avait représenté les prophètes et quelques saints. C'est près de cette chapelle que se trouvaient les tombes renfermant le corps du prince Louis, enfant de saint Louis, mort en bas âge, et de son autre fils Jean (1).

Nous rappelons, pour mémoire, le tombeau d'Isabelle, la fondatrice dont nous avons parlé au chapitre Ier.

Il y avait trois autres tombes dans le chœur. L'une renfermait les entrailles de la reine Jeanne de Bourgogne, femme de Philippe le Long, morte en 1329. Derrière celle-ci était la sépulture de madame Blanche, sa fille, décédée en 1358 (2). La troisième était celle de Jeanne de Navarre, fille de Philippe, comte d'Évreux (3), morte le 3 juillet 1387.

Sur le mur le plus proche de ces tombes étaient peintes les images de saint Louis et de sa sœur, puis une série de religieuses, sous les portraits desquelles étaient inscrits les noms de : Jeanne, fille du roi de Navarre ; Magdaleine de Bretagne ; Jeanne et Marguerite, filles de Godefroy de Breban ; madame Blanche, fille du roi de France (4).

Sous les portraits de saint Louis et de madame Isabelle on lisait cette inscription : *C'est nous, Louis, roi de France, et madame sainte Isabelle, sa sœur, lesquels fondèrent le monastère de céans l'an de grâce 1260, à l'honneur de Dieu et de sa très digne et bénite mère, la dame glorieuse Vierge Marie.*

Parmi les tableaux qui ornaient le chœur, on remarquait un *Christ*, peint par Blanchard, un des grands colo-

---

(1) Surnommé *Tristan* ; il était né en 1250, pendant le siège de Saint-Jean-d'Acre. Il reçut en apanage le comté de Valois et mourut de la peste quelques jours avant son père, à Carthage, en 1270. Il portait le titre de comte de Nevers. (V. chap. VIII.)

(2) Pour la description de ces tombes, voir la fin du chapitre intitulé : *Cimetière et tombes*.

(3) Ce prince mourut à Xérès, en 1343, des blessures qu'il reçut au siège d'Algésiras, dans le royaume de Grenade.

(4) V., à ce sujet, Arnold Von Buchel, p. 91, et les *Antiquités françaises* du P. Monfaucon, t. II, p. 121.

ristes de l'École française ; un *Saint Roch* ; *Notre-Seigneur mangeant chez Madeleine et Marthe* ; *Sainte Isabelle recevant des mains d'un ange le cordon de saint François* (1).

Sous le règne de Louis XIV, le peintre Philippe de Champaigne fut chargé par les dames de Longchamp de consacrer le souvenir de la sœur de saint Louis dans un tableau qui la représentait à genoux, sous le costume de religieuse (2), avec le manteau royal, et soumettant le plan de l'abbaye à l'approbation de la Sainte Vierge. Nous ignorons ce qu'est devenu ce tableau, qui resta jusqu'en 1791 à l'abbaye (3).

Le dallage de l'église comprenait un grand nombre de tombes, sous lesquelles reposaient les pères Cordeliers, aumôniers et confesseurs de la maison.

Il y avait également dans l'église deux vierges de marbre blanc, décorées de broderies et d'autres ornements en dorure (4). Deux autres vierges, en pierre de Lorraine, étaient exécutées dans le même style. Une des statues en marbre blanc fut rendue à Mme la marquise de Vibraye, par ordonnance du 22 juillet 1820. Cette statue avait quatre pieds et demi de hauteur (5).

Le cloître et le monastère avaient été peints par une religieuse au XVIIIe siècle.

Tel était l'état de l'abbaye au temps de sa splendeur. Les premiers bâtiments construits, l'église et le cloître attenant, avaient subi des modifications et des réparations qui en firent le monastère somptueux que nous venons de visiter rapidement. Les bâtiments primitifs avaient été construits un peu à la hâte ; un seul mur les entourait. Dès 1290, il avait fallu songer à les consolider. Mais l'ab-

(1) *Guide des amateurs et des étrangers*, 1737, p. 25.
(2) C'était une erreur, car sainte Isabelle ne porta jamais le costume de religieuse.
(3) Il a dû être détruit, comme tant d'autres œuvres de cet illustre artiste sur lesquelles la fatalité s'est abattue si cruellement.
(4) *Musée des Petits-Augustins* catalogue n° 25). *Inventaire des richesses d'art de la France*, t. II, p. 64, n° 142.
(5) *Idem*, t. III, p. 305, n° 69.

baye n'était pas encore assez riche, et il fallut attendre l'année 1311 pour procéder aux réparations nécessaires. Une supplique fut adressée à Philippe le Bel et le mit au courant de la situation. Le roi répondit en envoyant à Longchamp ses architectes (11 mai 1311), avec ordre de remettre le monastère en état à ses frais.

Peu de temps après, Charles le Bel, par lettres patentes datées de Toulouse, 22 janvier 1324, ordonna de réparer de nouveau les bâtiments et d'agrandir la fontaine, située dans la cour d'entrée de l'abbaye. Il enjoignit à ses trésoriers de fournir l'argent nécessaire (1). Mme de Beaujon avait obtenu, le 8 janvier 1319, la permission de se construire une chambre à l'abbaye. Ce fut l'origine d'une aile qui devait être convertie en parloir.

A la suite des événements qui signalèrent l'année 1360, c'est-à-dire l'occupation par Édouard III de Châtillon et de Montrouge (7 avril 1360), les religieuses, craignant d'être pillées et violentées, quittèrent l'abbaye pour se réfugier à Paris. Le monastère subit quelques déprédations. A sa rentrée vers la fin de l'année, l'abbessse Maria III dut édifier une nouvelle fontaine, dans la cour extérieure, et construire deux cheminées pour l'infirmerie (2).

En octobre 1371, les religieuses reprirent la vie commune qu'elles avaient dû abandonner, fuyant devant les bandes de Robert Knolles. Agnès de la Chevrelle, abbesse, fit réparer la « charpenterie » et le plomb du clocher, qui menaçait ruine, fit refaire le lambris du dortoir, réparer la maison près de la porte, mettre en état les fontaines et procéda à quelques autres menues réparations. Elle restaura également l'écluse située au-dessous du bac. Il y avait donc déjà, à cette époque, une écluse à Suresnes. Enfin, au-dessus du dortoir elle fit construire deux grands greniers (3).

Jeanne de la Neuville, qui succéda à Agnès de la Chevrelle, fit refaire les cheminées de la grande cuisine et de

(1) Arch. Nat., K. 41 (n° 5).
(2) Lettres de *sauvegarde et de committimus* accordées par le dauphin Charles à l'abbaye. — Arch. Nat., K. 47, n° 56 (août 1359).
(3) Arch Nat., LL. 1604.

l'infirmerie, ainsi que la couverture de tout le cloître.

Le 7 décembre 1401, Gilles de la Saule, prêtre procureur de l'abbaye, lui donna un tronc pour recueillir les aumônes. Ce tronc avait deux clefs, l'une entre les mains des trésorières, l'autre conservée par l'abbesse.

Durant les dernières guerres, le couvent avait tant souffert que l'abbesse Maria III, dont nous parlons plus haut, dut vendre, faute d'argent, plusieurs reliques, pour solder les réparations urgentes aux bâtiments et nourrir ses religieuses.

Au commencement du xvie siècle, l'abbesse Jacqueline de Mailly dut ordonner de nouvelles réparations. Les bancs du chapitre furent remis en état, on renouvela les tables et les bancs du réfectoire; l'abbesse fournit elle-même l'argent nécessaire. Le cloître fut entièrement refait et lambrissé à neuf. L'infirmerie, qui n'était que de la hauteur du jardin, fut surélevée. Dans le chapitre relatif à la fortune de l'abbaye, on verra qu'à cette époque elle vivait à grand'-peine et misérablement. Les devis de ces différents travaux s'élevèrent assez fort, à la grande frayeur des religieuses, et Jacqueline de Mailly dut recourir à ses parents, qui soldèrent le tout. Elle fit également édifier une petite chapelle dans le jardin.

Quelques années avant 1607, avait été établie dans l'église une chapelle dédiée aux *Onze mille vierges*. Le 3 octobre 1608, l'abbesse Catherine Brulart obtint du pape Paul V une bulle qui permettait aux religieuses d'inaugurer cette chapelle et d'y prier pour les âmes du purgatoire. Au reçu de la bulle, l'abbesse donna ordre de lambrisser le pourtour de la chapelle. A cette occasion, le frère de l'abbesse, Nicolas Brulart, fit don d'une lampe d'argent du poids de 20 marcs, de deux burettes, d'un bassin, d'une coupe de vermeil pesant 5 marcs, d'un bassin d'argent pesant 3 marcs. L'abbesse, en 1608 et 1609, fit remplacer les bancs de l'église par des chaises, qui coûtèrent six mille ducats.

Vingt ans plus tard, l'abbesse Isabelle Mortier fit reconstruire le grand colombier, qui menaçait ruine (coût : 3.868 livres), et installa trois sculptures sur la grand'porte

=

de la maison. En 1632, elle fit refondre les trois cloches (coût : 473 livres 6 sols), qui furent bénies par le confesseur, le P. Cambronne. La grosse cloche fut nommée *Marie* et eut pour parrains M. le président de Bellières et Mme la procureuse générale Mote ; la seconde, *Isabelle*, eut pour parrains M. Scarron, conseiller à la cour, et Mme Duvier ; la troisième eut nom *Louise*, et ses parrains furent M. Hardy, receveur des tailles au Mans, et Mme la générale Parfait. A cette occasion, les parrains donnèrent à l'abbaye 478 livres, ce qui couvrit les frais.

En même temps, l'abbesse faisait refaire les sculptures du petit autel des *Onze mille vierges*, pour 920 livres. En 1635, elle édifia une chapelle dans l'église, du côté des bâtiments près de la porte, en l'honneur de saint François et de sainte Isabelle de France.

En 1640, l'infatigable Isabelle Mortier fit sculpter une partie du chœur et installa une grille pour le séparer du reste de l'église (coût : 1.107 livres 5 sols). Avant d'abdiquer, elle donna à l'abbaye un reliquaire en vermeil du poids de 7 marcs et demi ; 200 livres pour acheter un ciboire, et une tenture de 8 pièces de tapisserie qui lui coûtèrent 1.100 livres. Cette tenture orna le côté gauche de l'église.

L'abbesse Catherine III de Bellières s'occupa de faire réparer la chapelle du jardin et joignit par une clôture cette chapelle au couvent. Elle y fit transporter des sculptures ainsi qu'un fort beau tableau. Elle agrandit le cimetière, en reculant le mur de fond. En 1654, elle abattit le parloir délabré et le remplaça par un beau pavillon qui contenait deux parloirs, l'un au rez-de-chaussée, l'autre au-dessus du côté de l'église et « à côté de l'appartement de l'abbesse que nous appelons la chapelle. »

Vers 1665, le règne abbatial d'Anne de Bragelonne fut marqué par l'érection d'un autel en l'honneur de saint Antoine de Padoue, dans la salle commune. Cet autel fut surmonté d'un tableau le représentant.

En 1669, l'abbesse Claude de Bellières fit réparer le monastère et principalement la chapelle où reposait le

Plan tant de l'Abbaye Royalle de Longchamp que des terres qui entourent ladite Abbaye qui contient au total 249 arpents 49 perches & tiers

Echelle

90 80 70 60 50 40 30 20 10

Nord

Orient

Occident

Midy

Rivière De Seine

Logement du Passeur

Emplacement De l'Abbaye De Longchamp

Abbaye

Moulin de Longchamp

Porte de Longchamp

M. Mignot De Lamarche

Bois De Boulogne

Route de St Denis

corps d'Isabelle, la fondatrice, pour laquelle elle avait une grande dévotion.

Ce fut Anne-Marie de Bragelonne qui fit établir à l'abbaye une horloge à ses frais.

Les dépenses étaient grandes pour exécuter toutes les réparations devenues urgentes en l'an 1698. Aussi en fit-on d'abord un relevé. Il fut décidé qu'on commencerait par la restauration du grand portail, en 1702. Les dépenses devaient s'élever à 41.788 livres 10 sols et seraient comblées par un droit de coupe dans la forêt de Carnel (1). Nous aurons à nous en occuper au chapitre des procès de l'abbaye. Disons seulement ici que les religieuses purent remettre leur maison en état d'année en année, comme il avait été décidé. Cela durait encore sous l'abbesse Catherine-Élisabeth le Cosquino, en 1720, et même sous Maria-Jeanne le Jan, en 1724. Il fut procédé, le 5 mai 1722, à la vente et adjudication au plus offrant et dernier enchérisseur, à la manière accoutumée, des baliveaux étant sur les 30 arpents de bois dépendant de l'abbaye en la forêt de Rougeon, à la charge de l'adjudicataire d'ouvrir des fossés pour l'écoulement des eaux dans ledit bois ; et les religieuses devaient les entretenir. Ces baliveaux vendus devaient produire 2.500 livres, d'après les procès-verbaux des 29 décembre 1721 et 9 février 1722 ; et les réparations s'élevaient encore à 4. 964 livres (2).

Comme on le voit, l'abbaye de Longchamp eut besoin de fréquentes réparations.

L'abbaye tirait son eau de deux fontaines, l'une établie dans la cour d'entrée, l'autre dans la cour formée par l'ensemble des bâtiments claustraux. Les religieuses tiraient également leur eau de la *Fontaine du Veau d'or*, établie à Suresnes. Une conduite amenait les eaux sous le lit de la Seine jusqu'à une fontaine du cloître, comme l'établit une sentence rendue le 13 juillet 1615. Nous verrons au chapitre VII les dissensions qu'elles eurent, à ce sujet, avec les habitants de Suresnes (3).

(1) Aujourd'hui *Carnelle*, près de l'Ile-Adam, propriété comaniale louée en chasse.
(2) Arch. Nat., E. 954ᴬ (47).
(3) Arch. Nat., Q1, 1067.

Une description du dix-huitième siècle mentionne :
« La porte (de l'abbaye) est à 2.300 mètres de Passy et à
800 mètres du port de Suresne. Elle a Paris à son orient à
la distance de deux petites lieues, et presque de front, elle
regarde le magnifique château du Louvre. Son pourpris
commence à l'orée d'en bas du bocage de Boulogne. La
rivière de Seine sépare le méridional de l'abbaye d'avec le
bourg de Saint-Cloud. »

La porte était surmontée de l'inscription suivante :

> Mon titre est l'humilité,
> Titre à qui l'orgueil fait honte,
> O l'heur de cette vileté
> Qui n'est pas bas, jamais ne monte.

CHAPITRE III

ADMINISTRATION DE L'ABBAYE
PROFESSION DE FOI
RÈGLE

Un des caractères principaux de l'abbaye de Lonchamp est qu'elle ne relevait que du pape. Le roi de France n'avait aucun droit sur son administration. L'archevêque de Paris devait s'incliner devant les décisions des religieuses Cette situation exceptionnelle lui valut bien des vœux, des dons, des privilèges, mais aussi des ennemis, surtout dans le haut clergé.

Sa situation aux portes de Paris, dans un bois pittoresque, les circonstances qui avaient entouré sa création la firent rechercher par les filles nobles désireuses d'entrer en religion, par les femmes de haute lignée que le malheur amenait à achever leurs jours dans l'aumône, la prière et la contemplation.

L'abbaye comprenait des religieuses *de chœur* et des religieuses *converses*. Les filles *nobles* seules étaient admises à être religieuses de chœur. Il en fut ainsi jusque vers 1330. A cette époque, il se présenta à l'abbaye plusieurs postulantes de familles non nobles pour faire partie des religieuses de chœur ; on les refusa. Elles se plaignirent. Leurs plaintes parvinrent jusqu'au pape Jean XXII, qui, en 1334, année de sa mort, envoya à Longchamp le cha-

noine de Noyon (1), assisté de l'abbé de Sainte-Geneviève (2), pour les contraindre à recevoir des sœurs de
toutes conditions. Les religieuses refusèrent de se soumettre,
excipant de leur droit de recevoir qui elles veulent. En
août 1335, Jean, archevêque de Reims, adressa à ses offi-
ciaux une commission pour l'exécution d'une bulle qui lui
fut adressée, ainsi qu'aux évêques de Paris, par le Saint-
Siège, pour veiller à la conservation des privilèges accordés
à l'abbesse et couvent de Notre-Dame-de-Longchamp,
ordre de Sainte-Claire (3). On y remarque précisément que
les religieuses ont le droit de recevoir qui elles veulent,
mais que, si elles peuvent recevoir des sœurs de toutes
conditions, personne ne peut les contraindre, sauf le pape.
Ainsi menacées, mais fières, les religieuses acceptèrent les
sœurs présentées, et tout rentra dans l'ordre et le silence.

Les religieuses cependant acceptèrent à l'avenir les filles
dont la famille occupait une haute situation au parlement
ou dans les finances. Quelques religieuses non nobles
devinrent même abbesses (4).

Les religieuses étaient gouvernées par une abbesse, une
présidente de chœur et deux sœurs trésorières. Deux autres
sœurs étaient occupées à l'infirmerie, une autre était em-
ployée à la tour qui flanquait la grande porte d'entrée.

Ces fonctions étaient obtenues à la pluralité des voix. Ni
le roi, ni le pape n'avaient le droit de nomination ou d'in-
tervention dans les élections : les religieuses étaient entièrement maîtresses de leurs voix, contrairement à la coutume des couvents de France d'autrefois, où le roi nom-
mait des abbés ou des abbesses. Ces faits sont établis
par les bulles de 1258, envoyées à l'abbaye par le pape

(1) Ce chanoine de Noyon était Jean de Meudon, frère de
Henri de Meudon, chevalier, grand veneur, mort en 1344.
(2) Les abbés de Sainte-Geneviève étaient seigneurs d'Auteuil.
(3) Vidimé par le prévôt de Paris, le 5 septembre 1335.
(4) Le 3 janvier 1317, Jeanne, reine de France, prie les religieuses, par lettres patentes datées de Courville, de recevoir
dans leur abbaye Emeline du Marchié. — Arch. Nat., K. 40
(n° 5).

Alexandre IV (1). Ces bulles déclarent formellement que l'abbaye ne relève que du Saint-Siège. Non seulement les religieuses élisent leurs abbesses, mais elles peuvent célébrer l'office divin à huis clos pendant l'interdit (2). Ces bulles furent ratifiées par le pape Urbain IV (12 et 22 février 1260).

Par deux fois au cours de leur histoire, les religieuses eurent à invoquer leur droit à ce sujet. La première fois, en 1434, le Père Général avait envoyé à l'abbaye deux religieux, afin de rendre visite aux abbesses de sa part et de voir si tout se passait dans l'ordre. N'ayant pas été reçus comme ils le désiraient par l'abbesse, Jeanne des Essarts, qui les avait priés poliment de ne pas s'occuper de l'abbaye, ils demandèrent la démission de l'abbesse. Le Père cordelier François-Lucas fut envoyé afin de procéder à l'élection d'une nouvelle abbesse, et Martine Fromont fut nommée ; mais les religieuses qui avaient voté pour Jeanne des Essarts se récrièrent, car la règle n'était pas observée ; elles firent valoir leur privilège et, malgré les instances du Père Général, Jeanne des Essarts resta en fonctions.

La seconde fois, ce fut sous le règne abbatial de Catherine-Élisabeth de Gournay (28 juin 1676-28 janvier 1679). Le roi Louis XIV, en 1674, voulut nommer abbesse de Longchamp Claude-Isabelle d'Aubusson, fille de François II, comte de la Feuillade, et d'Isabelle Brachet. Les religieuses s'y opposèrent (3). Le roi insista. Les religieuses

(1-2) Arch. Nat., LL. 1600 (Bulles du 25 février 1258).
(3) Requête des religieuses du monastère de Longchamp contre l'arrêt du conseil du 18 décembre 1674, portant ordre aux religieuses du monastère de Saint-François, dites Urbanistes, de mettre, entre les mains du commissaire nommé à cet effet, les titres de droit d'élection de leurs abbesses prétendu par elles. (Bib. Nat., in-fol., pièce signée Dheulland, avocat, Ld[88], 4).
Inventaire de titres et de pièces que mettent et produisent par devant nous nos seigneurs les commissaires députés par le roi par arrêt du conseil du 18 décembre 1374, l'abbesse et les religieuses du monastère de Longchamp, ordre de Saint-François, dites Urbanistes. (Idem, pièce signée Dheulland, avocat, Ld[88],6).
Réflexions sommaires sur tout ce qui a été dit touchant le

écrivirent à Rome, et il fallut un bref du pape pour que le roi n'insistât plus (1). Cette lutte, qui fut la dernière à ce sujet, dura jusqu'au milieu de l'année 1679. Lorsque l'effervescence avait commencé, Catherine-Anne Dorat était abbesse, et lorsqu'elle se termina, l'abbaye était dirigée par Marguerite-Isabelle de Flesselles. Les religieuses, malgré le roi, procédèrent donc deux fois à l'élection de l'abbesse.

Une autre dispute, d'ordre tout intérieur, avait eu lieu quelques années auparavant. Magdeleine Placin n'étant pas réélue à la fin de sa triennalité, et les religieuses ayant nommé abbesse Valence Coynart (septembre 1651), l'abbesse déchue, qui pensait avoir beaucoup fait pour protéger l'abbaye contre les troubles qui sévissaient en France, se révolta. En effet, en 1649, durant les troubles de la Fronde, neuf sœurs s'étaient retirées à Paris et y restèrent trois mois. Valence Coynart avait fait cabale pendant l'absence de l'abbesse, qui fut déchue. Magdeleine Placin était du parti des Frondes, et Valence Coynart du parti de Mazarin. Le 7 septembre 1652, un arrêt du parlement, sur appel interjeté comme d'abus de l'élection de Valence Coynard, ordonna qu'en présence des commissaires il serait procédé à l'élection d'une nouvelle abbesse, et Catherine III de Bellières fut nommée.

Pour en terminer avec l'élection des abbesses, celles-ci étaient nommées pour trois ans, ainsi que les présidentes de chœur et les trésorières. Au bout d'un certain laps de temps pendant lequel elle restait religieuse de chœur, l'abbesse pouvait être réélue. De même, un intervalle pouvait se produire entre ses différentes triennalités, par une ou plusieurs autres triennalités. Ce règlement fut institué le 10 mai 1629, par une ordonnance du chapitre provincial,

droit que l'on prétend attribuer au roi pour nommer les abbesses aux Urbanistes. (*Idem*, in-4, pièce Ld88, 9.)

Principes incontestables de fait et de droit pour les religieuses de Sainte-Claire, Urbanistes. (*Idem*, pièce Ld88, 10.)

Extrait des registres du conseil d'État. (*Idem*, Ld88, 13.)

(1) Bref de notre saint père le pape Innocent XI au roi très chrétien touchant les Urbanistes (19 juin 1679). — Bibl. Nat., in-4, pièce Ld88, 15.

tenu à Saint-Quentin. Précédemment, les abbesses étaient élues sans condition et plusieurs moururent en fonctions(1).

Le 10 septembre 1625, fut appliquée à l'abbaye de Longchamp la concession du Concile de Trente permettant à l'évêque de Paris de nommer un confesseur dans les maisons religieuses. Il y eut même parfois à Longchamp deux confesseurs. C'étaient des pères Cordeliers qui célébraient le service divin.

Il y avait également à Longchamp un premier supérieur. Urbain IV avait voulu que les religieuses eussent affaire au provincial et dans la personne du général de l'ordre de Saint-François, pour le nommer. La bulle, en outre, ordonne que le monastère soit visité, au moins une fois tous les deux ans, par le commissaire général de l'ordre. Ce règlement ne fut pas observé. Dans les pièces nombreuses que nous avons parcourues aux Archives Nationales et à la Bibliothèque Nationale, on ne fait mention d'aucune visite de ce genre. Un seul fait se rattache à cette bulle : c'est le suivant.

Depuis le mois de septembre 1781, les religieuses, se trouvant sans supérieure, résolurent de renoncer à leur droit d'exemption, qui leur était préjudiciable, et de rentrer dans la jurisprudence de l'archevêque de Paris, Mgr de Beaumont. C'est ce que prouve l'arrêt rendu par elles en octobre 1781, et signé : sœur Estachon, F.-E de Muisson, Champion, Marie-Pierre Bedel, Gabrielle Bertheau, Mme de Polluau, Mme J. Jouy l'aînée, F. Delorme, Jouy cadette, Mme E. Deshaulles, L.-J. Dugne, Dunouy(2). Ce changement dura peu ; la Révolution était proche.

Le costume des religieuses consistait en une robe de serge grise, serrée d'un cordon de fil blanc. Dans les cérémonies, elles portaient le manteau de même couleur. A la fin du xvie siècle, pour une raison que nous n'avons pu découvrir, — est-ce par élégance ? — les religieuses de

---

(1) Ce fut l'abbesse Jeanne IV de Harrecourt qui institua la coutume à l'abbaye de faire aumône un an durant, le vendredi, après le trépas de chaque abbesse. (Arch. Nat., LL. 1604.)

(2) Arch. Nat., s. 4418.

Longchamp abandonnèrent la robe grise pour revêtir la robe blanche. Mais le 22 juillet 1622, le R. P. Roussel, provincial de la province de France, vint à l'abbaye et enjoignit aux religieuses de reprendre l'habit gris. Primitivement aussi, les religieuses portaient des sandales ; mais, dès le commencement du xve siècle, elles portèrent des chaussures. Dans des notes du 9 avril 1764 et de 1781, nous voyons que leur cordonnier était Augibert et que ces chaussures variaient entre 3 l. 12 s. et 3 l. 15 s. (1).

Rappelons la profession de foi que prononçait chaque religieuse en entrant à l'abbaye. Elle se faisait en latin. En voici la traduction : « Moi sœur... je promets à Dieu, à la bienheureuse Marie toujours vierge, au bienheureux saint François et à tous les saints ; oui, je promets entre vos mains, ma mère supérieure, de vivre toute ma vie selon la règle donnée à votre ordre par le pape Urbain IV : dans l'obéissance, la chasteté, la pauvreté et la clôture que prescrit cette règle. »

Quelques mots sur cette règle. Tandis que saint Louis accordait de grands biens à ses protégées, qu'il visita souvent, la princesse Isabelle fit rédiger les règles de sa maison par six personnages : Eudes Rigault, depuis archevêque de Rouen ; frère Bonaventure, depuis général de l'ordre et canonisé ; Guillaume de Villeneuve ; Ode de Rouy ; Geffroy de Marsan ; Guillaume Archambault (2). Voici le résumé de cette règle : les religieuses n'ont que des paillasses ; l'abbesse doit de son lit voir tous les autres lits sans aucun obstacle ; depuis Pâques jusqu'au 8 septembre, les religieuses peuvent dormir jusqu'à nones ; la confession et la communion y sont ordonnées deux fois le mois et pour tous les dimanches d'avent et de carême, si l'abbesse n'en dispense pas ; le jeûne y est ordonné depuis la Saint-François jusqu'à Pâques et depuis l'Ascension jusqu'à la Pentecôte, hormis les fêtes de la Toussaint, Noël, Saint-Étienne, Saint-Jean, la Circoncision, l'Épiphanie et la

---

(1) Arch. Nat., Cart. 462.
(2) Sœur Agnès écrit ce mot Harcambourg. (Arch. Nat., *Vie de Madame Isabelle*, par sœur Agnès, L. 1021.)

Chandeleur ; le reste du temps, il n'était ordonné que pour
le vendredi. Il est spécifié que les jours de jeûne de l'Église,
les vendredis depuis la Toussaint jusqu'à la Noël, on ne
pouvait manger d'œufs ni de laitage ; que, du reste, on
mangerait toujours maigre, si ce n'est depuis Pâques jusqu'à la Saint-François. On ne pouvait, les jours où il ne
serait ni maigre, ni jeûne, ni samedi, se servir de saindoux
pour faire des sauces, ce qu'on observait aussi depuis la
Noël jusqu'à la Septuagésime. Pour le silence, les religieuses
n'en étaient dispensées que par les fêtes doubles, et seulement depuis nones jusqu'à vêpres. Il était extrêmement
recommandé que les grilles fussent d'un fer très fort et à
barreaux très serrés, et qu'il y eût deux écouteuses au
parloir (1).

Comme on le voit, ces règles étaient fort sévères, et c'est
à grand'peine qu'on pouvait les suivre. Aussi saint Louis
écrivit-il au pape Urbain IV pour le prier de corriger la
règle et d'ajouter au nom des religieuses l'appellation de
mineures (2). Ce pape réforma la règle par une bulle datée
d'Orviette (1263) et adressée à « l'abbesse et au couvent des
sœurs mineures incluses du monastère de l'humilité Notre-
Dame de Paris ». Il avait fait droit à la requête du roi. Le
pape confia sa réponse au cardinal Simon de Brie, qui
était à Paris. Urbain IV fit encore retoucher la règle de
façon à pouvoir servir de *mitigation* à celle que saint
François avait donnée à sainte Claire. Le nom de *l'humilité Notre-Dame de Paris* ne subsista plus longtemps, car,
dans une charte de 1447, l'abbesse est désignée : *Abbatissa
sororum minorissarum inclusarum Humilitatis nostræ
dominæ de Longo campo* (3).

Deux autres changements eurent lieu. Le premier fut le

(1) P. Danielo, *Vie d'Isabelle de France*. Bibl. Nat., 1840,
in-12, $L^{27}n$, 10075.

(2) *Idem.*

(3) *Histoire de la ville et de tout le diocèse de Paris*, par
l'abbé Lebeuf, t. I, p. 397. — Bibl. Nat., cote 65¹, 1, casier BF.
— *Martyrologe universel* de Chastelain, bimestre a1 22 février, p. 716. (Collection Gagnières. *Callia Christ.* t. VII,
coll. 947.)

remplacement des paillasses par de bons matelas ; le second fut la suppression de la vie en dortoir. Le dortoir exista toujours, mais ne fut pas habité. Chaque religieuse eut sa chambre.

Primitivement, la vie à Longchamp eut donc un caractère sévère. Mais comme les religieuses se gouvernaient elles-mêmes, élisaient leurs abbesses, leurs présidentes et leurs trésorières, les élues devaient souscrire à des concessions, à des adoucissements de la rigueur de la discipline, au besoin payer tout ou partie des dettes de la communauté et employer tout ou partie de leur fortune aux réparations de l'abbaye.

Ce fut l'origine du relâchement progressif de la règle. La vie à l'abbaye de Longchamp cessa peu à peu d'être exemplaire au point de vue de la vertu, de la chasteté et de l'humilité. Surtout la vie en chambre, sur laquelle nous insisterons en esquissant les causes matérielles et morales du relâchement de la discipline, amena des incidents qui, en défrayant la chronique galante, préparèrent la déchéance de l'abbaye.

CHAPITRE IV

Il nous faut rappeler les premiers achats de terrains faits par saint Louis pour la construction de l'abbaye. On se souvient de l'achat fait par Mathieu, chapelain du roi, de huit arpents de bois en deux fois (1) ; du don de quarante arpents de bois que Louis IX fit à l'abbaye lors de la pose de la première pierre, et de trente arpents lors de l'entrée des religieuses.

En 1262, saint Louis donna 177 nouveaux arpents de terres dans la plaine, destinés à être mis en pâturages pour les bestiaux appartenant au couvent (2). Les religieuses, à leur tour, acquièrent de Nicolas Harrot un arpent de terre en la censive de Jean le Flamand, assis entre Neuilly (alors dénommé Luingni) (3) et Longchamp (4). Cet achat fut fait le 9 août 1264.

Quelques jours après, le 14 août, elles achetèrent trois arpents de terre entre l'abbaye et la Seine, jusqu'à la

(1) V. chap. I, p. 7, col. 1.
(2) Arch. Nat., Q1, 1069.
(3) Acte de 1266. Cette pièce de terre fut amortie le 24 avril 1389, car elle était frappée de 5 livres parisis de cens.
(4) Arch. Nat., L. 1020.

rivière (1), et le 16 août, elles devinrent acquéreurs de
quatre arpents trois perches sous l'abbaye (2). Le 30 septembre, il y eut achat de quatre arpents moins un quartier, en la censive de Jean le Flamand, près de l'arpent
acheté le 9 août entre Neuilly et Longchamp (3), et de
trois autres quartiers au chantre de Saint-Denis, en sa
censive (4). Les religieuses en même temps achetaient à
Guérinier-Thorel trente-six arpents de terre, en plusieurs
pièces, entre Saint-Cloud et Longchamp, sis dans la
plaine (5) ; enfin, le 25 octobre, elles agrandissaient leur
territoire, en acquérant des administrateurs de la Mala-
drerie de Saint-Cloud, huit arpents situés entre Neuilly et
l'abbaye, qu'ils possédaient en la censive de Sainte-Geneviève (6).

Dans cette même censive de Jean le Flamand, les religieuses, en février 1261, avaient acheté de Pierre, dit le
Matin de Menil, et d'Alize, sa femme, quatre arpents trois
quartiers de terre, joignant de deux côtés à la terre des
enfants d'Henry d'Auxerre, assis au lieu dit Lanoüé de
feu Perron ; elles achetaient encore un arpent et demi, au
terroir de Sainte-Geneviève, en août 1261.

Le 3 avril 1342, les religieuses achetèrent à Houdard
Giraume et sa femme, en la censive de l'abbaye de Montmartre, une pièce de terre au terroir de Longchamp, devant le moulin, dont nous parlerons plus loin. Blanche
de France acheta, pour le donner à l'abbaye, un

---

(1) *Idem*.

(2 à 5) *Idem*. — Ces 8 derniers arpents furent payés 51 livres parisis. Les 4 arpents moins un quartier furent amortis
le 13 avril 1389.

(6) Ce dernier terrain fut payé 7 livres parisis (Arch. Nat.,
L. 1020). Les achats, faits par les religieuses, de terres en la
censive de Jean le Flamand furent confirmés par saint Louis,
par lettres de mars 1270 datées de Vincennes (Arch. Nat.
K. 33, n° 8), et par Philippe le Hardi, en 1285 (Arch. Nat.
K. 35, n° 12). Saint Louis avait confirmé en mars 1266 divers
biens situés à Saint-Cloud, appartenant aux religieuses et fait
amortir en mai, par l'abbé et le couvent de Saint-Germain-
des-Prés, 11 arpents et 8 quartiers de terres leur appartenant
aussi. (K. 32, n° 5 et L. 1020.)

arpent de terre contigu à la pièce de Houdard Giraume (1). Ce dernier achat est daté du 25 mars 1345.

Le 8 juin 1369, Richard Quentin et sa femme, habitants des Menus, donnèrent à l'abbaye quatre arpents de terre qu'ils possédaient dans la plaine et proches des terres de l'abbaye.

Le 10 juillet 1416, acquisition est faite par les religieuses de sept arpents de terre, ou environ, en une pièce située entre le moulin et le Bois de Boulogne, pièce qui appartenait à Robert le Thuillier, commissaire du roi (2).

Il restait encore dans la plaine des terrains qui n'appartenaient pas à l'abbaye ; les religieuses firent effort pour les acquérir ; aussi voyons-nous l'abbesse Jeanne Géronde échanger, le 4 février 1488, vingt-deux arpents en trois pièces que le couvent possédait aux Menus-les-Saint-Cloud, contre trente et un arpents en deux pièces, près du moulin à vent de Longchamp.

Vingt-cinq années après, l'abbesse Catherine la Picarde acheta à divers particuliers dix arpents sis dans la plaine, au lieu dit la Basse-Fortin. Les différentes pièces relatives à ces achats sont datées : 26 mars et 4 avril 1514, 23 juillet 1515, 16 avril et 1er juillet 1516. Il faut ajouter un échange avec les dames de Montmartre. Elles leur cèdent vingt-cinq arpents un quartier et demi et six perches, sis aux Menus-les-Boulogne, contre 27 arpents et demi et un quartier près du moulin (7 novembre 1516).

De toutes ces terres, un premier arpentage donne, en 1539 : trente arpents à la petite mesure, à dix-huit pieds par perche et cent perches par arpent, qui étaient entourés de murs ; et autour, cent cinquante-six arpents, vingt perches de terres labourables. Les parties encloses de murs avaient à ce moment quatre cents pas de long, sur trois cents de large. Cet arpentage fut fait par maître Nicolle et Jehan Faillet. Il est à remarquer que les pâturages n'ont pas été arpentés.

Dans le second arpentage, que nous donnons plus bas,

(1). Arch. Nat., L. 1021.
(2) Arch. Nat., L. 1023.

et qui fut fait en 1739, à raison de vingt pieds par perche, il n'est question que des terres accotées à l'abbaye et au moulin. Les pâturages n'y sont pas portés ; l'abbaye semble avoir sorti de ses murs quatorze arpents. Voici ce document :

	Arpents	Perches
L'abbaye	16	9
Dit le *Trou du nain*	16	26
Le long du chemin depuis la partie du bois qui conduit à Boulogne	44	
Tenant au précédent	5	32
Dit *la Victoire*	3	46 2/3
Tenant au moulin et à la maison y compris l'avenue		41
Tenant au précédent du côté du bois	2	68 1/2
Tenant à l'avant-précédent et à la pièce du *Trou Bride miche*	2	61 1/2
Le Trou Bride miche	25	16
Tenant au précédent		13 1/2
Le *Trefons* le long des saules	1	75 1/2
Tenant à la pièce Bride miche		25
Le pointon	2	2
Tenant le long du mur de Monsieur Perrichon	8	7 (1):

L'abbaye de Longchamp, outre les terres cultivables qui l'entouraient, possédait une grande partie du bois

(1) Ce fut parmi ces terres que choisit Louise-Anne de Bourbon-Condé-Charollais pour construire le château de Bagatelle. Voici les pièces : *Inventaire Conty* R³4, cote 52 : bail amphitéotique de 99 ans commencé le 1er janvier 1771, de 25 arpents 95 perches de terres en une pièce au terroir de Longchamp, au profit de Louis-François-Joseph de Bourbon Conty de la Marche par les religieuses de Longchamp, moyennant une redevance annuelle de 309 livres 12 sols exempts de retenue. — *Idem*. R³4, cote 51 ; 1er décembre 1771 : échange par lequel Louise-Anne de Bourbon-Condé-Charolais cède 142 perches 1/2 de terre en 3 pièces situées au terroir de Longchamp, contre 142 perches 1/2 à M. Le Pelletier de Rosembo au terroir du port de Neuilly. — *Idem*, R³4 cote 68 : estimation de cette pièce de terre le 3 juin 1793. — Voir aussi à ce sujet une lettre de Sameau, procureur syndic de Saint-Denis, à M. Dejonquières (au Marais).

LE MOULIN DE LONGCHAMPS VERS 1820
(D'après une estampe de la Bibliothèque Nationale.)

sur laquelle elle exerçait un droit de coupe pour le chauffage. C'est saint Louis qui leur avait octroyé ce droit sur
*une coupe de douze arpents à exploiter chaque année
dans le taillis du bois* (1). Au mois de juillet 1317, par
lettres patentes datées de Poissy, Philippe le Long accordait
aux religieuses la coupe annuelle de quatre autres arpents (2).
Ce privilège donna lieu, en septembre 1337, à un incident.
Les religieuses commençaient à ramasser leur bois pour
leur hiver, lorsque le verdier de la forêt de Rouvray, igno-
rant probablement leurs droits de coupe et de chauffage
sur la forêt, voulut les en empêcher. Elles eurent aussitôt recours au roi Philippe qui, par lettres datées de l'abbaye de Maubuisson, le 25 septembre 1337, enjoignit au
verdier de délivrer aux religieuses le bois qui leur était
dû (3). Ainsi, même dans les petites tracasseries de la vie
journalière, les rois s'interposaient et donnaient gain de
cause aux religieuses.

En dehors de ce droit de coupe dans la forêt, les religieuses possédaient des parties de bois ; il est a supposer, quoique nous n'en ayons pas trouvé la preuve,
qu'elles faisaient couper également ces bois et en ven-
daient les fagots aux habitants voisins.

Nous avons une déclaration de mars 1263, par laquelle
Mathieu, chanoine de la chapelle du roi, fait l'acquisition
de quatre arpents situés au lieu dit l'*Orangerie*, pour les
donner de la part du roi à l'abbaye. Ces quatre arpents
étaient sur le chemin de Suresnes à Paris (4).

(1) Arch. Nat., Q¹ 1069-1070. Confirmation par Jean le Bon,
par lettres de juin 1355, datées de Paris (Arch. Nat., K. 47,
nᵒˢ 36 et 36⁷). Confirmation par Henri IV, par lettres datées
de Chartres, le 18 décembre 1592. (K. 105, nᵒ 22.) — Ordre
par Henri II au grand maître des eaux et forêts de France,
de fixer la quantité de bois qui devait être livré aux religieuses
(20 décembre 1547, lettres de Fontainebleau, K. 90, nᵒ 5). —
26 juin 1548, par lettres d'Is-sur-Tille. Confirmation par Henri
II de la jouissance de 217 arpents dans le bois de Boulogne,
de la coupe de 12 arpents de chauffage, et des droits de pâtu-
rage et de pacage dans ledit bois. (K. 90, nᵒ 8.)
(2) *Id.*, K. 42, nᵒ 35.
(3) *Id.*, K. 40, nᵒ 13.
(4) *Id.*, L. 1020. Ce titre parle également des 12 arpents
indiqués plus haut à propos du bois de chauffage.

En 1275, Philippe IV le Bel, non encore roi, donna à l'abbaye vingt arpents de bois. Plus tard, ayant été sacré roi le 6 janvier 1286, il fit don au mois de février de huit arpents de bois dans la forêt de Rouvray (1). Enfin en 1316, Charles IV le Bel, non encore roi, donna à l'abbaye un arpent de bois dans la forêt de Rouvray, et en 1320 il lui en donna un autre.

Ces biens ne restèrent pas toujours immeubles. Au mois d'avril, le 20, par lettres patentes datées de Vincennes, Philippe le Long faisait faire un revenu de cent livres parisis, assigné sur les bois qui entouraient l'abbaye pour revenir à celle-ci (2). Mais en mai et en juin 1319, le roi faisait dresser le procès-verbal d'arpentage et de prisée d'une partie du bois et le leur donnait en échange de la rente de cent livres parisis (3). Cet arpentage donna cent quatre vingt-sept arpents et un quart (4). Enfin, le 12 juillet 1321, par lettres datées de l'abbaye de Longchamp, il donna aux religieuses deux cent quatre-vingts livres de rente sur ce qui restait de la forêt de Rouvray (5).

Le 14 mars 1595, Henri IV, par lettres datées de Paris, racheta par quatre cents livres le droit de coupe dans la forêt (6). Ce ne fut pas à l'avantage de l'abbaye, car nous savons que plus tard, tandis que Fouquet dépensait des millions à donner des fêtes et que Colbert s'apprêtait à prendre la direction des finances, la France se ruinait ; que les pensions furent diminuées, les impôts augmentés. L'on faisait argent de tout et les religieuses de Longchamp furent privées de leurs droits sur le Bois de Boulogne, durant les années 1661, 1662 et 1663.

Quelques années après, en 1679, Louis XIV retira définitivement aux religieuses de Longchamp leurs possessions dans le Bois de Boulogne, et leur donna en échange une

(1) *Id.*, K. 36, n° 22.
(2) Arch. Nat., n° 26,
(3) *Id.*, n° 28.
(4) *Id.*, K. 40, n° 33. Les pièces relatives à ce dernier fait sont datées de l'abbaye de Lonhchamp, décembre 1320.
(5) *Id.*, K. 40, n° 37.
(6) *Id.*, K. 105, n° 54.

LE MOULIN DE LONGCHAMP VERS 1840.

rente annuelle de deux mille quatre cents livres. Les lettres patentes de cet acte sont signées à Versailles, le 1er octobre 1686 (1). Dans un autre document, signé Louis et Colbert, il est dit que cette rente sera payée par le Régent Général des bois de Paris (2). Les lettres autorisant les religieuses à se faire payer sont aux archives des comptes ; elles sont également signées Louis et Colbert ; il y est spécifié que, par acte passé le 29 avril 1679, les deux cent dix-sept arpents que les religieuses possédaient dans le bois de Boulogne, ainsi que les douze arpents de chauffage, les douze arpents de pacage des bêtes, sont échangés contre deux mille quatre cents livres (3).

En face des murs de l'abbaye donnant vers Boulogne, les religieuses avaient fait construire un moulin à tour (4). Il était situé exactement en face de la porte du monastère, de l'autre côté de la route qui conduisait de Paris à Suresnes, par le bac.

Un arpentage fait le 15 mai 1731 des terres et des vignes qui attenaient au moulin donne :

1° En allant au moulin à main droite, tenant d'un côté à l'avenue qui conduit au moulin, et d'autres aux terres du trou bride miche ; par outre au grand chemin du sentier jusqu'au sentier de travers, un arpent, quatre-vingt-trois perches ; 2° et celle qui aboutit au-dessus contient quatre-vingt-onze perches et demie ; 3° celle à main gauche, allant audit moulin, un arpent, quatre-vingt-dix perches ; 4° et celle qui aboutit dessus un arpent.

Voici, au surplus, quelques baux de ce moulin que nous avons trouvés aux Archives (5) :

27 juin 1316, bail à Guillaume . . . .   27 livres par an
7 sept. 1630, bail à Antoine Léger . . . . .   —
8 juil. 1664, bail à Martin Gaudin . . . . .   —
30 août 1664, bail à Pierre Richard. . . . .   —
30 août 1668,   —   —

(1) Id., K. 121, n° 2.
(2) Id., Z¹ᵗ, 607, fol. 111.
(3) Id., P. 2.388, p. 731.
(4) Sous le règne abbatial de Jeanne IV d'Harrecourt.
(5) Q¹ 1074.

14 janv. 1672, bail à Pierre Richard . . . . .   60 livres par an
13 janv. 1683,   —   —
13 mai 1683, bail à Lenfumé . . . .   50 livres par an
19 juil. 1739, bail à Jean Vérité 150   —
21 juin 1740, bail à Etienne-David Bonnet . 135   —

Au mois de mars 1270, Louis IX avait créé à Longchamp une bergerie, qui fut le premier bâtiment de la ferme dont nous allons nous occuper. Voici les lettres de fondation :

« En vue de Dieu et du salut de notre âme et des âmes de glorieuse mémoire du roi Louis notre cher père et de la reine Blanche, notre chère honorée mère, et des autres rois nos prédécesseurs, nous avons donné perpétuellement à nos bien-aimées en Jésus-Christ, l'abbaye et le couvent de Longchamp près de Saint-Cloud, une bergerie située dans le bois de Rouvray près de ladite abbaye avec la grange qui est devant la porte de ladite bergerie (1), ainsi qu'elle s'étend jusqu'au chemin avec douze toises au delà des murs de ladite bergerie et tout le circuit d'icelle pour être jouie et possédée perpétuellement, paisiblement par ladite abbesse et religieuses. Leur accorde en outre la liberté d'avoir et de mettre dans ladite bergerie les animaux qu'elles font nourrir pour leur usage particulier, leur permettant de les faire paître dans notre dit bois, quand il sera en état de se défendre contre ces animaux, comme cela se pratique à l'égard des autres bois, leur permettant aussi de faire des acquisitions dans nos fiefs jusqu'à 300 livres parisis, sauf tout droit de haute et basse justice qui est à nous (2).

« En outre, nous avons accordé à toujours, au dite abbaye et couvent, trente arpents de bois dans notre forêt de Rouvray près Saint-Cloud (3) ; afin que cela soit ferme

(1) Le 27 janvier 1545, François Ier, par lettres datées de Fontainebleau, donne commission à la Chambre des Comptes d'informer sur les droits réclamés par les religieuses de Longchamp dans les bois, bergeries et pâturages de Boulogne. L'arrêt de la Chambre donna raison à la requête des religieuses. (Arch. Nat., K. 88, nº 11).
(2) Voir p. 10.
(3) Confirmation des 30 arpents donnés par saint Louis à

et stable à l'avenir, nous avons fait mettre notre sceau à ces présentes lettres données à Fontainebleau en 1270, au mois de mars. » (1)

Voyons ce que fut cette ferme ; sur le plan elle n'est pas indiquée. Les constructions étaient pour la plupart autour du moulin (2).

C'était un corps de ferme composé de bâtiments, cour, jardin, grenier, écurie, grange, toit à porc, poulailler et colombier, situés dans les avant-cour, de l'abbaye, et généralement tout ce qui y était compris ; sauf, cependant, une portion du bâtiment F, ainsi qu'une salle basse dont la porte d'entrée donnait sur le jardin, ayant une chambre au premier sur le bâtiment des écuries.

Ces bâtiments contenaient au total un arpent vingt perches.

C'était une maison bourgeoise sur la rue formant deux corps de logis, dont une partie était occupée par le fermier locataire, et le surplus par les intendants de l'abbaye. Au bout de ce corps de logis étaient une remise et un colombier d'environ trente pieds de diamètre, sur autant de hauteur ; en retour sur le passage, un fournil, deux cours et un grand jardin avec un puits commun, tenant, au levant, au jardin de la maison dite le passage de la voûte, au midi au jardin potager, au couchant au chemin de la porte du bois au bac de Suresnes et au nord au passage commun. Le tout, d'une superficie de soixante-seize perches et demie.

Le corps de logis qui était occupé par le fermier était composé au rez-de-chaussée d'une grande cuisine, d'un

l'abbaye, le jour où les religieuses en prirent possession, le 23 juin 1260.

(1) Arch. Nat., K. 33, n° 5. En 1305, la bergerie se composait de 20 vaches, 12 taureaux, 3 bouvillons d'un an, une génisse d'un an, 3 veaux de l'année, 7 grands porcs à braconner, 10 moindres, 6 moyens, 6 petits, 97 brebis portans, 28 brebis breheingnes, 24 antenois, 74 agneaux, 3 chèvres, 1 boucquin, 4 chevaux tréans, et celui du moulin. Tout cela allait s'ébattre alentour et procurait aux religieuses une partie de leur nourriture.

(2) La description que nous donnons ici est le document presque *in extenso* établi pour l'acte de vente en 1792.

cabinet, une salle à cheminée, un cellier avec cave dessous, un escalier montant au premier étage et grenier ; le premier étage, composé de deux pièces et d'un cabinet avec grenier, dont partie est une chambre lambrissée ; le tout recouvert en tuiles à deux égouts.

Au bout d'une petite cour était un fournil avec grenier, couvert en tuiles à deux égouts.

Le corps de logis en aile, occupé par les intendants, était composé d'une cuisine avec « un four dedans un bucher », une entrée à l'escalier, une salle à manger et un cabinet à côté. Au premier étage, un salon, une chambre à coucher, cabinet, chambre de domestique; le salon orné de lambris et parqueté en menuiserie. Au deuxième étage six chambres lambrissées. Toutes les croisées étaient à deux vanteaux et les baies étaient fermées par des persiennes.

Une entrée particulière, avec deux rangs de tilleuls qui formaient berceau couvert vers l'entrée. A droite étaient les commodités, couvertes en tuiles à deux égouts, un petit jardin en face du corps de logis.

Le jardin potager était séparé par une haie vive. Le grand colombier, garni de tours à nichoir, avait un étage auquel on accédait par une échelle. Le rez-de-chaussée servait de bûcher et d'écurie. Il était couvert en tuiles.

A la face extrême de ce corps de logis était une remise couverte en appentis, et un grand jardin entouré de clôtures en bois. Il y avait une porte dans ce mur de clôture face au midi (1). Ce mur divisait le puits en deux parties. Il était donc mitoyen en 1792, et les réparations et les curages devaient être faits à frais communs.

Il y avait aussi la maison bourgeoise dite le bâtiment de la voûte, ou passage commun au couvent et à l'église, consistant en un corps de logis composé au rez-de-chaussée d'une grande pièce à cheminée, un passage à l'escalier ; d'un premier étage divisé en chambres lambrissées et un

---

(1) Lorsqu'en 1792 on fit l'inventaire de la ferme, il y fut dit que l'acquéreur de la maison serait tenu de boucher cette porte à ses frais, à la réquisition des propriétaires des jardins.

grand grenier. Il y avait là trois grandes pièces à cheminées et plusieurs cabinets, le tout recouvert en tuiles à ceux égouts.

Sur la face du levant vers l'église s'étendait une grande cour, et dans l'angle du bâtiment face au jardin s'élevait un petit bâtiment composé de trois cabinets d'aisances ayant trois entrées sur le jardin, sur la cour et une dans l'allée à l'escalier.

Dans l'allée au rez-de-chaussée une trappe en bois, avec escalier, conduisait à une petite cave, tenant cu levant au passage de l'église, au couchant à la maison bourgeoise sur la rue, et du nord au passage commun de la voûte.

Tels étaient les bâtiments qui composaient la *ferme.*

Un premier arpentage (1) du *clos* de Longchamp, où étaient les vignes et les plants, fait par Vatry, donna « deux arpents quatre-vingt-dix-neuf perches d'une part, soit deux arpents et demi et un demi-quartier, une perche et demie plantés en vignes, soit au total trois arpents moins une perche ».

Le procès-verbal des terres louées à bail avec la ferme fut fait plusieurs fois : les 30 et 31 décembre 1664 ; les 2, 4 et 5 janvier 1665 ; le 20 août 1704 et le 3 décembre 1780. Ce dernier arpentage donna cent soixante deux arpents trois quartiers.

Voici les baux de la ferme que nous avons recueillis :
17 juin 1731, à Honoré Vassé pour 9 ans. . . 2.000 livres
29 novembre 1749, à Marguerite Olivier,
    veuve d'Honoré Vassé, pour 9 ans . . . . . 1.800 —
18 octobre 1754, à la même, pour 5 ans . . . 1.350 —
19 octobre 1766, à la veuve Boussire. . . . .

La lecture de ces quelques pages a fait comprendre l'importance du domaine de Longchamp. Les achats et les dons de terrains dans la plaine, les possessions en bois, le moulin, la bergerie, la ferme (2), sont autant de détails qu'il était utile de grouper. Nous aurons, du reste, à y revenir quand il s'agira des revenus qu'en tirait l'abbaye.

(1) 6 octobre 1662.
(2) La ferme de Longchamp, la maison, le moulin à vent et les terres attenantes (174 arpents) furent aliénés en 1792 (13 avril) et classés sous le numéro de vente 577.

CHAPITRE V

PRIVILÈGES

ET CONFIRMATIONS DE PRIVILÈGES
TOUCHANT L'ABBAYE

L'un des côtés les plus intéressants à étudier dans l'histoire de l'abbaye de Longchamp est celui qui a trait aux avantages exclusifs que possédait l'abbaye, grâce à la constante protection des rois. Nous avons eu le loisir d'étudier les privilèges d'autres maisons religieuses : aucune n'a joui d'aussi nombreuses prérogatives que celle de Longchamp. Cependant, parmi les seize privilèges attribués à l'abbaye de Longchamp, et que nous allons examiner successivement, dix ont trait à l'état de pauvreté dans lequel se trouva constamment l'abbaye, du jour de sa fondation au jour de sa suppression. Le droit même qu'avaient les religieuses d'hériter de leurs parents, en faisant rentrer à l'abbaye des sommes importantes, ainsi que le droit de coupe dans la forêt de Saint-Germain, ne suffit pas à leur assurer une situation de fortune de toute sécurité.

Occupons-nous d'abord des privilèges qui n'avaient aucun rapport avec la fortune de l'abbaye.

Le premier privilège que nous trouvons concerne le droit d'entrer à l'abbaye. Dans la charte de 1447, ayant pour titre : *Abbatissa sororum minorissarum Inclusarum Humilitatis nostræ Dominæ de Longo-Campo*, on voit que le roi et la reine de France, parmi les laïques, pouvaient seuls entrer au couvent avec une suite d'hon-

neur. Un cardinal avait le même privilège. Le ministre
général de l'ordre de Saint-François ne pouvait entrer
qu'avec deux compagnons. Le privilège du roi et de la reine
d'entrer dans les monastères et les cloîtres ne put, à l'origine, s'exercer que trois fois par an; ils ne pouvaient y manger
ni y passer la nuit. Mais bientôt il leur fut accordé, pour
jouir des consolations religieuses, d'entrer quand bon leur
semblerait aux monastères de religieux et de religieuses,
pourvu « qu'ils fussent enfermés avec compagnies hon-
nêtes, » puis on leur permit d'y venir boire, manger et
même coucher, « du consentement toutefois des prélats,
abbesses et prieurs ». Ce privilège, édicté dans la charte
qui fixait la règle suivie à Longchamp, était d'une stricte
sévérité. Seul, un bref du pape pouvait autoriser une mère
à voir sa fille religieuse à Longchamp : témoins le bref du
pape Clément IV, du 24 septembre 1269, qui permet à
Edeline, veuve de Jacques le Flamand (1), de pénétrer
quatre fois l'an dans l'abbaye *cum duabus matronis
honestis* pour y voir sa fille et amie, et un autre bref
de Clément IV, du 13 décembre 1269, donné dans le même
but (2).

Un second privilège intéressant, qui motiva la faveur
dont jouit vers 1600 Longchamp auprès de la noblesse,
fut celui d'enterrer dans l'église les rois, reines et princes
de la famille royale. Il remontait à Clément IV, qui l'accorda
par une bulle datée de Viturbe (novembre 1267). Il com-
plétait la permission octroyée par Alexandre IV d'avoir un
cimetière dans les murs de l'abbaye et d'y enterrer tout le
monde, sauf les usuriers et les excommuniés. La bulle de
Clément IV érigeait en quelque sorte l'église de l'abbaye
de Longchamp en succursale de la basilique de Saint-
Denis. Les religieuses eurent dans leur église des tombes
de princes du sang et de princesses royales ; des religieuses
de haute noblesse y furent enterrées après avoir vécu
quelques années à l'abbaye. Nous les citerons quand nous

(1) Frère de Jean le Flamand qui avait une censive à Longchamp et vendit à l'abbaye toutes ses terres successivement.
(2) Arch. Nat., K. 32, n° 10.

retracerons la vie à Longchamp et relèverons les noms des personnes illustres qui y vécurent. Le privilège fut étendu aux cordeliers confesseurs à Longchamp, qui purent y choisir une tombe. La bulle de Clément IV fut confirmée par Charles VII, qui, par ses lettres du 18 avril 1442, permit en outre aux nonnes de faire administrer les sacrements, et, en cas de contestation, leur reconnut le droit de se pourvoir devant le prévôt de Paris (1).

Le privilège de l'abbaye le plus curieux est celui de justice à Chaillot. Malheureusement aucune pièce ne nous en précise l'origine. Plusieurs documents en établissent la réalité. Le premier est une sentence du Châtelet du 6 mars 1472. On y lit : « Que les dames religieuses de l'abbaye de Longchamp, qui sont fort voisines de Chaillot, y avaient une justice, dont le maire était un nommé Pierre Garignet, et qu'elles y furent conservées comme Guy de Lévy, sieur de Marly, dans la sienne. » Un autre arrêt fait mention d'une acquisition du 30 octobre 1639 par un marchand de Paris, d'une maison située « à Chaillot, sur le territoire du fief de Longchamp ». Ce droit de justice dut être acquis par l'abbaye en même temps que quelques terres à Chaillot. Mais on lit dans un arrêt du conseil du 3 septembre 1664, « que les justices subalternes acquises en dernier lieu par les religieuses de la Visitation n'étaient autres que l'ancienne justice de Longchamp dans Chaillot divisée en deux (2). Nous n'avons rien trouvé qui nous permette de croire que les religieuses de Longchamp eurent à exercer leur justice à Chaillot.

Beaucoup plus tard, sous le règne abbatial d'Elisabeth-Henriette Guignard (1700-1703), le pape Clément XI accorda aux religieuses, par bulle spéciale, le droit d'établir dans leur église une *scala sancta* jouissant des mêmes privilèges que celle que l'on vénère à Saint-Pierre de Rome.

Le privilège que nous relevons ensuite est celui *d'acquérir sur les terres du roi*. La première pièce qui y est rela-

(1) Arch. Nat., L. 1023.
(2) Registre du Chastelet intitulé *Doulxsire*, 3ᵉ livre rouge, fol. 65, 66.

tive est un état des rentes que les religieuses de Longchamp ont acquises dans la censive du roi depuis l'an 1327
jusqu'en avril 1383 (1).

Nous passons aux privilèges ayant trait à la fortune de
l'abbaye.

Un des derniers actes d'Alexandre IV à l'égard de l'abbaye
se traduisit par une bulle du mois de mars 1258 (2), dans
laquelle il déclara les religieuses de Longchamp « capables
et habiles à succéder à leurs parents en toute sorte de biens,
meubles et immeubles, excepter les fiefs et les seigneuries ».
Il les exempte aussi de toute dîme sur leurs vergers, leurs
jardinages et la nourriture de leurs bestiaux.

En 1262, saint Louis, par lettres patentes, les exempta
de tout péage, pour les choses qui entreraient dans leur
maison ; en 1264, il y ajouta les franchises de passage, tonlieu et rouage. Cela les incita à acquérir, des abbés et religieux de Joyenval, le droit de tonlieu et cueillette du pain
qu'ils avaient le droit de prendre à Paris toutes les trois
semaines, et qu'ils tenaient du juif Dieudonné de Bray (3).
Il en coûta aux religieuses six cents livres. Cet acte, daté
d'octobre 1268, fut confirmé au mois de novembre suivant
par Louis IX (4) et ratifié par Jean, abbé de Prémontré, en
1336. — Enfin, le 7 mai 1310, un arrêt du parlement adju-
gea à l'abbaye le tonlieu de la ville de Paris, c'est-à-dire le
droit sur les charrettes et charges à cheval, comme l'ex-
plique à son folio 54 le petit *livre blanc* du Châtelet. Ce
droit fut confirmé par Philippe le Bel en 131 . Dès ce moment les gens mêmes de Longchamp furent exempts de
toute taille, subside, contribution, pontonnage, péage et

(1) Le 2 février 1521, déclaration à MM. les commissaires
sur les amortissements de tous les héritages que l'abbaye possède dans la censive du roi, à Paris tant qu'ailleurs, avec les
pièces justificatives desdites possessions (Arch.Nat.,Q¹, 049);
du 16 juillet 1602 et du 8 juillet 1666, deux états des rentes
possédées par les religieuses sur les domaines du roi. Arch.
Nat., Q¹, 1073.)

(2) Arch. Nat., L.L. 1600.

(3) *Id.*, K. 32, n° 8.

(4) *Id.*, K. 32, n° 9.

barrage. Ces trois derniers privilèges se rapportaient directement à l'écluse et au bac de Suresnes.

Précisément, au mois de mars 1270, par lettres datées de Vincennes, saint Louis faisait encore remise aux religieuses du droit de Quint sur toutes leurs acquisitions (1).

Nous avons dit plus haut que les rois avaient le droit d'entrer à Longchamp. Philippe le Bel y venait fort souvent, avec la reine Jeanne de Navarre, sa femme (2), et son fils Louis, qui fut roi de France avec le surnom de *Hutin*. Il profita d'une de ses visites, au mois de mars 1300, pour donner aux religieuses la dîme du pain qu'il consommerait avec sa famille lorsqu'il habiterait l'abbaye (3). Ce privilège fut continué par ses successeurs, lorsqu'ils vinrent séjourner à Longchamp. Les religieuses furent également exemptées du *droit de prises ;* mais elles ne jouirent de cette exemption qu'à partir de la fin du xve siècle. Les guerres incessantes qui désolaient la France, les partis qui, sous prétexte de se procurer des vivres, ravageaient les environs de Paris comme les provinces, firent désirer par l'abbaye une sauvegarde. La reine Isabelle s'émut de leur demande et, le 8 février 1389, par lettres patentes datées de Conflans, c'est elle qui accorda aux religieuses l'exemption du droit de prises (4).

Nous avons déjà parlé des droits de coupe que possédait l'abbaye dans la forêt de Rouvray. Elle avait même privilège sur une partie de la forêt de Saint-Germain. Après

---

(1) *Id.*, K. 33, n° 11. Autre pièce : le 4 juin 1341, par lettres datées du château de Bécoiseau, remise est faite aux religieuses du droit de quint sur une rente de 50 livres acquise par elles. (K. 43, n° 16.)

(2) Fille d'Henri, roi de Navarre, comte de Champagne et de Brie, second fils du fameux Thibaud de Champagne, mort d'apoplexie le 22 juillet 1274, et de la princesse française Blanche, fille du comte Robert, tué à Mansourah, et sœur du comte régnant d'Artois.

(3) Arch. Nat., K. 36, n° 54.

(4) Arch. Nat., K. 53, n° 79. Cet avantage fut accordé aux religieuses par Isabeau de Bavière quelque temps avant son couronnement, qui eut lieu au mois d'août de la même année 1389.

le divorce d'Henri IV et de Marguerite de Valois, la mort de Gabrielle d'Estrées et son intrigue avec Henriette d'Entragues, le roi, au milieu de ses débordements, se souvient des bons moments passés à Longchamp lors du siège de Paris. Par lettres patentes datées de Paris, 2c janvier 1602, il donne aux religieuses le droit de faire couper huit arpents de bois dans la forêt de Saint-Germain (1).

Le dernier privilège que nous trouvons est celui de *Franc-Salé*. Ce privilège fut accordé à l'abbaye par Louis XIII, comme le prouve la pièce suivante, lettres patentes datées de Paris (2):

« Vu leur peu de revenu ; les pertes et dommages causés par le débordement des eaux ; qu'elles ne peuvent qu'à grand peine subvenir aux frais des provisions de leur maison ; du sel qui leur est nécessaire, Louis roi, aux religieuses, abbesse et couvent de Notre-Dame de Longchamp dit Rouvray-les-Paris, octroyons : quatre septiers de sel à prendre chacun an en notre grenier de Paris au prix du marchand. » (3)

Louis XIV, par lettres patentes datées de Fontainebleau (octobre 1645), confirma particulièrement ce privilège (4), ainsi que le 12 décembre 1654 (5).

Tous ces privilèges furent successivement confirmés par les rois de France. Dès le mois de janvier 1285, Philippe le-Hardi avait confirmé la charte de saint Louis portant ratification de plusieurs donations et ventes faites à l'abbaye de Longchamp (6). Et nous voyons successivement :

Charles V, par lettres patentes datées de Paris, juin 1364, confirmer les privilèges accordés à l'abbaye pendant sa

---

(1) *Id.*, K. 107, n° 24. Le 28 août 1593, de Saint-Denis, ce même roi leur avait prorogé de 6 ans ce droit de coupe, mais sur 12 arpents. (K. 105, n° 30.)

(2) *Id.*, K. 109, n° 4.

(3) *Id.*, P. 2.346, p. 177. Enregistré à la Chambre des Comptes, le 11 avril 1611. L'octroi de ce sel (35 livres) est du 16 juin 1611 ; la pièce est signée Evrard (*Id.*, Z¹,f. 559, fol. 87).

(4) *Id.*, K. 117, n° 20.

(5) *Id.*, P. 2.374, p. 467.

(6) *Id.*, K. 35, n° 12.

régence au mois d'août 1359 (1) ; — Charles VI, par lettres patentes datées de Paris, mai 1396, confirmer les privilèges accordés à l'abbaye par Charles V (2) ; — Charles VII, par lettres patentes datées de Chinon, avril 1459, confirmer les privilèges accordés à l'abbaye par les rois, ses prédécesseurs (3) ; — Charles VIII, par lettres patentes, septembre 1484, confirmer les privilèges accordés à l'abbaye par les rois, ses prédécesseurs (4), confirmation renouvelée le 28 août 1492 (5) ; — François 1er, par lettres patentes datées de Blois (septembre 1519), confirmer les privilèges accordés par les rois, ses prédécesseurs (6) ; — Henri II, par lettres patentes datées de Fontainebleau, septembre 1547, confirmer les privilèges accordés à l'abbaye par les rois ses prédécesseurs (7) ; — Charles IX, par lettres patentes datées de Paris, mai 1562, confirmer les privilèges accordés à l'abbaye par les rois, ses prédécesseurs (8) ; — Henri III, par lettres patentes datées de Paris, novembre 1581, confirmer les privilèges accordés à l'abbaye par les rois, ses prédécesseurs (9) ; — Henri IV, par lettres patentes datées de Paris (mars 1597), confirmer les privilèges accordés à l'abbaye (10). Il renouvela cette confirmation par lettres de Fontainebleau le 3 juin 1601 (11) ; — Louis XIII, par lettres patentes datées de Paris (janvier 1611) confirma aussi les privilèges de l'abbaye (12).

Mais qui gardait et défendait ces privilèges ? Un bref du pape, le 15 mai 1361, nous apprend que c'est l'évêque de

(1) *Id.*, K. 49, n° 11.
(2) *Id.*, K. 54, n° 33.
(3) *Id.*, K. 69, n° 31.
(4) *Id.*, K. 73, n° 21.
(5) *Id.*, K. 74, n° 37.
(6) En mai 1517, par lettres datées de Paris, il confirma le droit aux religieuses d'acquérir dans les domaines du roi jusqu'à 500 livres de rente (K. 81, n° 19).
(7) *Id.*, K. 90, n° 3.
(8) *Id.*, K. 93, n° 8.
(9) *Id.*, K. 101, n° 20.
(10) *Id.*, K. 106, n° 21.
(11) Arch. Nat., E. 1.712, p. 249.
(12) Arch. Nat., K. 109, n° 7.

Paris, conjointement avec l'archevêque de Reims et l évêque de Meaux. Cela ne plut qu'à moitié au roi Charles V qui, par lettres datées de Vincennes, août 1370, nomma le prévôt de Paris ou, à son défaut, son lieutenant, conservateur des biens, privilèges et immunités accordés à l'abbaye (1). Cela devait exister déjà de fait car, dans une confirmation de juin 1370, Charles V enjoint aux religieuses d'avoir le prévot de Paris comme conservateur et protecteur de tous leurs droits. Il faudrait en conclure que le prevôt de Paris ne protégeait Longchamp que d'une manière officieuse, et que ce n'est qu'à partir d'août 1370 qu'il le protégea officiellement. Mais les autorités religieuses ne voulurent pas perdre leur part de protection. Aussi, le 11 novembre 1503, un mandement de l'abbé de Sainte-Geneviève ordonna-t-il aux curés, tabellions, vicaires et notaires, de conserver les droits et privilèges accordés par le saint siège aux religieuses.

Ainsi, l'abbaye de Longchamp fut comblée de privilèges. Ils lui furent d'un médiocre secours, comme nous allons le voir.

(1) *Id.*, K. 49, nᵒˢ 49 à 49⁵.

VI

FORTUNE DE L'ABBAYE
TERRES ET MAISONS A L'ENTOUR
TERRES ET MAISONS AU LOIN
RENTES SUR MAISONS ET TERRES
DONS EN ARGENT

C'est ici la partie la plus ardue et la plus complexe de notre histoire de l'abbaye de Lonchamp, et nous aurons souvent à renvoyer le lecteur aux *appendices*, sans la lecture desquels on n'aurait qu'une idée incomplète de la fortune du monastère.

L'abbaye de Longchamp reçut quelques dons en argent, assez rares. Elle reçut surtout des dons en rentes sur maisons et sur terres à Paris et en province ; mais souvent elles disparaissaient à la mort du donateur, les héritiers n'étant pas forcés de les continuer. Quelquefois un des héritiers continua la rente. Beaucoup de ces rentes étaient personnelles aux jeunes personnes qui prononçaient leurs vœux à Longchamp et qui les employaient à leurs propres besoins. Ce n'est que plus tard qu'elles furent dépensées en commun.

En dehors de rentes sur terres et sur maisons, l'abbaye possédait des rentes sur le trésor, sur le clergé de France, le *don régale,* en Normandie ; une rente sur la prévôté de Paris, une rente sur l'arche du pont de Mantes. A Suresnes, Nanterre et Boulogne près Paris, elle touchait également des rentes, et de même à Antony, Pont-Audemer, Genouilly, Choisy, Viry, et sur le bois de Vasselot. A Paris, les religieuses possédaient et le *fief des Bretons* et une maison sous le Châtelet, ainsi que des rentes sur soixante maisons. Elles possédèrent des terres ou des maisons à Charonne, Poissy, Triel, Aubigny-en-Laonnois, Chaillot, Etampes, Palaiseau, Dourdan, Les Granges-le-Roi, Villeneuve-sous-Dammartin, Reuilly, Suresnes, Boulogne, Saint-Cloud, Beaumont, Clamart, etc. Un des principaux soucis des rois envers les religieuses fut de confirmer leurs achats ou de les amortir. Saint Louis donna sous cette forme à l'abbaye bien des sommes qui ne peuvent figurer comme dons.

Malgré toutes ces richesses, l'abbaye fit rarement face à ses affaires. Dès la fin du xiiie siècle, elle se débattait contre la misère. Dans un compte de la fin de 1286, la recette ne dépassait pas, toutes charges payées, 40 livres 22 deniers. C'était peu de chose ; cependant les années furent rares où les religieuses n'eurent pas de déficit. Les rois durent solder les arriérés, et bien souvent dans l'avenir les trésorières, en se rappelant les premières années de la fondation de leur maison, durent regretter le petit excédent de 1286. Au commencement du xive siècle, les dettes dépassent les recettes de 65 livres 6 sols 1 denier. *Somme de toutes les dettes II^c III^xx XIX liv, XIX s. VI d ; item leu devoit II^c XXX IIII liv. XIII s. IIII d. parisis, et monte plus ce que le couvent devoit que ce lon devoit au couvent LXV liv. VI sols I d.* Cependant, les richesses du clergé avaient été s'accumulant depuis le commencement des croisades, et le pape Boniface (1) qui, en 1298, avait appelé Charles de Valois en Italie et l'avait déclaré capitaine du Saint-Siège ; ce pape, qui confondait les intérêts de l'Église avec ceux des fils et des neveux de saint Louis ; ce pape qui, dans une bulle lancée contre Albert d'Autriche, s'intitulait *le vicaire de Jésus-Christ qui siège sur un trône élevé, et à qui toute puissance a été donnée dans le ciel et sur la terre*, ce pape

(1) Mourut le 11 octobre 1302. Il fut en lutte constante contre le roi de France, qui ne lui obéissait pas.

avait à foison dans ses coffres l'or français que les maisons religieuses lui envoyaient (1).

A ce moment, la livre tournois valait 20 francs. Les falsifications la réduisirent à 5 fr. 25. Le marc d'argent valait 2 livres 5 sous 6 deniers. Mais le roi Philippe le Bel, sans cesse sans argent, modifiait le titre des monnaies et mérita le nom de roi faux-monnayeur. Il interdit aux seigneurs, sauf cinq, de frapper de l'argent; il voulait être le seul faux-monnayeur du royaume.

Les religieuses eurent aussi beaucoup à souffrir du règne de Philippe le Long. Malgré le quint que le roi prenait à chacun, et des exactions de toute sorte, il était toujours sans argent; les dîmes, les annates, la subvention des Lombards et des juifs avaient fondu entre ses doigts. Il ne payait même pas les dettes et les aumônes souscrites par ses prédécesseurs aux religieuses, qui voyaient avec peine leurs titres de rente inutiles. Elles faisaient tous leurs efforts pour faire face à leurs dépenses. Elles s'occupaient activement de faire valoir leurs terres et leurs propriétés ; mais elles avaient bien des déboires. En 1319, il leur fallut avoir recours au prévôt de Paris pour se faire payer des rentes qui leur étaient dues sur plusieurs maisons à Paris. L'acte fut passé le 24 septembre (2). Les années se soldaient avec des déficits. En l'année 1325, les recettes se montèrent à 500 livres 77 sols 8 deniers et les dépenses à 525 livres 5 sols 10 deniers 1 tournoi. Deux ans plus tard, en 1327, les comptes indiquent qu'on leur doit 160 livres, 61 sols, 1 denier, mais qu'elles sont en déficit de 298 livres 8 sols 9 deniers 1 tournoi. Toujours augmentent leurs dépenses ; plus d'une fois elles seront réduites à implorer la bonté des rois, qui ne faisaient déjà pas grand chose pour *alléger les finances du royaume. Charles IV le Bel, en supprimant les receveurs des finances et en joignant leurs fonctions à celles des baillis, fit même un pas en arrière.

Les religieuses ne pouvaient même pas se dédommager en recherchant les distractions de l'art, car le pape, par

---

(1) Raynaldi, Annales écclésiast., an 1301.
(2) Arch. Nat., K. 40, n° 29.

une bulle de 1321, leur défendit les violons sous peine d'excommunication.

Vers l'année 1367, elles eurent un moment d'espoir A la suite du traité de Brétigny, et prêt à rompre de nouveau avec l'Angleterre, Charles V, tout en préparant la guerre et en établissant des compagnies d'arbalétriers dans beaucoup de villes, sut diminuer les aides et les gabelles de moitié (1). Puis, tournant les yeux vers Longchamp, il donna ordre au vicomte de Rouen, par lettres datées de Paris (10 mars 1367), de payer aux religieuses 100 livres à compter sur les sommes qui leur étaient dues par le trésor (2). C'est assez dire que si l'abbaye était pauvre, l'organisation financière de la France en était bien la cause.

Il y eut vers 1375 une abbesse, Jeanne de la Neuville, dont l'histoire est intimement liée à la fortune de l'abbaye. Pendant douze ans, elle s'occupa spécialement de régir les richesses de l'abbaye et elle inaugura à ce sujet un moyen qui pouvait devenir pour la maison une source de prospérité. Elle prenait une hypothèque sur une maison, mais comme souvent le propriétaire de la maison arrivait à la vendre, elle s'en rendait acquéreur pour une somme inférieure à son prix réel. Les maisons ainsi acquises étaient ensuite louées à bail. Ce nouvel effort n'enrichit pas la communauté que les guerres avaient appauvrie, à un tel point, cette fois, que les religieuses, manquant de l'argent indispensable à leur entretien, durent emprunter et engager leurs reliques. Le cas était grave. Elles eurent grand peine à s'acquitter envers leurs créanciers, et jusqu'en 1437 l'accroissement de la fortune abbatiale fut insensible. En 1447, l'abbaye était à peu près ruinée. Le 12 novembre 1443, les monnaies avaient encore été modifiées. L'édit avait proscrit toute autre monnaie que les écus d'or. *Les deniers grands blancs* valaient 10 écus tournois, *petits blancs* 5 deniers. Cette réforme avait encore lésé l'abbaye.

Un siècle s'écoule. Le 10 avril 1540, les religieuses ont à fournir au greffe de la Chambre des Comptes de Paris

(1) *Ordonnances*, t. V, pp. 15 et suiv.
(2) Arch. Nat., K. 49, n° 16.

une copie de l'état de leurs biens tant à Paris que dans la banlieue. Si les revenus étaient exactement rentrés à l'abbaye, ce compte les faisait riches ; mais il en était autrement, et lorsque Maria IV Lotin prit la direction du monastère avec le titre d'abbesse, elle trouva la maison fort endettée. Elle eût voulu lui rendre sa prospérité ; mais les intempéries elles-mêmes l'en empêchèrent. L'hiver 1564-1565 fut si rude que tout gela et que la famine régna dans le pays. Incapables même de subvenir à leurs provisions de bouche, les religieuses n'échappèrent aux souffrances de la faim que grâce à leurs parents, qui leur portèrent à l'abbaye les vivres nécessaires. Enfin, en 1592, l'abbaye se trouva à la dernière extrémité ; elle vendit presque toute son argenterie. Il fallait vivre et payer les dettes pour lesquelles on était poursuivi ; témoin la pièce suivante :

« Compte deuxième de maistre Françoys Hieraulme, de M. de Fresnoy colonel au quartier Sainct-Honoré la somme de V escuz provenant de partye de la confiscation de la vaisselle d'argent trouvée avecq les hardes de Madame labbesse de Longchamp jugée par messieurs les prevost des marchans et eschevins de la ville de Paris, a faute d'estre acquittée. » (1)

Quand Henri IV s'éloigna des murs de Paris, les religieuses avaient déjà subi bien des misères. Le 22 mai 1594, les armées qui vivaient aux environs, et surtout les gendarmes, leur prirent tout leur bétail, et, disent-elles, elles ne vécurent pendant quatre ans que de pain et de vin, ne touchant comme argent que leurs pensions. Pourtant, vers la fin du règne d'Henri IV, l'abbaye connut des jours de prospérité. Mais le crime de Ravaillac la replongea dans les difficultés pécuniaires. En mai 1610 elle est riche ; en septembre, elle est pauvre. Les religieuses issues de familles riches pouvaient seules vivre à leur aise. Le R. P. Rousselle, provincial de la province de France, s'en émut et, pour faire cesser toute discussion au sujet de la fortune particulière de chaque religieuse, pour que celles qui étaient

(1) Arch. de l'Assistance publique (avenue Victoria), pièce 6.704.

pauvres pussent vivre honnêtement, il ordonna aux abbesses et religieuses de faire masse commune de leurs rentes et de leurs pensions.

La pauvre abbaye ne profitait pas des accalmies dont jouissait la France entre ses guerres. L'année 1631, qui marqua l'achèvement des luttes intérieures contre la maison royale et l'abaissement des huguenots, fut pour le monastère une année de misère et inaugura une période malheureuse. De lourds impôts frappaient la France ; l'année 1640 fut dure entre toutes. Le marc d'argent, qui sous Henri IV valait vingt-cinq livres, valait vingt livres en 1636 et vingt-six livres en 1640. Mais Richelieu avait besoin d'argent. Un édit du 18 avril 1639 somma tous les bénéficiers, communautés et autres gens de mainmorte, de payer l'amortissement au roi pour tous les immeubles acquis depuis l'an 1520 et dont le droit d'amortissement n'avait pas été acquitté. C'était le cas de l'abbaye de Longchamp. Les religieuses se récrièrent comme tous les possesseurs de biens de mainmorte. Une déclaration du 7 janvier 1640 annonça que le roi se contenterait, pour l'amortissement, d'une levée de 3.600.000 livres. Ce n'était pas les 8 millions dont parlaient les gens de finance. Le clergé et les communautés réclamèrent encore. On ne leur demanda plus que le sixième de leurs revenus pendant deux ans (6 octobre 1640). Enfin on se mit d'accord le 27 mai 1641 en accordant 6 millions et demi. Longchamp ne s'émut point. La communauté, comme auparavant, se contenta de ne pas payer.

Nous arrivons à l'année 1668, où nous trouvons un état de propriété qui porte que les revenus de l'abbaye sont de 22.146 livres 18 sols 6 deniers, et les charges de 18.000 livres. S'appuyant sur ses privilèges de propriété, l'abbaye de Longchamp se croyait exclue du don gratuit. On voulut le lui imposer. Elle refusa et fit requête à ce sujet. Une lettre de Guémadeur, maître des requêtes (1670), nous dit qu'elle n'eut pas raison dans ce petit procès (1).

(1) Arch. Nat., G⁸, 707, pp. 2552 et 2555. — G⁸, t. 85, p. 115.

En 1702, les revenus de l'abbaye sont de 22.674 livres 77 sols 18 deniers et les charges de 42.740 livres 14 sols. En 1712, les revenus étaient de 20.585 livres 12 sols 6 deniers et les charges de 31.766 livres 14 sols 6 deniers. En outre, l'abbaye avait 15.000 fr. de dettes. Les religieuses en furent bientôt réduites à solliciter un emprunt pour satisfaire à leurs dépenses. Nous lisons le 30 août 1718, dans leur requête adressée au roi, que l'hiver de 1709 ayant été fort rude, et n'ayant pu emprunter à leur boucher, boulanger et autres fournisseurs sans acquérir ; que leurs rentes sur l'hôtel de ville sont retardées ; que les arrérages de 1712 et 1713 ont été supprimés et ajoutés au capital, ce qui leur a beaucoup moins produit, attendu la réduction au denier 25, et le retranchement des 2/5 qu'elles ont supporté sur la plus grande partie des fonds et des rentes suivant l'édit de décembre 1713 ; qu'elles n'ont pu payer leurs fournisseurs ; que les bâtiments sont délabrés ; elles demandent à faire un emprunt de 25.000 livres au denier le plus avantageux (1). — Le roi eut compassion de leur sort et leur accorda ce qu'elles demandaient.

La période funeste se poursuit. En 1721, les revenus sont de 21.948 livres 24 sols 5 deniers, les charges de 63.139 livres 14 sols. Il fallut songer à faire un sacrifice territorial pour liquider le déficit. Par ordonnance du 30 avril 1718, elles avaient pu emprunter 25.000 livres, comme nous venons de le voir. Le sieur Theissier leur avait prêté 12.000 livres le 20 septembre 1718. Le sieur Huguet de Montavant leur avait également prêté 12.000 livres, plus 3.700 livres les 2 et 24 novembre, les 20, 22 et 28 décembre 1725, pour éviter les poursuites violentes de François Legendre, marchand forain de bestiaux. Les religieuses remboursèrent 12.000 livres au sieur Theissier par les mains du sieur Robinet. Mais ne pouvant solder Huguet de Montavant, elles lui proposèrent, le 15 juillet 1726, de lui donner en échange le petit fief et dépendances des Granges-Le-Roy. Il accepta. Cet héritage avait toujours été à l'abbaye plus onéreux que profitable, à

(1) *Id.*, E. 913 c, p. 256.

cause de la mauvaise qualité des terres et leur situation montagneuse, et elle n'en tirait un revenu que depuis 1721. La ferme en ruine avait été abandonnée, parce que la reconstruction aurait coûté plus que la valeur du fief (1). En acceptant, Huguet de Montavant se montrait bienveillant vis-à-vis des religieuses.

Quelques jours avant cette vente, le 20 mai 1726, les créanciers de l'abbaye avaient fait des saisies sur les revenus ; un jugement avait levé les saisies et avait permis aux religieuses de s'acquitter par provisions.

Le 10 mars 1729, un jugement en dernier ressort, qui intervient entre les dames de Longchamp et leurs créanciers, semble terminer la phase funeste à la fortune de l'abbaye (2). Le 9 novembre 1729, les revenus s'élèvent à 17.378 livres 11 sols et les charges ne sont que de 4.766 livres 16 sols 6 deniers. Le 11 juin 1731, on liquida et régla les affaires. Il est donc à supposer que le 2º semestre fut ouvert sans dettes. Cependant il faut arriver en 1750 pour que la roue de la fortune tourne en faveur de l'abbaye de Lonchamp. Ce fut à la fin des jugements et des arrêts qui réunirent le monastère des Petites Cordelières à l'abbaye. On peut juger de la joie des religieuses, qui purent payer définitivement leurs arriérés et faire faire aux bâtiments les réparations dont ils avaient besoin depuis longtemps. Mais les jours heureux ne durèrent pas. Ainsi, de 1760 à 1790, six années seulement se soldèrent en excédent. Ces bénéfices demeuraient insuffisants pour acquitter le passif des vingt-quatre autres années. Ces années heureuses sont : 1767 (juillet à décembre), 1770, 1771, 1772, 1773, 1786, 1787 (3). Le 1er août 1780, par un arrêt signé Boulainvilliers, tous les biens meubles et immeubles furent hypothéqués (4).

En 1780, il y eut trois trésorières au lieu de deux, et cela dura jusqu'en 1790. Ce furent Anne-Charlotte Bertheau,

(1) Voir, pour l'histoire de cette propriété, l'appendice. Elle revint à l'abbaye par héritage.
(2) Arch. Nat., V⁷, 331.
(3) Voir appendice.
(4) Arch. Nat., H. 3836.

abbesse, sœur Champior et sœur Jouy. Il y avait également
un intendant des biens, qui était Le Cler de la Ronde (1).

Un compte rendu, fait par cet intendant, des recettes et
dépenses en deniers, depuis le dernier compte arrêté par le
conseil de l'abbaye en présence de M. l'abbé Desplasses,
supérieur, du 22 août 1783 jusqu'au 27 octobre 1786, est
un des derniers actes de la vie de Longchamp.

Le résumé en est édifiant :

	Livres	Sols	Deniers
Rentes.	31.397	6	10
Fermages.	12.571		
Loyers de maisons	6.530		
Droits.	1.837	10	5
Rentes sur particuliers.	1.080		
Provenant des Cordelières. . .	2.448	7	10
Offrandes.	108		
Remboursements	428		
Rentes foncières sur particuliers dans différents villages à Long- champ	3.317		
Rente viagère sur la tête de Mme Lemaire.	285	10	9
Les dépenses sont de.	65.000 l.		

Ainsi, on 'ne saurait trop y insister, l'abbaye de Longchamp connut peu d'heures de prospérité financière. Elle
vécut au milieu de difficultés renaissantes, et lorsque la
Révolution décrétera la fermeture du monastère et la vente
des biens, les pauvres religieuses, les dernières n'auront
même pas d'argent pour rejoindre leur famille ou leurs
amis. Ce ne fut pas toujours la faute des temps. Ce furent
leurs dépenses exagérées pour l'embellissement de leur
maison, la bonne chère et les commodités peu monastiques qu'elles installaient dans leurs relations extérieures,
qu'il en faut rendre responsables. Nous en jugerons mieux
au chapitre IX.

(1) Pièce du 4 août 1781.

CHAPITRE VII

PROCÈS

DEMANDES ET DÉFENSES

Les procès que l'abbaye de Longchamp eut à soutenir furent nombreux. Beaucoup concernent des cessations de paiements de rentes, ou de baux. Nous ne parlerons ici que des plus importants. Les autres seront simplement cités aux appendices, en regard des maisons ou des terres auxquelles ils se rapportent ; il serait sans intérêt de les développer ici.

C'est en l'an 1265 que pour la première fois l'official de Paris est en rapport avec l'abbaye de Longchamp. Michel le Velu avait légué aux religieuses 50 livres de rente hypothéquées sur deux maisons à Paris, l'une appartenant à Guillaume... (nom illisible) et l'autre à Richard Hauquelin. L'héritière du donateur, à la mort de celui-ci, refusa de continuer le paiement de cette rente et les religieuses durent s'adresser à l'official de Paris, qui leur donna gain de cause (1).

Le procès le plus important que l'abbaye eut à soutenir fut celui d'Antony. Les religieuses avaient acheté, vers 1275, à Jean de Martery, chevalier, et à Jeanne, sa femme, une rente annuelle de 12 muids d'avoine sur les habitants d'Antony (2). En 1398, les habitants d'Antony, appauvris par les

(1) Arch. Nat. L. 1020.
(2) *Id.*, K. 54, n° 54.

prélèvements incessants des fermiers des finances et fort
éprouvés par les dernières années, qui avaient été défavo-
rables à l'agriculture, ne payèrent pas aux religieuses leur redevance. Elles eurent recours au roi Charles VI, qui, par lettres datées de Paris, 4 novembre 1398, ordonna la contrainte.
Les habitants d'Antony écrivirent à Isabeau de Bavière pour
l'appitoyer sur leur sort. La reine invita l'abbesse de Longchamp, en considération de la pauvreté des habitants, à
renoncer à une partie de la redevance (1). L'abbesse s'inclina
momentanément. Mais comme en 1399 et en 1400, les habitants ne payèrent encore que 4 muids d'avoine, les religieuses se fâchèrent et exigèrent leur redevance entière,
avec rappel du solde, des trois années précédentes. Les
habitants d'Antony n'ayant pas d'avoine, ne payèrent même
pas l'année 1400. Alors, les religieuses s'adressèrent au
Parlement qui, par un arrêt du 13 juin 1401, commit
Guillaume de Villars, conseiller, pour estimer la valeur en
argent des 12 muids d'avoine, dont les arrérages mêmes
étaient en retard depuis plusieurs années (2). L'arrêt n'eut
pas d'effet. Les religieuses s'impatientèrent. Les habitants
d'Antony leur opposaient la force d'inertie de leur pauvreté.
Elles ne voulurent pas abandonner leur proie et peu chari-
tablement s'adressèrent au roi. La réponse royale n'intervint
que sous la direction abbatiale d'Agnès d'Issy, le 27 octobre
1403. La France, à cette époque, était entre les mains
d'Isabeau de Bavière, des ducs d'Orléans, de Bourgogne et
de Berri, du roi de Sicile, communément appelés *les sires
des fleurs de Lys*. Le pauvre roi Charles VI, fou depuis
le 5 août 1392, ne reprenait les rênes du royaume que
pendant ses rares instants de lucidité, où il essayait de corriger les fautes commises par ses parents. Mais hélas ! dès
que la folie le reprenait, ces derniers frappaient de nouvelles tailles, sous prétexte de guerre contre l'Angleterre ou
de conquête du duché du Guyenne, perdaient l'argent au
jeu, et se faisaient haïr du peuple pour leurs mauvaises
mœurs et leurs déprédations. Le duc de Bourgogne, seul,

(1) *Id.*, K. 54, n° 57.
(2) Arch. Nat., K. 55, n° 12.

surnommé Jean sans Peur depuis la funeste campagne de Nicopolis, conservait quelque popularité. Le roi Charles VI, au sortir d'une de ses crises, donna, par lettres datées de Paris, commission pour citer au parlement les habitants d'Antony, afin de les contraindre à payer a rente de 12 muids d'avoine (1). Cette fois, ils payèrent.

Le procès suivant concerne une rente à Suresnes. Pierre Legrand, habitant de Suresnes, avait donné aux religieuses 18 sols parisis de rente sur deux maisons sises à Suresnes. Plus tard, le 17 juin 1419, Pierre Legrand vendit à Jean Dessour 50 sols de rente à prendre sur ces deux maisons, dont 18 sols dus aux religieuses, cette dernière rente hypothéquée sur plusieurs pièces de vigne (2). Du même donateur, les religieuses avaient acheté 22 sols de rente. Le 24 mars 1445, les arrérages de cette double somme n'ayant pas été payés, il y eut procès-verbal de saisie recette de 30 livres 16 sols, sur une rente de 44 sols, entre les mains des héritiers de Pierre Legrand. Enfin, le 1er janvier 1475, un des héritiers de Pierre Legrand donna aux religieuses un quart de vignes à Suresnes, au lieu dit *Grevilliers*, pour demeurer quitte envers elles de comptes de biens de la succession, lesquels leur avaient été adjugés (3).

A cette époque, l'abbaye est grandement appauvrie, comme nous avons pu le voir au chapitre précédent. Elle se débat contre la misère. Elle fait de nombreux efforts pour échapper à la ruine. Qui ne la paie pas, qui lui refuse le cens auquel elle a droit, est rigoureusement poursuivi. Cela apparaît encore par une transaction passée entre les religieux de Saint-Magloire, l'hôpital Saint-Jacques et les religieuses de Longchamp, au sujet de l'ordre de collation de rentes dues à chacun de ces établissements sur une maison faisant l'angle des rues Mondétour et de la Chauverie (15 février 1475) (4). Ne pouvant s'entendre avec les deux

(1) *Id.*, n° 24. Voir plus loin la suite de ce procès.
(2) Arch. Nat., Q¹ 1.065. Une autre pièce, du 5 mai 1433, signée Jean Alardot, chanoine de Saint-Honoré, porte 40 sols de rente, considérant l'achat fait dans la suite par les religieuses. (Arch. Nat., L. 1.023.)
(3) *Id.*, Q¹ 1064.
(4) *Arch. Hospitalières*, Paris. t. III, pièce 789.

établissements, l'abbesse de Longchamp se résolut à vendre
à l'hôpital Saint-Jacques la rente que l'abbaye touchait
(24 sous 5 deniers) sur cette masure ainsi que sur plusieurs
autres de la rue de la Chauverie (27 septembre 1479) (1).
Mais il y avait eu un procès qui dura quatre ans, et c'est
par crainte de le perdre que l'abbesse vendit la rente,
ainsi que le montrent les pièces citées.

Nous voyons alors reparaître le procès d'Antony, ou
plutôt il va en naître un nouveau pour les mêmes causes.
Eprouvés par de nouvelles mauvaises années, ou encou-
ragés par le résultat de leur inertie précédente, qui leur avait
permis de ne pas payer toute leur redevance, les habitants
d'Antony, en 1471, en refusèrent le paiement à l'abbaye. Le
14 mars 1472, une première sentence (2) les obligea à payer
aux religieuses ce qu'ils leur devaient en grains. Ils ne payèrent
pas. Le 21 juillet 1472, Jehan le Picard et Martin de Bellefaye,
conseillers du roi, dressèrent procès-verbal pour les faire
payer (3). Cela n'émut pas les pauvres paysans. Le 24 décembre 1472, un arrêt fut rendu par Jehan le Picard et
Martin de Bellefaye, les condamnant à s'acquitter envers
les religieuses (4). La pauvreté était si grande à Antony
que celles-ci ne reçurent rien. Il fut décidé alors que les
principaux habitants, Maynet Galie, Guillette, sa femme et
J. Moillier, devraient payer pour leurs voisins. Ils refusèrent à leur tour de verser ni argent, ni grain. Un nouvel
arrêt du 23 août 1478 les condamna (5). La tenacité et
l'âpreté des religieuses de Longchamp, qui avaient fait
vœu de pauvreté, d'humilité et de charité, font un singu-
lier contraste avec la résistance des pauvres habitants
d'Antony, qui ne jouissaient d'aucun privilège et étaient
écrasés d'impôts.

Un autre procès fort important fut soulevé vers 1486.
Les habitants d'Aubigny-en-Laonnois devaient annuelle-

---

(1) *Id.*, pièce 790.
(2) Arch. Nat., X¹ᵃ, 1486.
(3) Arch. Nat., Q¹ 1083 (registre). On voit dans cette pièce
que le domaine d'Antony empiétait sur celui de Verrières.
(4) Arch. Nat., X¹ᵃ, 1486.
(5) *Id.*, X¹ᵃ, 1478.

ment à l'abbaye douze marcs d'argent, qui n'étaient pas
payés depuis longtemps. Les religieuses eurent recours
aux grands moyens : elles firent interner dans la prison de
Laon les principaux du pays : Jean Charpentier, Thomas
Chéruas, Jean le Laurain, Jean Haubergier. Pour recouvrer
leur liberté, ils demandèrent à transiger. La transaction
eut lieu le 18 septembre 1488. Les détenus consentaient à
payer la somme de 1.309 livres 1 sol pour les arrérages des
12 marcs d'argent, à laquelle le Châtelet les avait condamnés,
et à s'acquitter régulièrement par la suite. Pour se procurer
cette somme, ils demandèrent leur élargissement. Les religieuses leur rendirent la liberté jusqu'au 3 novembre seulement (1). Ils s'ingénièrent si bien qu'ils purent acquitter
leur dette, et par la suite, la leçon, un peu dure, ayant
servi, ils payèrent fort régulièrement.

Au chapitre II, nous avons dit que non seulement les
religieuses tiraient leurs eaux potables de deux puits creusés
dans leurs cours, mais encore de la *fontaine du Veau d'or*,
sise à Suresnes. Ce droit leur fut contesté en 1615 et fournit
matière à un procès. Jacques le Gobelin, avocat, et Mlle du
Carnaz possédaient conjointement avec les dames religieuses de Longchamp la fontaine du Veau d'or. Les héritiers
de Jacques le Gobelin, maître Jean Aubry, demoiselle...
(non illisible), veuve de Jacques le Gobelin, et Mlle du Carnaz
contestèrent leur droit aux religieuses de Longchamp. Une
première sentence le reconnut néanmoins (14 août 1615) (2).
Le 3 janvier 1616, une enquête fut faite sur ce droit. Précédemment, le 13 juillet 1615, une sentence des maîtres des
requestes du Palais avait retenu la connaissance de la
cause d'entre les dames de Longchamp et maître Jean
Aubry et consorts en ce qui concernait la conduite des eaux
dans l'abbaye de Longchamp. Le 21 mars 1619, un
procès-verbal d'enquête fut dressé sur les contestations
pendantes entre les dames de Longchamp, d'une part, et
les héritiers de défunt Jacques le Gobelin, avocat, d'autre

(1) Arch. Nat., L. 1023.
(2) Arch. Nat., Q¹, 1067. Toutes les pièces concernant ce
procès sont à cette cote.

part. Enfin, une sentence du 12 mai 1620, rendue par les
maîtres des requestes du Palais, condamna Jean Aubry et
la veuve de Jacques le Gobelin, donnant ordre que dans la
huitaine « une nouvelle descente et figuré sera faite devant
le commissaire en raison de la situation du regard de la
fontaine descendant de trente toises à l'entrée seulement et
que procès-verbal sera fait des endroits par où l'eau de
ladite fontaine avait écoulement pour aller à Longchamp,
le tout aux frais des demandeurs. » Le 23 décembre 1624,
une nouvelle sentence autorisa les religieuses à prendre un
demi-pouce d'eau, ou le tiers des eaux de la fontaine du
Veau d'or. Le 23 mai 1637, nouvel arrêt qui ordonne « de
passer outre à l'adjudication par décret des héritages
saisis sur Nicolas le Baigneaux à la charge du droit de
fontaine à Suresne, conservé aux dames de Longchamp par
sentence des Requêtes ». Enfin, les religieuses eurent
encore maille à partir avec les héritiers de Jean Aubry, car
elles durent demander à la Chambre des Requêtes, le
7 septembre 1674, une nouvelle sentence qui les maintint
dans leur droit de « prendre les eaux dans le bassin du
Veau d'or, où feu Aubry et consorts avaient assemblé les
eaux. » Il est donc bien avéré par ces pièces que de la
fontaine du Veau d'or, val riche et fertile, ainsi qu'il est
dit dans un document, les religieuses de Lonchamp tiraient
la majeure partie de leur eau potable.

Nous avons parlé des droits de l'abbaye sur la forêt de
Carnel (1). Les religieuses avaient droit de coupes dans
les 240 arpents qu'elles y possédaient. Le bois étant indispensable aux réparations de leur maison, elles adressèrent
supplique au roi, le 31 mars 1699, sur l'avis du sieur Philippeaux, intendant de la Généralité de Paris, pour lui
demander l'exécution d'un arrêt du Conseil d'Etat rendu
à leur profit (2) et qui les autorisait à faire couper dix anciens baliveaux par arpent, *des plus dépérissants et de
mauvaise nature*, pendant trente années seulement. Ces

---

(1) Voir chapitre VI et appendices. *Carnelle*, écrit-on aujourd'hui.
(2) En ce même mois de mars.

baliveaux devaient être choisis, marqués et délivrés par le sieur le Ferongrand, Maître des Eaux et Forêts du département de Soissons, ou par les officiers de la Maîtrise des Eaux et Forêts de Beaumont-sur-Oise, à la charge de refaire les bâtiments détériorés, suivant le rapport fourni par frère Romain, le 10 février 1699 (1). — Le roi fit droit à la supplique des religieuses.

Elles possédaient, près de la Seine, deux pièces de terre et de pré qui appartenaient autrefois à l'abbaye de Saint-Louis à Saint-Cyr, avec charge de 2 sols 16 deniers de rente (2). Le 3 août 1700, elles refusèrent de payer cette rente, prétextant de leur pauvreté. Les religieuses si act ves dans leurs poursuites contre leurs débiteurs, poursuivies à leur tour, se virent condamnées par arrêt du 5 novembre 1705 à payer la rente.

Dernier procès intéressant. On verra au chapitre X que les Petites Cordelières furent réunies aux religieuses de Longchamp. L'évêque de Metz avait, par disposition testamentaire, donné 20 livres de rente aux Petites Cordelière. A sa mort, ses héritiers voulurent retenir cette rente.

Les dames de Conflans, de Longchamp et du faubourg Saint-Marcel écrivirent à l'agent général du clergé de France, qui demanda à M. de Courteille, conseiller d'Etat, intendant des finances, les pièces de ce procès pour que l'affaire n'allât pas aux juges ordinaires (14 janvier 1763) (3). Le 27 février, M. de Maupeou signifia arrêt aux religieuses leur disant qu'elles continueront à toucher leurs rentes (4). Le 2 mars, M. Melin, homme d'affaires des héritiers de l'évêque de Metz, renvoya les pièces, une déclaration semblant imminente (5). Enfin, après une

(1) Arch. Nat., E. 766¹, p. 52. Pièce signée Philippeaux, Demarest, Chamillard. Il y est dit qu'on réparera le grand portail dans 3 ans, et le surplus des réparations, d'année en année. Les frais totaux sont estimés à 41.788 livres 10 sols.
(2) Arrêt du 18 novembre 1562.
(3) Arch. Nat., G⁸. 2592, n° 12.
(4) Id., n° 63.
(5) Id., n° 64.

autre lettre du 2 mars, déclarant avoir reçu deux rapports au sujet de cette affaire (6), le 4 mars l'arrêt d'évocation donna raison aux religieuses (7).

(6 et 7) *Id.*, n° 68.

CHAPITRE VIII

LA VIE A LONGCHAMP
ÉVÉNEMENTS HISTORIQUES

Depuis le 25 mai 1267, jour où Louis IX avait convoqué ses barons au parlement de Paris pour les persuader d'entreprendre une nouvelle croisade, le roi préparait son voyage d'outre mer. Le 14 mars 1270, après avoir retouché une dernière fois son testament, il prenait l'oriflamme à Saint-Denis ; le 16, il faisait ses adieux à la reine Marguerite,à Vincennes ; le 1er juillet, il quittait Aigues-Mortes sur les navires génois pour aller mourir de la peste devant Tunis, le 25 août (1). Ce même mois de mars, de Vincennes, il avait amorti quelques biens récemment acquis par les religieuses de Longchamp (2). L'abbaye, en pleine organisation, avec ses agrandissements commencés, semble avoir subi le contre-coup de cette mort. Elle resta plongée dans le silence pendant quelques années.

En février 1285, au moment où Philippe-le-Hardi partait pour sa croisade contre don Pèdre (3), craignant pour l'abbaye de Longchamp les troubles qui pouvaient naître

(1) Le pape Clément V, élu le 24 novembre 1305, accorda à l'abbaye, au jour de Saint-Louis (1306), 100 indulgences.
(2) Arch. Nat., K. 33, n° 10.
(3) Il avait abandonné Rosas, repassé le Pas de la Cluse et le col de Panissars et devait mourir à Perpignan le 5 octobre 1285 (Guillaume de Nangis).

en son absence de Paris, il accordait aux religieuses des lettres de sauvegarde (1). En 1299, Philippe le Bel, pour le même motif, fit défense à ses officiers et au prévôt de Paris, d'employer, sous quelque prétexte que ce soit, les chevaux de l'abbaye (2). Au mois d'août 1303, à l'un de ses fréquents séjours à l'abbaye, il y data plusieurs ordonnances, entre autres celle qui exemptait les prélats des offices de judicatures (20 août).

Le 10 juillet 1313, Blanche, quatrième fille de Philippe le Long et de Jeanne de Bourgogne fut, à l'âge de cinq ans vingt-quatre jours, présentée comme sœur mineure à l'abbaye par son père et sa mère. Le 1er février 1318, veille de la Chandeleur, elle fut reçue religieuse par l'abbesse Jeanne V, en présence du roi, de la reine Jeanne, de Charles de Valois, oncle du roi, de Charles, comte de la Marche, de la comtesse d'Artois, et ce fut monseigneur le comte Robert de Courtenay, archevêque de Reims, qui lui imposa l'habit. Le même jour, on fit prendre l'habit à cinq autres religieuses qui devaient être à son service.

Au mois de mars 1319, Philippe le Long vint passer quelques jours à Longchamp. Il y data, le 22, une charte dans laquelle il mandait à ses commissaires de ne point exiger de subvention pour la guerre de Flandres, des hommes et des hôtes des chapitres de Notre-Dame de Paris (3). Il descendait dans la petite maison qu'avait habité Isabelle la fondatrice. Il y passa les six derniers mois de l'année 1321 et y fut deux fois malade : vers la fin de l'été d'abord, de dysenterie et de fièvre quarte. Il se releva, pour s'aliter de nouveau quelques jours après. Alors il ressentit les approches de l'agonie. L'abbé et les moines de Saint-Denis vinrent processionnellement, pieds nus, l'assister et lui apportèrent un morceau de la vraie croix, un saint clou, et un bras de saint Simon. La chronique raconte que l'application de ces saintes reliques laissèrent au moins au roi le temps de tester (2 janvier 1322).

(1) Arch. Nat., K. 35, n° 13.
(2) Id., K. 36, n° 52.
(3) Id., K. 40, n° 21.

Les prières et les secours des physiciens — c'est ainsi qu'on appelait alors les médecins — furent inutiles. Dans la nuit du 3 au 4, il trépassa dans les bras de sa fille Blanche, et fut, le lendemain de l'Epiphanie, le 6 janvier, enseveli à Saint-Denis.

Blanche de France fit beaucoup de bien à l'abbaye. Elle lui fit plusieurs dons (1). Entre autres, elle fonda un *obit* pour Jeanne de Bourgogne, sa mère, et ajouta à un legs fait par elle, 200 livres, 2 marcs et demi d'argent pour célébrer son anniversaire et celui de son père (1er janvier 1330)(2) En février 1329 avaient été apportées à Longchamp les entrailles de la reine Jeanne. L'urne était surmontée de l'épitaphe suivante :

« Cy gist l'entraille de très haute et très exellente dame Jehanne, reine de France, fille du duc de Bourgogne, comtesse d'Artois, de dite Bourgogne, Palatine et dame de Salins, laquelle trépassa à Roie le 26 janvier 1329, et furent par le vouloir d'icelle dame, ses entrailles apportées à cette abbaye de Longchamp à cause de noble et très religieuse dame et de très sainte claire mémoire madame sœur Blanche, sa fille, religieuse au dit Longchamp. Priez pour elle. » (3)

Vers la même époque, on vit à Longchamp une pâle et touchante figure, une autre Blanche de France, fille de Louis IX et de Marguerite de Provence, nièce d'Isabelle la fondatrice. Née à Jaffa (Syrie) en 1252, pendant l'avant-dernière croisade de son père, elle avait épousé l'infant de Castille, Ferdinand de la Corta, fils d'Alphonse X, et en avait eu deux fils, Alphonse et Ferdinand. Devenue veuve en août 1275, chassée par son beau-frère Sanche, qui s'empara du royaume de Castille, elle tourna les yeux vers sa patrie et ensevelit son double deuil au monastère de Longchamp ; elle y vécut dans la tristesse et l'oubli, y mourut et y fut enterrée en 1320.

(1) Arch. Nat., K. 42, n° 6.
(2) On les trouvera à son nom, aux *appendices*.
(3) Son corps était à Saint-Denis et son cœur à l'abbaye de Sainte-Geneviève.

Au mois de mai 1337, Jeanne, fille de Philippe, roi de Navarre, âgée seulement de 12 ans, prit le voile à Longchamp ainsi que seize autres religieuses. Le 23 avril 1338, elle signait un acte de renonciation à tous ses droits au royaume de Navarre (1).

Le dimanche après la Saint-Michel, le 6 octobre 1345, Blanche de France se fit consacrer en état de vierge, ainsi que sa cousine Jeanne de Navarre.

La même année, Foulques de Chanac, évêque de Paris, accorda aux religieuses des lettres d'exemptions.

Edouard III, roi d'Angleterre, débarqua en France le 12 juillet 1346. Successivement il s'empara de Barfleur, Cherbourg, Valognes, Carentan, Saint-Lô, Caen (26 juillet), Louviers, Pont de L'Arche, Vernon et Verneuil, pillant et incendiant. Le 14 août il était à Poissy. Tandis qu'il se reposait dans la vieille résidence du roi Robert, il envoyait le Prince de Galles jusqu'à Saint-Germain-en-Laye. Les partis anglais réduisaient en cendres Rueil et Neuilly. Les religieuses de Longchamp s'enfuirent à Paris. Les Anglais s'étant retirés, quelques jours après elles revinrent à l'abbaye. Mais de nouveaux partis ennemis s'étant signalés en incendiant Saint-Cloud, elles reprirent précipitamment le chemin de la capitale, en emportant ce qu'elles possédaient de plus précieux. Boulogne et Bourg-la-Reine furent mis à sac, incendiés, et l'ennemi, franchissant la Seine à Suresnes, pénétra dans le monastère, au grand effroi des cinq pieuses religieuses qui y étaient restées pour le garder. Il prit un grand nombre de meubles et il enlevait le grain et les bestiaux, lorsqu'il fut repoussé par un parti de paysans accourus de Boulogne et des bourgs environnants. Les religieuses ne rentrèrent à Longchamp qu'un mois après (2). Ce ne fut pas pour longtemps. La guerre des Jacques d'abord, écrasés enfin par le sire Enguerrand de Couci, entre l'Oise et l'Aisne, en 1358 ; la lutte avec le roi de Navarre, qui s'était enfermé à Poissy jusqu'à la fin d'août 1359 ; le débarquement (18 octo-

(1) Arch. Nat., K. 43, n° 1.
(2) Arch. Nat., L. L. 1604. — HENRI MARTIN, *Histoire de France.*

bre 1359) d'Édouard III à Calais, ses opérations en Artois,
en Cambraisis, en Vermandois, en Laonnois ; la trahison
du roi de Navarre (conspiration du captal de Buch). l'occupation par Édouard III (7 avril 1360) de Châtillon et de
Montrouge ; l'incendie par les bandes du regent des faubourgs Saint-Germain, Saint-Marcel et Notre-Dame-des-
Champs, entretenaient les religieuses en de telles alarmes
qu'elles abandonnèrent de nouveau l'abri de leurs murs et
se réfugièrent dans les établissements religieux de Paris.
Elles ne revinrent au monastère qu'à la fin de 1360 (1).
Pendant cet abandon, leur maison fut pillée. L'abbesse
Maria III fit procéder à des réparations. Elle fit également
faire un grand antiphonier, recueil qui n'existait pas
encore à l'abbaye (2).

Charles V étant intervenu pour faire établir la clôture de
l'abbaye en pierres de taille, les religieuses se crurent à
l'abri d'un coup de main. Mais Du Guesclin était fait pri-
sonnier pour la seconde fois à Navarette, et le prince de
Galles ne pouvant payer ses bandes, elles s'échappèrent de la
Castille, traversèrent l'Auvergne, le Berri, la Bourgogne et
coururent ravager la Champagne, ainsi que le pays entre
la Seine et la Loire. Les religieuses, reprises de peur, abandonnèrent leur abbaye une première fois le 14 juin 1358 (3).
Puis, lorsque Robert Knolles, ce *grand routier*, comme
l'appelait Du Guesclin, eut débarqué à Calais avec quinze
cents lances et quatre mille archers et Galois ; quand il
eut incendié et pillé les chaumières abandonnées (4) de
l'Artois, de la Picardie et de la Champagne, et que, s'étant
rabattu par le Gatinais sur Paris, il incendia Villejuif. Gen-
tilly, Arcueil et Bicêtre, les religieuses, le 24 septembre 1371,

(1) Arch. Nat., K. 47, n° 56, et L.L. 1.604. (Bibl. Nat., Con-
tinuateur de Nangis.)
(2) Il n'en existe malheureusement aux Archives que 2 pages.
(3) Arch. Nat., K. 49, n° 29.
(4) Les paysans se retiraient dans les villes bien approvi-
sionnées et bien défendues ; les troupes s'y rassemblaient et
refusaient la bataille par ordre du roi, afin de laisser les
grandes compagnies se ruiner elles-mêmes. Cette manœuvre
fut renouvelée en 1372. (Froissart, *Chronique de Saint-Denis*.)

refirent l'exode dans les murs de la capitale. Elles ne regagnèrent leurs dortoirs et leurs cellules que lorsque Du Guesclin eut dispersé les bandes et qu'une trève, après la recouvrance du Poitou, de la Saintonge, de l'Angoumois et de la Rochelle, trève conclue par ce roi, traité de *clerc couronné qui n'avait jamais porté la cuirasse*, eut permis à la France de prendre de nouvelles dispositions de défense et à l'abbaye de se restaurer.

La guerre entre Armagnacs et Bourguignons fut déclarée définitivement le mercredi 23 novembre 1407, par le meurtre du duc d'Orléans. Le roi Charles VI avait épousé la querelle des d'Orléans ; mais bientôt Jean sans Peur l'avait rallié aux Bourguignons. Valentine de Bourgogne, qui avait adopté la devise : *Rien ne m'est plus, plus ne m'est rien*, était morte en 1408 sans avoir vengé son mari. Le comte d'Armagnac lutta. En 1411, Saint-Cloud était en son pouvoir. Jean sans Peur, entré à Paris le 23 octobre, en sortait le 9 novembre, l'attaquait, taillait en pièces ses troupes et reprenait Saint-Cloud. Le monastère de Longchamp après avoir vécu quelques jours dans la crainte d'être la proie des partis, mais souffrant des décimes sans cesse prélevés par les Armagnacs et par le clergé, se mit du côté de la force, c'est-à-dire des Bourguignons et de Jean sans Peur.

En 1417, Paris était retombé au pouvoir des Armagnacs. Ils pillaient, ils insultaient les femmes, maltraitaient les bourgeois et se faisaient haïr. Leurs bandes installées à Nanterre exposaient le couvent à tous les risques d'un assaut. L'abbesse Agnès d'Issy ordonna la retraite de ses religieuses à Paris. Le 18 septembre, à une heure de l'aprèsmidi, elles sortirent traînant dans des chariots les principales reliques et dans un coffre tout leur argent. Six sœurs se dévouèrent à la garde de la maison. Les religieuses se rendirent au collège Saint-Germain, alors hors des murs de Paris et fortifié. Elles envoyèrent au couvent vingt-huit voitures chercher leurs meubles, les ustensiles, le blé, les farines et les commodités des religieuses. Les Armagnacs, qui faisaient d'incessantes incursions à Suresnes, à Saint-Cloud, dans le Bois de Boulogne, s'emparèrent des voi-

tures. Les religieuses restées au couvent reçurent leur subsistance d'un service militaire organisé par les Bourguignons, qui regarnirent de leur mieux les greniers et les offices ; mais comme on ne pouvait constamment distraire des
troupes pour assurer ce service, il fut supprimé. Alors les
Armagnacs reprirent leurs courses, revinrent à l'abbaye, et
les religieuses ne protégèrent la maison et leurs vies qu'en
accordant aux gens d'armes ce qu'ils demandaient. Ce qui
ne les empêcha pas, un jour qu'il y avait du grain en belle
quantité dans le réfectoire, d'y bouter le feu. Les religieuses
l'éteignirent. Elles obtinrent des gens d'armes qu'ils respec-
teraient le couvent, à la condition de leur livrer chaque
semaine un septier de blé, ce qui les réduisit à se nourrir
de pois. Cependant, la rougeole sévissait au collège Saint-
Germain. Beaucoup de religieuses furent malades et ne
purent acclamer la rentrée des Bourguignons dans Paris
par la porte Saint-Germain dans la nuit du 29 au 30 mai
1418. Ce retour de Jean sans Peur fut le signal de mas-
sacres. Armagnacs et Bourguignons couraient les environs
et étaient aux prises ; durant tout le jour, une sœur guet-
tait du clocher de l'église de Longchamp la compagnie du
duc de Bourgogne pour assurer au couvent la protection
de ses armes et solliciter un sauf-conduit afin de rejoindre
avec les autres leurs compagnes à Paris. Leur situation à
Longchamp était intenable. Cette protection leur ayant été
accordée, toutes les religieuses purent enfin regagner Longchamp, en emportant le corps de leur abbesse Agnès
d'Issy, morte au collège Saint-Germain, le 10 juillet 1418.
Le 28, elle fut enterrée dans le cimetière de l'abbaye.

Hélas ! ce retour ne fut encore que de courte durée.
Elles durent, après quelques jours, regagner Paris. En
octobre, les désordres paraissant apaisés, elles reprirent le
chemin de l'abbaye.

Mais l'abbaye n'était pas destinée à recouvrer la paix. La
guerre avec les Anglais recommença. La France à demi-
ruinée succombait sous les coups de ses adversaires. Le
Carme breton, Thomas Connecte, parcourait la Picardie,
l'Artois, la Flandre, prêchant contre les vices, contre les
péchés et contre les Anglais. Le frère Richard, cordelier

franciscain, disciple du fameux moine espagnol Vincent
Ferrier, récemment arrivé de Palestine, bouleversa Paris
par ses sermons au mois d'avril 1429. Il vint à Longchamp,
annonça que l'Antechrist était né et que *l'an trentième
on verrait les plus grandes merveilles qu'on eut onc
vues* (1). On lit aussi que son sermon fut si beau que l'on
vit à Paris plus de cent feux *en lesquels les hommes qui
y avaient assisté brûlèrent tables, cartes, billes, billards,
boules, et les femmes leurs atours de tête, comme bour-
reaux, truffes, pièces de cuir, leurs cornes et leurs
queues.*

Jeanne d'Arc parut. Elle reprit Orléans, fit sacrer le roi
à Reims et mit le siège devant Paris. Impuissante contre
le mauvais vouloir du conseil du roi et surtout du seigneur
de la Trémoille, elle dut l'abandonner. Tandis que le roi
était à Saint-Denis, les religieuses de Longchamp s'étaient
réfugiées de nouveau à Paris. Elles étaient à peine de
retour à leur monastère, si éprouvé, que les gens d'armes
vinrent à minuit, fracassèrent les portes, emportèrent de
force les biens appartenant aux sœurs. La sacristie et les
dortoirs furent épargnés moyennant 100 sous d'or. Mais
les lingeries, le grain, les chevaux et le bétail furent enlevés.
L'abbesse Jeanne IX des Essarts demanda assistance à
Marie de France, fille du roi. Cette princesse vint inter-
céder pour les religieuses auprès des gens d'armes, et fit
rendre les biens enlevés et les bestiaux. On la remercia par
le don d'un reliquaire ferré d'argent, renfermant du sang
précieux de Notre Seigneur. Les filles d'honneur reçurent
dix-huit cordes de soie et d'or (2).

La France n'en avait pas fini avec les Anglais. Bedfort
était venu passer à Paris l'hiver de 1434 à 1435. Les partis
anglais et français recommencèrent à se livrer combat
dans les environs de Paris. Les religieuses redemandèrent
la protection du roi (3). Quand le connétable de Riche-

(1) *Journal du bourgeois de Paris.*
(2) Arch. Nat., K. 63, n°˙ 8 et 8², lettres de sauvegarde datées de Coincy, 27 juillet 1429.
(3) *Id.*, K. 63, n°˙ 3o, 3o², 3o³, lettres de sauvegarde datées
de Bourges, 24 janvier 1434.

mont s'empara de Paris le 27 février 1436, les ponts forti-
fiés et gardés par les Anglais de Saint-Cloud et de Cha-
renton s'étaient rendus. Les vivres commencèrent à rentrer
dans la capitale. Mais les Anglais tenaient encore Saint-
Germain et Pontoise, et faisaient des pointes sur Puteaux
Nanterre, Suresnes et Saint-Cloud. Longchamp était dans
de perpétuelles transes, par sa situation entre les gens du
connétable et les Anglais (1). Les gens d'armes, en vrais
pillards, revinrent en 1445 à l'abbaye et lui enlevèrent ses
six chevaux, jetèrent bas les murs pour avoir du grain, et
les religieuses durent leur donner 2 septiers de blé,
2 septiers d'avoine et de l'argent. Elles s'adressèrent de nouveau au roi, qui ne put, insuffisante protection, que leur
envoyer des lettres de sauvegarde (2).

On relève, en 1458, la venue à l'abbaye de l'abbesse de
Fontevrault. Elle fut vêtue devant monseigneur l'évêque de
Paris, qui dit la messe, par l'abbé de Saint-Germain-des-
Prés. Elle resta six ans à Longchamp et fit venir une de
ses parentes, Marguerite de Lestre.

La guerre qui sévissait dans le Northumberland ralentit
celle que poursuivait l'Angleterre sur les terres françaises.
Cependant, les Anglais continuaient de battre la campagne
et les religieuses de Longchamp demancèrent à Louis XI
une sauvegarde (3). Un an après, le 27 octobre 1463, une
trêve était conclue avec l'Angleterre. Les religieuses purent
enfin vivre à l'abri des guerres pendant trois quarts de
siècle.

Le mercredi 24 juin 1525, elles furent attaquées par des
aventuriers italiens et français, au nombre de 3 à 4.000, qui
les rançonnèrent de 100 livres.

François 1er, au retour de la conférence de Nice, le 4 octobre 1538, eut l'occasion de s'occuper de Longchamp.
Dans la crainte d'une guerre avec l'Angleterre que semblait

(1) Id., K. 64, n° 18. Lettres de sauvegarde datées de Paris,
23 novembre 1437, accordées par Charles VII.
(2) Id., K. 68, n° 15. Lettres de sauvegarde datées de Paris
10 juin 1445.
(3) Id., K. 70, n° 9. Paris, 7 octobre 1462.

préparer le connétable de Montmorency, François Ier accorda
à l'abbaye des lettres de sauvegarde, à l'exemple de ses
prédécesseurs (1). Dix années de paix s'ouvrirent pour le
couvent. Mais à la fin du mois d'août 1549, tandis que le
réfugié florentin Léon Strozzi partait du Havre avec douze
galères françaises pour battre l'escadre anglaise à la hauteur
de Guernesey, et qu'Henri II pénétrait sur le territoire de
Boulogne, les bandes armées qui gagnaient le camp du roi
de France pillaient tout sur leur passage. Les religieuses,
sauf huit, quittèrent Longchamp. Les unes se réfugièrent
chez Mlle de Spinolle, à Paris, les autres chez leurs
parents. Le danger passé, elles revinrent à l'abbaye (2),
et s'apprêtaient à faire face aux dettes qui les accablaient,
quand la guerre entre Henri II et le roi d'Espagne força
encore les religieuses à se retirer chez leurs parents. Elles
y restèrent six semaines. En 1561 et 1562, les troubles
huguenots les surprirent cherchant encore à combler le
déficit de leurs finances. Le 27 mai 1563, elles reçurent des
lettres de sauvegarde (3). La veille de la Sainte-Catherine 1564 (24 novembre), les religieuses s'enfuirent à Paris,
laissant six des leurs à l'abbaye, que les gens d'armes ne
respectèrent pas. Ils prirent tout, mirent le feu aux granges
dans lesquelles il y avait cinq muids de grains, et sans
M. de Vienne, leur capitaine, et son frère, l'incendie eût
tout dévoré. Malgré eux, bestiaux, chevaux, volaille furent
enlevés. M. de Vienne et son frère, M. de Beaunes, habitèrent le monastère avec 25 chevaux, et le préservèrent
contre de nouvelles attaques. Ils pourvurent à la nourriture des religieuses. De Guise rétablit l'ordre : les religieuses reprirent confiance et rentrèrent au couvent.

En 1585, les reîtres étant proches de Paris, l'abbaye est
de nouveau menacée ; les religieuses retournent chez leurs
parents.

L'abbaye de Longchamp faillit être supprimée. Henri III,
voyant que les religieuses éprouvaient des difficultés crois-

(1) *Id.*, K. 87, n° 8.
(2) *Idem.*, L.L. 1604.
(3) *Id.*, K. 93, n° 14.

santes à faire valoir leurs biens, voulut les transporter à
l'abbaye du Val, à 8 lieues de Paris ; l'abbesse Francine
Potier fit revenir le roi sur sa décision.

Henri IV donna aussi des lettres de sauvegarde aux religieuses (1). Henri IV avait motif à s'intéresser à l'abbaye de
Longchamp. Le 9 mai 1590, il avait envoyé le maréchal
d'Aumont à Saint-Cloud avec 800 chevaux d'Argolletz (2),
et désireux de s'emparer de Paris, il s'était loge avec le gros
de ses troupes entre Saint-Cloud et Saint-Denis. Le 12, il
fit assaillir les faubourgs Saint-Denis et Saint-Martin par La
Noué, qui fut blessé. Le 12 juin, il tenta une nouvelle
attaque sur Vincennes et échoua. Le pain à ce moment
valait 5 sous la livre. Saint-Denis se rendit par famine le
9 juillet. La famine de Paris fut horrible : quinze mille personnes périrent. Le roi laissa sortir plus de quatre mille personnes. Le 24 juillet, son armée assaillit les murs. Henri IV,
posté à l'abbaye de Montmartre, contempla l'assaut. Il
leva le siège le 30 août, à l'annonce que le cuc de Parme
quittait les Pays-Bas et entrait en France avec ses principales forces. Mais pendant ce siège, le roi était allé de
Montmartre à Longchamp et même à Poissy. Il avait des
relations avec les abbesses de Montmartre et de Poissy,
une correspondance suivie avec Antoinette de Pons, dame
de La Roche-Guyon, qui ne lui céda point. Il prit pour
maîtresse à Longchamp Catherine de Verdun, alors simple
religieuse (3). Il ne l'y laissa pas. Ne pouvant l'y nommer
abbesse, il lui donna l'abbaye de Saint-Louis de Vernon
le 22 décembre 1590 (4). Elle en fut la treizième prieure.
Elle prit possession de sa charge le 30 janvier 1591. Elle
réforma cette maison et y fit venir ses deux nièces, Made-

(1) *Id.*, K. 105, n° 18. Lettres datées du camp de Saint-
Denis, 15 octobre 1592.

(2) Sorte de milice à cheval ; on les a appelés aussi arcue-
busiers ou carabins. D'après Mézeray, ce seraient des chevaux
légers. (*Dict. de Trévoux.*)

(3) Voir L'*Estoile*, *les Amours du grand Alcandre*, et *Gallia
christiana*.

(4) Elle avait été fondée par saint Louis, au mois de mai
1260.

leine Durand de la Villegagnon et Claude Madeleine, filles de Chanfarest. La première gouverna la communauté avec elle jusqu'à sa mort, survenue le 25 octobre 1637. L'autre lui succéda et mourut le 25 mars 1641. Catherine de Verdun ne s'éteignit que le 12 avril 1646, après 55 ans de règne (1).

Durant le siège de Paris, les religieuses restèrent à Longchamp et l'abbaye ne subit aucun dommage, sauf prélèvement de 80 porcs par la garnison de Saint-Denis. Ce fut, dit leur journal, grâce aux frères de l'abbesse Francine Potier, qui étaient favoris du roi. N'est-ce pas plutôt grâce à Catherine de Verdun ?

Les années 1592 à 1594 virent de nouveaux troubles. Quelques religieuses se réfugièrent à Paris, d'autres chez leurs parents, d'autres en Picardie.

Vers la fin de l'année 1602, les troubles incessants, la vie que l'on menait à Longchamp (2), les fréquentes retraites à Paris ne contribuaient pas à rendre l'existence très monastique ; plusieurs religieuses quittèrent l'habit de Longchamp pour revêtir ceux d'autres monastères. Le révérend père provincial dut intervenir et ordonna, le 9 novembre 1602 (3), aux religieuses qui avaient changé d'habit, de rentrer au couvent de Longchamp.

Il nous faut ici — aussi bien sera-ce une diversion momentanée — parler en peu de mots d'un duel qui eut lieu près du couvent. Les maréchaux de France, chargés d'accommoder les affaires d'honneur et qui avaient réussi à empêcher un duel entre M. d'Elbeuf et Montmorency Bouteville, n'intervinrent pas à temps entre ce dernier et Luppes. Il y eut mort d'homme et Montmorency fut condamné par le Parlement à la potence (4).

Recourons à d'Andilly pour connaître les mobiles probables de cette rencontre (5).

(1) Le roi avait nommé son frère premier président du parlement de Paris. Catherine de Verdun fut la dernière *prieure* de Saint-Louis de Vernon ; après sa mort, on nomma des *abbesses*.
(2) Voir plus loin, chapitre IX.
(3) Arch. Nat., L. 1025.
(4) Il ne fut pendu qu'en effigie.
(5) *Journal* inédit d'A. d'Andilly. Arsenal, mss 5.182, f°° 39 V. et 40 V°.

Jaloux de la réputation d'habile escrimeur dont Luppes jouissait auprès d'une femme qu'il courtisait, Bouteville n'aurait exigé ce duel, malgré les humbles protestations de celui qu'il provoquait, qu'avec l'espoir assez justifié de lui donner une leçon d'épée. La rencontre eut lieu à Longchamp, nonobstant les nouveaux efforts du pauvre Luppes pour éviter cette mauvaise affaire. Bouteville et Luppes en sortirent indemnes ; mais le second de Luppes, La Forêt, fut tué par le comte des Chapelles. La personne du mort n'était guère intéressante. Ancien laquais, tireur de laine à ses moments perdus, puis sergent d'infanterie, La Forêt s'était fait attacher au service de Mme de Beuvron. Ensuite il avait épousé une riche héritière dont il s'était hâté de dévorer la fortune, menant une vie de dissipation et faisant le gentilhomme. Le maître coup d'épée qu'il reçut à Longchamp, en secondant Luppes, terminait dignement sa triste vie d'aventures (1).

En 1649, durant les troubles de la Fronde, les religieuses de Longchamp eurent de nouveau à souffrir. Neuf d'entre elles se retirèrent à Paris et y restèrent trois mois. A la demande de l'abbesse Magdeleine Placin, l'abbaye fut protégée par le maréchal de Grammont. En 1652, les troubles recommencèrent ; les religieuses, le 28 avril, quittèrent Paris en deux bandes. L'abbaye avait épousé la querelle politique de la Fronde. Une partie des religieuses était dirigée par Magdeleine Placin, du parti des Frondes, l'autre avait à sa tête Valence Coynart, du parti de Mazarin. Il ne resta à l'abbaye que la sœur trésorière, la mère Le Boiteux, la mère Lesayer, sœur Jeanne et quelques sœurs converses. Six mois plus tard, le 1er novembre, l'abbaye vit rentrer ses habitantes.

Le 20 septembre 1662, les religieuses reçurent la visite du minime Faucamberger, qui leur apportait le corps de saint Alexandre, martyr. Elles le déposèrent dans une armoire, parmi le trésor, et distribuèrent les dents du martyr à Anne d'Autriche, à la reine, aux deux confesseurs des

(1) *Revue des Études Historiques.* Les Duels de Montmorency-Bouteville, par Robert Lavollée.

reines, à M. le président Dovieux, au couvent de l'abbaye
Blanche, gouverné par une religieuse de Longchamp, aux
communautés de Reims, Nogent-l'Artaud, Saint-Marcel,
Sainte-Claire et des Capucins-Popincourt.

Au commencement de cette même année, le 6 février
1662, elles avaient reçu la visite du révérend Père général
Michel, qui n'était pas venu en France depuis quarante ans
et qui prêcha à l'abbaye.

Vers 1718, onze sœurs mineures de Grenelle quittèrent
leur abbaye et allèrent s'établir à Saint-Germain dans l'espoir de fonder une autre maison. Mais elles éprouvèrent
tant de difficultés qu'Élisabeth le Cosquino, alors abbesse
de Longchamp, leur offrit de les recevoir dans son abbaye. Les sœurs mineures acceptèrent promptement cette
proposition et abandonnèrent leur projet d'émancipation.

En 1729, les religieuses de Longchamp firent une déclaration de disparition des titres de fondation. Elles ne pouvaient dire combien il était entré de religieuses à l'abbaye.
Elles comptaient, à cette époque, 42 religieuses de chœur,
12 converses. Il y avait, en outre, 2 pères cordeliers et
1 clerc sacristain. L'abbesse était Élisabeth Le Cosquino, les
trésorières, Geneviève Mazel et Thérèse de Tourmont.

Nous ne pouvons terminer ce chapitre sans emprunter
quelques lignes à M. Funck Brentano, le nouvel historien
du Collier de la Reine.

La fameuse Jeanne de Valois, qui fut recueillie par
Mme de Boulainvilliers, vivait d'abord à l'abbaye d'Yerres.
« Le 6 mai 1776, la marquise de Boulainvilliers pouvait
enfin faire authentiquer officiellement par d'Hozier la fameuse généalogie, le seul bien des enfants, et, en faveur de
cette origine royale, obtenait pour chacun d'eux, par bre-
vet du 9 décembre 1776 (1), une pension de 800 livres sur
la caisse du roi. En mars 1778, elle retira les deux sœurs de
l'abbaye d'Yerres, pour les placer en celle de Longchamp,
où n'étaient admises que les filles de qualité...

« Pour aristocratique que fût la vie que menaient à l'abbaye nos jeunes demoiselles, qui grandissaient en âge et en

(1) Arch. Nat., O. 1199.

beauté — sinon en sagesse — elles en vinrent à la trouver monotone et bientôt même fort ennuyeuse. La marquise de Boulainvilliers les faisait sortir de temps à autre. En son domaine de Passy, les jolies pensionnaires se trouvaient en contact avec la vie mondaine ; elles s'y laissaient caresser par les propos parfumés des jeunes gens élégants et sémillants, et trouvaient, rentrées à l'abbaye, d'un ton iné égant et fruste la robe grise et noire des religieuses. Les noces magnifiques de Mlle de Passy, fille de la marquise de Boulainvilliers, qui épousait le jeune vicomte de Turenne, où Mlles de Saint-Remy de Valois avaient été priées, déroulèrent sous leurs yeux un spectacle enchanteur. Aussi, quand Jeanne eut regagné son couvent et que l'abbesse, chargée de sonder ses intentions, lui demanda si elle se sentait la vocation pour la vie religieuse, la dame fut-elle bien reçue. »

En automne 1779, elles franchissent « es haies de clôture un léger paquet sous le bras et 12 écus dans leur poche ». — Le coche d'eau les conduisit jusqu'à Nogent.

Est-il besoin d'ajouter que la vie menée à Longchamp n'était pas faite pour inculquer des idées religieuses à des jeunes filles qui se sentaient vives, alertes, faites pour le monde qu'on leur montrait. Elles se rendaient compte de ce qui se passait à Longchamp. L'une d'elles, qui le prouva par la suite, avait l'esprit déjà assez roué pour n'aimer que l'intrigue, les richesses, l'ostentation, paraître, ce qui est, croyons-nous, tout l'opposé des mœurs religieuses.

Les premières causes du désordre des finances de l'abbaye de Longchamp doivent être attribuées à l'état de guerre au milieu duquel elle se débattit sans cesse, alternativement pillée par les Anglais, par les gens mêmes du roi, par les troupes de tous les partis sans cesse en lutte ouverte. Les locataires de l'abbaye n'étaient pas plus heureux. Les religieuses avaient encore la ressource de se réfugier dans Paris. Elles en usèrent souvent. Les pauvres gens qui cultivaient la terre et qui y étaient attachés subissaient tous les pillages, et l'on ne s'occupait pas de leur procurer des sauvegardes. Réduits à la plus profonde misère, parfois massacrés, ils n'étaient pas remplacés. C'est ainsi que l'em-

bryon de village, qui avait cherché à vivre auprès du monastère, disparut. Les revenus de l'abbaye diminuèrent.
Quelques terres qu'elles possédassent, et malgré leurs nombreuses rentes, les religieuses furent dans un état constant
de gêne, parce que les ressources de leur budget allaient
jusqu'à disparaître totalement sous la menace des événements toujours malheureux.

CHAPITRE IX

CAUSES MATÉRIELLES ET MORALES
DU RELACHEMENT DE LA DISCIPLINE
CHRONIQUE GALANTE

Ce n'est pas sans avoir hésité et sans avoir bien pesé
son choix que Diderot se décida à conduire sa *Religieuse*
à Longchamp. On en parlait à cette époque comme d'une
maison entièrement dissolue. Et quoique la lettre de saint
Vincent de Paul passe pour apocryphe, il n'en est pas
moins vrai qu'on pouvait écrire des choses semblables
sur Longchamp (1). Les religieuses, par la situation de
leur maison dans une belle forêt, proche de Paris, par
leur parenté souvent illustre, par leurs puissants amis,
devaient être enclines à attirer une société joyeuse et
galante. Leurs continuels déplacements à Paris ou chez
leurs parents les arrachaient à la vie monastique et leur
faisaient vivre la vie du monde. C'étaient là spectacles
nouveaux, attrayants pour leurs yeux et leurs oreilles
qui n'y étaient pas habitués. Quelle est la règle assez
sévère pour refuser un compliment ? Quelle est la femme
qui ne s'est pas sentie femme un instant ? Le genre de vie
que les religieuses menaient les éloignait de la vie probe et

(1) En datant cette lettre du 25 octobre 1652, le faussaire
n'a pas même songé qu'à cette époque, saint Vincent de Paul
était mort depuis sept ans. Cocheris attribue le libelle à
l'abbé Jean Labouderie. (*Cocheris*, t. IV, p. 283.)

chaste, fond même de leur règle. Les désastres financiers, les attaques qu'elles eurent à subir des troupes anglaises, même des troupes du roi, les transformèrent trop souvent en solliciteuses pour ne pas les induire à abandonner un peu de la sévérité qui leur était ordonnée. Elles subirent, d'ailleurs, les entraînements de l'époque et de la mode. Peu de siècles furent aussi galants que le xviii⁰ siècle. Mais le relâchement de la discipline à Longchamp remontait plus loin. La vie légère paraît commencer vers 1590, dès le siège de Paris par Henri IV, lorsque celui-ci eut pris pour maîtresse Catherine de Verdun. Ajoutons que l'abbaye avait enclos dans ses murs des bâtiments qui étaient loués à différentes personnes peu recommandables pour leur honnêteté. Des maisons mêmes du village furent louées par de jeunes seigneurs. Il est difficile de croire que c'était la religion qui les attirait. La fameuse promenade de Longchamp ne peut être déclarée responsable de la vie galante du monastère. Il était déjà réputé comme une maison facile et légère, lorsque Mⁱˡᵉ Le Maure vint y habiter. Ce fut une cause nouvelle de relâchement.

Suivons l'ordre chronologique des faits.

Un des premiers scandales date de 1555. Le voici. Une jeune fille, Françoise Mauchy, voulait prononcer ses vœux à l'abbaye de Longchamp. Elle y vint, s'entretint avec la supérieure et, en attendant de prendre l'habit, habita le monastère. Sans dire où elle allait, cette jeune fille s'était enfuie de chez ses parents. Ceux-ci cherchèrent sa retraite et, l'ayant découverte, trente d'entre eux, dont sa grand-mère, la comtesse de Sénarpont, se rendirent à Longchamp pour la réclamer et lui faire abandonner l'idée de se faire religieuse. Mme de Sénarpont voit la supérieure, qui fait chercher la jeune fille. Elle se cachait au réfectoire. On la trouve et on l'amène à ses parents, qui l'entraînent vers la porte de sortie. Au moment de la franchir, profitant d'un défaut de surveillance, elle s'échappe, s'enferme dans une pièce basse de la maison de la voûte, et, malgré menaces et prières, refuse d'obéir à son aïeule. Tandis que furieuse, la comtesse de Sénarpont va chercher ses parents, la novice s'échappe dans le monastère on ne sait où. Alors trois gentilshommes pénètrent dans l'abbaye l'épée à la main et parcourent les salles, les dortoirs, l'église, faisant scandale, cherchant la jeune fille. Les religieuses, devant cette attaque armée, sonnent la cloche d'alarme. Quatre cents paysans de Boulogne, de Saint-Cloud, de Suresnes, de Puteaux, croyant que le feu est à l'abbaye, accourent. On les met au courant de ce qui se passe. Un combat s'engagea entre les gentilshommes et les paysans ; ces derniers eurent le dessus, et les gentilshommes couraient grand risque quand les religieuses séparèrent les combattants. Pour éviter que le scandale continuât, la jeune Françoise Mauchy, retrouvée, fut remise aux mains de sa grand-mère et force lui fut de quitter l'abbaye. Rentrée à Paris, la comtesse de Sénarpont introduisit une plainte contre le confesseur Villette et les trois frères qui habitaient Longchamp, les accusant d'avoir voulu forcer sa petite fille à rester au couvent. Arrêtés, ils furent emprisonnés à Saint-Martin-des-Champs. L'abbaye s'employa bien vite à les délivrer, alléguant que Françoise Mauchy s'était de son plein gré réfugiée à Longchamp pour échapper à un mariage qui n'était pas de son goût. Deux mois après, le confesseur et les trois frères furent libérés. La vérité était que Françoise Mauchy était venue à Longchamp pour communiquer plus facilement avec certain galant.

D'autres religieuses avaient une vie peu honnête. Elles recevaient dans leur cellule qui bon leur semblait, et les jeunes seigneurs venaient à Longchamp chercher des plaisirs qui ne se rencontrent ordinairement pas dans les maisons religieuses. A ce sujet, quoi de plus instructif que la pièce suivante :

« Du 11 mars (1556), vu par la cour, la requeste à elle présentée par le procureur général du roi contenant qu'il aurait esté adverty que tant es jours de festes que autres jours, se transportent plusieurs personnes en l'abbaye de Longchamp, lesquels usans de propos deshonnestes, faisaient plusieurs acclamations scandaleuses jusqu'à vouloir entrer par force au monastère ; à quoy estoit besoin de pourvoir. Tout considéré, la cour a ordonné et enjoint aux lieutenants tant criminel que de robbe longue et de robbe courte de cette ville, d'ouir la plainte tant des religieux et des religieuses de ce monastère, et eux transporter sur les lieux pour prendre et appréhender au corps ceux qu'ils trouveront faisans de tels désordres et efforts et néanmoins s'informer des choses susdites pour l'information neue en estre ordonné. » (1)

Ce relâchement de la discipline à Longchamp, cette vie galante devint si notoire pour tous, qu'elle finit par inquiéter le pape. Une bulle de Grégoire XIII (2) avait assigné l'église de Longchamp pour une des sept stations d'un jubilé. Les désordres devinrent tels à l'abbaye que le pape en écrivit à Pierre de Gondi, évêque de Paris, qui désigna l'église Saint-Roch à la place de l'église de Longchamp. Le pape, ayant demandé à l'évêque des renseignements, apprit de celui-ci les fréquents désordres qui régnaient dans les mœurs monacales des religieuses, et, par un bref du 10 mars 1584, il loua la sagesse et la prudence de Pierre de Gondi.

Une autre cause de la vie peu monastique des religieuses à Longchamp fut le séjour constant de cordeliers et de séculiers, alors que la règle de la fondation disait que les rois seuls et les membres de leur famille pouvaient y séjourner. Il venait à Longchamp pour les consulter, soidisant, des femmes nobles ou des femmes de mauvaises mœurs, qui donnaient le mauvais exemple, ou tout au moins répandaient de mauvaises pensées. Les religieuses qui en étaient témoins étaient poussées à mal faire.

Il n'était pas inutile de constater ici la présence au monastère du *messager*, ce facteur des postes d'alors. Cela simplifiait singulièrement la correspondance active qui s'échangeait entre le Paris galant de l'époque et le monastère.

De longtemps, les fêtes religieuses se célébraient à Longchamp avec éclat ; et, quoique l'église ne fût pl 1 ; sept stations, aller prier en l'église de Longchamp, sur le

(1) L'*Abbaye de Longchamp*. Honoré C., Bibl. Nat., LK⁷, 15.178.
(2) C'est Grégoire XIII qui réforma le calendrier.

PROMENADE DE LONGCHAMP

(D'après une estampe de la Bibliothèque Nationale.)

tombeau de sainte Isabelle ou sur les restes de saint Alexandre martyr, était de haut ton et se pratiquait fréquemment. Les *Ténèbres* étaient surtout suivies, vers la fin du xvIIe siècle, et la mode s'en mêlant, le mercredi, le jeudi et le vendredi de la semaine sainte on alla en pèlerinage, en deployant tout la pompe et tout le luxe imaginable, prier à l'église de Longchamp. Tout ce que Paris comptait de nobles et de gens aisés suivait ces fêtes ; les courtisans y coudoyaient les gens de robe ; les femmes y faisaient étalage de richesses. C'est Mlle Le Maure qui donna le branle à cette mode tapageuse plutôt que recueillie. Mlle Le Maure était une cantatrice de l'Opéra (1). Adulée, choyée, aimée, elle quitta subitement les splendeurs de sa vie heureuse pour prendre le voile à Longchamp, au grand désappointement de ses adorateurs(2). Mais elle y introduisit avec elle les habitudes factices et mondaines, si éloignées de la dévotion vraie. Priée de chanter, elle le fit avec un tel concours d'orchestre que tout le monde se précipita pour l'entendre, et qu'il y eut dans l'église une telle affluence que l'on ne put fermer les portes. Ce fut un concert profane, et le public, heureux de retrouver celle qu'il aimait, ne manqua plus de venir célébrer la semaine sainte à Longchamp pour entendre la voix ample et puissante, la diction sûre de celle qu'il avait tant de fois applaudie à Paris.

Lorsque Mlle Le Maure quitta l'abbaye, l'habitude persista. L'abbaye, fière du concours de monde qui se rendait chez elle, recruta des chanteurs jusque dans les chœurs de l'Opéra, sous prétexte de donner des concerts spirituels, en réalité pour perpétuer la vogue qui lui rapportait tous les ans de splendides aumônes. Chaque année on prit occasion de la promenade de Longchamp pour faire étalage des toilettes printanières nouvelles et des cadeaux que les mondaines et impures recevaient de leurs adorateurs. Le

---

(1) En 1745, elle joua dans les spectacles donnés à l'occasion du mariage du Dauphin, fils de Louis XV. Elle exigea qu'un carrosse du roi vînt la prendre et la conduisît à Versailles, accompagnée d'un gentilhomme de la Chambre.

(2) Mlle Fel, autre cantatrice, l'y suivit.

scandale devint si grand, certaines quêteuses se montrèrent
en des ajustements si peu propres à exciter à la dévotion,
que l'archevêque de Paris, mécontent que la foule se rendît
à une église comme à un théâtre, fit fermer les portes de
Longchamp. Désormais, les religieuses furent seules à
faire ténèbres dans leur chapelle. Le public ne s'en
émotionna pas. Ne pouvant plus entrer à Longchamp, il
en fit le tour, heureux après tout de n'avoir plus à descendre
de voiture et d'étaler sans risques robes, bijoux et dentelles.
Les gentilshommes à cheval continuèrent à y saluer les
femmes nobles et les femmes galantes, et à s'afficher avec
ces dernières. Pour les femmes, ce fut à qui ferait parade
du plus insolent équipage et des bijoux les plus magnifiques. Les chroniques des époques Louis XV et Louis XVI
ne tarissent pas sur le luxe qui se déployait à la promenade
de Longchamp.

Ľabbaye ne tenait pas ses portes si bien fermées qu'il
ne s'y glissât un peu de l'esprit qui régnait au dehors.
D'ailleurs, l'usage de recevoir des pensionnaires avait été
et demeurait préjudiciable à la moralité et au bon renom de
la maison. A la date du 11 novembre 1756, nous trouvons
une pièce émanée du cabinet du roi et adressée au sieur
Berthelin :

« Madame l'abbesse de Longchamp m'écrit qu'elle a reçu
il y a un an une pensionnaire qui cause de la division
dans la maison, en sorte qu'elle est obligée de la renvoyer,
mais qu'elle ne veut pas sortir ; vous vous transporterez à
cette abbaye et vous scaurez qui est cette pensionnaire, dont
madame l'abbesse ne me marque pas le nom, d'où elle est,
et qu'elle est sa famille, quel sujet madame l'abbesse et sa
communauté ont de se plaindre d'elle et ce qui peut aussi
donner lieu aux emportements et menaces auxquels elle se
livre et vous me rendrez compte de tous les éclaircissements
que vous aurez pris à ce sujet (1). »

Le sieur Berthelin écrivit le jour même (2):

« Vous ne m'avez point marqué madame le nom de la

(1) Arch. Nat., O¹ 398, 1131.
(2) *Idem*, 1129 (sur petit papier).

pensionnaire que vous avez reçue dans votre abbaye, à qui elle appartient, il faudrait que vous voulussiez bien me donner éclaircissements plus étendus sur ce qui la concerne, afin que le Roy puisse juger en connaissance de cause si il employera son autorité pour la faire sortir de votre maison au cas qu'elle persiste à ne pas vouloir s'en retirer. »

Nos recherches ne nous ont pas permis de découvrir le nom de la pensionnaire qui causait un si grand scandale que l'abbesse Thérèse de Tourmont dut en écrire au roi.

Rien n'est plus instructif sur la vie galante qu'on menait à Longchamp que les quelques pages suivantes, que nous empruntons à un petit opuscule publié en 1768 (3).

Abbaïe de Longchamp.
Pension 200 livres. Appartements depuis 600 livres jusqu'à 200 livres.

Dames pensionnaires. — M¹¹ᵉ Talbot, Irlandaise, cincuante-cinq ans, cousine de M. Dillon. archevêque de Narbonne. M¹¹ᵉ de Ticonel, sa nièce, a épousé le marquis de Vintimille. Cette demoiselle est d'un caractère charmant et d'une humeur enjouée. Sa société est des plus agréables, et sans tirer à l'esprit ses conversations en pétillent et annoncent des connaissances. Elle a été d'une jolie figure et a toujours vécu dans le monde. Elle passe maintenant ses jours dans la retraite pour raccommoder ses affaires qu'elle a dérangées.

M¹¹ᵉ Vion, fille de condition de basse Normandie, quatre-vingts ans, pensionnaire depuis trente-cinq ans. C'est une fille qui a toujours aimé le plaisir et les divertissements quoiqu'elle soit accablée d'années ; toute la jeunesse de l'abbaïe guimpée ou non guimpée forme chez elle une cour ; cette vieille fille a le caractère si gaillard qu'elle met toute la jeunesse du couvent en gaieté et en belle humeur. On l'appelle le boute en train de Longchamp

Mᵐᵉ Dauberque, femme de condition du Nivernois, soixante ans, a été fort longtemps maîtresse de M. de Rochegarde, officier aux gardes, c'est une femme fort triste mais fort charitable.

(3) *Notes secrètes sur l'abbaïe de Longchamp.* Bibl. Nat., LK⁷ 15.509 (tiré à 500 exempl.). Les Archives de la Société historique d'Auteuil et de Passy en possèdent un exemplaire.

Mme de Bussi-Aurion la mère, cinquante-cinq ans, de Bourgogne; feu son mari était gouverneur des Pages de l'Ecurie; a été élevée à Longchamp. C'est une femme charmante et aimable dans la société; elle a demeuré fort longtemps à la cour. Après la mort de son mari, elle s'était retirée dans ses terres en Bourgogne pour y élever son fils unique qu'elle regardait comme la consolation de sa vieillesse. Elle lui a fait épouser il y a quatre ans Mlle Dauberque; mais le caractère de son fils est devenu si brutal et si farouche que la mère et la bru ont dû sortir du château pour venir chercher un asile tranquille à Longchamp. La jeune femme, trente-six ans, n'est pas pourvue d'une jolie figure.

Mlle de Ruville, Anglaise, nouvelle convertie, soixante ans. Elle se dit noble mais sans fortune; M. Rousseau et Mme l'abbesse de Parthemont ont soin de payer sa pension et de l'entretenir. Mlle de la Cropte de Boursac, vingt-quatre ans, nièce de feu l'évêque de Noyon. Mme sa mère lui cherche partout un mari, sans pouvoir en trouver. Elle n'est ni riche ni jolie; de plus elle a de certaines crises de convulsions qu'on soupçonne fort être le haut mal. Mme de Boursac mère, depuis la mort de M. de Noïon, ne paraît que des aumônes qu'elle attrape à la cour. Il paraît qu'elle fait un mystère du séjour de sa fille, car personne ne vient la voir. Elle a dans ce couvent une femme de chambre appelée Chenneval, âgée de vingt-deux ans, qui est une des plus jolies créatures qu'on puisse voir, elle a les cheveux blonds.

Mlle de Grangeneuve, trente-quatre ans, fille d'un commissaire des poudres et salpêtres, pauvre. Elle ne peut depuis longtemps payer sa pension; elle doit à l'abbaïe 2.000 livres. Elle ne subsiste maintenant que par les libéralités de Mme de Bussi-Aurion. C'est une fille d'un très bon caractère, jolie, grande et bien faite, cheveux bruns.

Mlle Le Chat de la Chevalerie, dix-huit ans, créole, fort riche. La terre de la Chevalerie est située en dessous du Mans. Cette demoiselle est d'une petite stature mais faite au tour; l'air noble, beau port, remplie de grâce, belle peau; son minois est si joli qu'on pourrait la prendre pour un modèle de miniature. Elle danse et chante fort bien, joue du violon comme Baptiste (1). Elle avait au couvent sa sœur aînée qui vient de se marier; elle l'a brouillée avec son père qui a donné des ordres pour la tenir très serrée. Il paraît que sa sœur a révélé une intrigue que cette jeune demoiselle avait avec le vicomte de Rochechouart, qui lui avait fait la cour pendant plus d'un an. Elle avait alors beaucoup plus de liberté qu'elle en a.

(1) Il s'agit de Joseph-François-Anselme, dit *Baptiste*, violoniste distingué et père du célèbre acteur français Baptiste aîné.

Son père lui tint rigueur, et lui refuse tous les agréments.
Cependant M. Deslandes, mousquetaire, son parent, et un
abbé de leurs amis, lui fournissent tous les secours possibles,
robes, parures de goût et de fantaisie, de la volaille et du
gibier de toute espèce. Il paraît cependant qu'elle manque
d'argent, car le nommé Audoir, aubergiste de la porte de
Longchamp, lui prête de l'argent à usure. Cette jeune personne,
depuis qu'elle éprouve tant de chagrins, est attaquée de va-
peurs hystériques; pour en diminuer les accès, elle prend des
bains de lait et couche toutes les nuits avec la demoiselle
Ader, qui prend soin de la réveiller quand elle s'aperçoit
qu'elle fait des rêves affligeants.

Mlle Ader, vingt-deux ans; fille d'un procureur au parlement.
C'est une très petite personne, laide, peu d'esprit, mais beaucoup de tempérament, elle s'ennuie à mourir au couvent. Elle
a deux sœurs, l'une mariée à un procureur, l'autre est aux
Ursulines de Lagny. Leur mère, qui est une femme de la joie,
s'est débarrassée de ses deux filles pour ne point avoir d'Ar-
gus et vivre gaiement sans témoin.

Mlle Liège, dix-neuf ans; fille de défunt Liège, apothicaire
près Saint-Roch; elle a deux frères, l'aîné succède à son père;
le cadet, qui jouit de mille écus de rente, est un joli petit
maître de Paris. Cette demoiselle est grande, jolie, faite au
tour, blanche de peau, cheveux noirs, beaux yeux, un peu à
la Montmorency; sa figure ronde est animée du plus beau
coloris, ses dents jouent le plus bel ivoire; sa dot est de
90.000 livres. Elle aime la dépense et satisfait ses fantaisies.
Pendant dix-huit mois, elle a eu pour amant un élève de l'académie de peinture nommé Descau, fils du professeur de dessin de l'académie de Rouen. Cette demoiselle Liège, amie
intime de Mlle de la Chevalerie, a fait faire connaissance à son
frère cadet et à Descau, son amant, avec M. Deslandes, mousquetaire, et l'abbé, leur ami commun. Cette troupe joyeuse a
rassemblé les plaisirs à Longchamp. 1° Le peintre s'est pré-
senté et s'est offert pour faire des portraits; on l'a fait entrer
régulièrement pendant dix-huit mois dans le couvent pour y
peindre tous les jolis minois encloîtrés et il n'en sortait qu'à
10 heures du soir. Son atelier était ouvert chez la demoiselle
Liège. La pratique ne lui manquait pas, car il travaillait gra-
tis. Séculiers et religieuses, les plus jeunes, et les plus jolies
ont exercé ses talents; 2° pour varier les plaisirs, ces messieurs s'assemblaient assez souvent dans le parloir et y jouaient
des comédies, au grand contentement des jeunes religieuses et
des pensionnaires. Je ne sais par quel hasard la demoiselle
Liège s'est aperçue que Descau était un infidèle, elle l'a con-
gédié, et lui a conseillé d'aller faire le mélange de ses couleurs dans d'autres lieux.

Mlle Chevalier, quatorze ans, de Paris, jolie, grande et bien

7

faite, d'un blond hardi, jolie bouche, belle voix, d'un esprit
vif et pénétrant, est la fille d'un commis des bureaux de l'extraordinaire des guerres. Son père est l'ami de M. Chennevière ;
elle est au couvent pour faire sa première communion.

Mlle de Beaulieu, ce n'est pas son vrai nom, dix-sept ans,
on la croit fille naturelle de M. Dangers, fermier général et
on dit que sa mère est une religieuse de province. Elle est
petite mais bien formée, d'une figure élégante, beaux cheveux
bruns, des yeux plein de feu ; belles dents et belle peau. Elle
a de l'esprit comme un lutin. On lui trouve un défaut, c'est
d'avoir un pied grand. Le sieur Maugis, receveur à la barrière
Saint-Jacques, paie sa pension et a soin de son entretien. Il
dit qu'elle est sa filleule. Cette demoiselle n'a point d'intrigue,
mais elle s'ennuie bien au couvent. On voudrait bien qu'elle
se fit religieuse, mais elle n'entend pas du tout cette an-
tienne.

Mlles Girard, trois sœurs, filles d'un marchand de bois de
Paris, cinq, sept, neuf ans.

Mlle Dangon, cinq ans, de Printems (1).

Mlle Julat, quarante ans, a été jadis gouvernante d'enfants
de condition. C'est une fille d'un très grand mérite, et très
sensée ; elle est mère de M. Bertin, des parties casuelles (2).
Ce monsieur la destine à tenir compagnie à Mme Bertin quand
elle ira à la campagne.

Mlle Filleul, trente ans, organiste affiliée à la maison, est
aussi laide qu'elle est bête. Elle a trois sœurs, toutes orga-
nistes, l'une à Sainte-Périne de Chaillot, l'autre à Bonsecours,
la troisième au couvent de Montargis.

Mlle de Busincourt, quarante ans, fille de condition de la
Forest de Lions près Gournay, est une fille d'esprit, philosophe
s'occupant à des ouvrages de littérature. Elle vient de dédier
à la reine un ouvrage qui a pour titre *Education de jeunes
demoiselles*. La cour lui a donné 150 livres de pension. Elle

---

(1) Il s'agit bien certainement du médecin Printems, qui
vivait encore en 1778, et dont il est question dans les mémoires secrets : « 18 déc. 1778. En attendant que la reine
accoucha, on s'entretint de son accoucheur Vermont, qu'on
est toujours fâché de voir chargé de cet emploi. On assure
que S. M., pour s'amuser, a envoyé chez un charlatan nommé
Printems, qui par les urines prétend connaître si une femme
grosse aura un garçon ou une fille. On lui a caché qui était
la personne qui le consultait. Après son examen il a déclaré
que ce serait un mâle. On lui a promis que s'il avait pronos-
tiqué juste, il aurait le cordon noir. D'abord soldat, ce Printems est devenu un docteur émérite. »

(2) On appelait autrefois *parties casuelles* les droits qui
revenaient au roi pour les charges de judicature ou de finance.

sollicite une place chez Madame, fille de M. le Dauphin. Elle
est fort amie et très liée avec M. de la Chennevière. Cette
demoiselle a été une fort jolie brune.

Religieuses étrangères et pensionnaires. — Mme des Essarts
de Caen, 70 ans, professe du couvent de Touci, détruit, a
avec elle la sœur Saint-Maur, âgée de quarante-deux ans, con-
verse dudit couvent de Touci.

Mme de Savari, cinquante ans, sœur du grand maître des
eaux et forêts de Rouen, ursuline de la ville de Rouen.
Mme la comtesse d'Imbeck la vient voir souvent.

Mme de Paluo (1), soixante ans, des petites cordelières de
la rue de Grenelle, demeure avec sa nièce, Mme la comtesse
d'Erigny, âgée de cinquante ans, et est affiliée depuis cinq
années à Longchamp.

Mme Letellier, soixante-douze ans, cordelière de la rue de
Grenelle, demeure à Longchamp depuis vingt-six ans.

Sœur Charlotte, bernardine, veuve de Pauthemont depuis
trois ans, vieille et infirme.

Mme de Montbel, trente-trois ans, bernardine, nièce de
Mgr l'évêque de Soissons; depuis trois mois seulement à
Longchamp.

Mme Beaumont, trente-deux ans, bernardine de l'abbaïe de
Saint-Antoine, est fort jolie et fort mignonne. Elle est à Longchamp depuis douze jours. Ses parents sont des marchands de
toile fort riches.

Religieuses de Longchamp ayant des intrigues. — Mmes de
Bedelles, deux sœurs, quarante et vingt-cinq ans, filles du
sieur Bedelles, jadis teinturier des Gobelins. Elles ont, dit-on,
continuellement à leurs trousses de jeunes gens. On raconte
de l'aînée un fait assez plaisant. Elle a pour amant le nommé
Julien, maçon, demeurant à Suresne. Son prédécesseur immé-
diat était le sieur Signi, commis à M. de Boulogne, receveur
général des finances. Ce Signi était l'ami de Julien, il désirait
ardemment de pouvoir pénétrer dans le couvent ; pour y parvenir ils imaginèrent le stratagème qui suit. Ligni se travestit
sous la forme d'un ours et se fit museler. Julien, déguisé en
bateleur, tenant son ours une chaîne de fer, se présenta
à la porte de l'abbaïe et proposa de faire voir à ces dames
son animal, recommandable par sa douceur et par ses tours
d'adresse. La curiosité se trouva excitée ; on fait entrer dans
le couvent l'ours et son maître, on les conduit au réfectoire
C'est dans ce lieu que l'ours déploya son savoir et tous ses
tours. La communauté en fut charmée : Julien vanta alors
la douceur de l'animal ; Mme Bedelles l'aînée, aussitôt le
caresse, se saisit de la chaîne, et se hasarda de le promener

(1) De son vrai nom Palluau (V. chapitre X).

par la maison et dans les dortoirs, si bien qu'enfin elle le fit
entrer dans son appartement pour lui donner des bonbons...
Mme Bedelles cadette a dit-on pour amant un des commis des
bureaux de M. le duc de Choiseul, dont elle a fait la connaissance lorsqu'elle demeurait chez M. Chennevière, à Versailles.

Tout ce que dit ce petit livre est vrai. Nous en avons
trouvé aux Archives la confirmation. Les religieuses citées,
les pensionnaires nommées ont vraiment vécu à l'abbaye.
L'une des premières, Mlle Bertaut (1), fut même abbesse
de 1780 à 1786.

La détresse de l'abbaye, qui était notoire, l'avait réduite
à consentir certains baux que nous citons ici, parce qu'ils
ne furent pas sans effet, semble-t-il, sur la démoralisation
de ses habitantes. Ils datent de 1775 à 1787 (2).

Le 21 mai 1775, location à mademoiselle de Lustar, d'une
maison sise entre la chaussée et la cour dite le colombier,
dépendante des bâtiments de l'abbaye, moyennant 150 livres
annuelles. Ce bail fut résilié le 22 avril 1779.

Location d'une maison et de terres attenantes à Longchamp, le 2 avril 1776, contre 2.200 livres.

Location d'une pièce au rez-de-chaussée, d'environ 6 à
7 pieds carrés, et d'une autre d'environ 10 pieds de long
sur 7 pieds de large, le 22 novembre 1777, ayant leur entrée
sur la cour de l'abbaye auprès de la tour, à Philippe Caus-
sin, moyennant 12 livres par an.

Le 23 avril 1779, il fut loué à Charles-Fiacre Allié, bourgeois de Paris, une maison et dépendances dans l'enclos
près la porte d'entrée et attenant au logement du fermier,
pour 300 livres annuelles, 200 livres pour réparations
et 400 livres de don (3).

Location faite à Louis-Charles Baudouin, maréchal de

(1) Anne-Charlotte Bertheau. Le rédacteur des notes secrètes
semble avoir à dessein modifié les noms.
(2) Pour ces baux, voir aux Arch. Nat., Q^1 1069.
(3) C'est le 31 mars 1779 que parut l'arrêt qui permit au
comte d'Artois de faire enclore 8 arpents 2 perches du Bois
de Boulogne, joignant le pavillon de Bagatelle au couvent et
ordonnant l'ouverture de plusieurs routes dans le bois.

camp et armée du roy, demeurant à Paris, rue Richelieu,
le 18 juillet 1780, moyennant 282 livres annuelles, d'un
jardin contenant un arpent, situé près de l'abbaye, entouré
de murs dont deux, un au levant et un au midi, servaient
de clôture à l'abbaye. Ce jardin était planté d'arbres frui-
tiers et en espaliers. Ce bail, qui fut résilié le 3 octobre 1785,
commence ainsi : « A tous ceux qui ces présentes lettres
verront Anne-Gabriel-Henry Bernard, chevalier, marquis
de Boulainvilliers, seigneur de Passy-les-Paris, Glissoles,
Saint-Aubin, Vreugnes et autres lieux, conseiller du roi en
ses conseils, prévôt de la ville, Prévôté et Vicomté de Paris,
salut, faisons savoir... »

Location faite à Jeanne-Antoinette Bonnot de Mably,
le 19 avril 1785, pour neuf ans, d'un appartement situé au
premier au-dessus de la fausse porte de la seconde cour
extérieure, composé d'une grande chambre avec deux anti-
chambres, deux autres chambres séparées par le même
corridor, moyennant 250 livres pour les six premières
années et 300 livres pour les trois dernières.

Location le 9 avril 1787, à madame la comtesse de
Montliard, contre 30 livres par an, d'une salle en bas dans
le pavillon de la fausse porte de la cour extérieure de
l'abbaye.

Les locations de ces chambres et de ces maisons à Longchamp étaient sans doute des facilités pour pénétrer dans
la place. On faisait argent du désordre. Que penser encore
de ce jardin loué par le maréchal de camp Baudouin,
sinon que cet officier général devait avoir des relations
avec une personne habitant l'abbaye ?

Que nous sommes loin du temps où les rois seuls
entraient à Longchamp, et des permissions spéciales sans
lesquelles les parents mêmes des religieuses ne pouvaient
voir leurs filles !

CHAPITRE X

DERNIÈRES ANNÉES DE L'ABBAYE

RÉUNION DES PETITES CORDELIÈRES SAINT-MARCEL
A L'ABBAYE DE LONGCHAMP.

Au commencement du xviii° siècle, il se passa un fait qui fut le prélude de la réunion des petites Cordelières Saint-Marcel aux religieuses de l'abbaye de Longchamp. Il est aussi intéressant à connaître au sujet des relations qui existaient à cette époque entre les deux abbayes.

Le 5 juillet 1711 un contrat fut passé entre les religieuses de Longchamp et dame Françoise Dufour, veuve du sieur de Palluau, au nom et comme tutrice de Madeleine de Palluau, sa fille, novice aux Cordelières. Quand elle fut admise à faire profession, il lui fut constitué en dot 8.000 livres, dont mille pour ses frais de noviciat, mille pour les frais de profession ; pour les 6.000 livres de surplus, elle s'engageait à en payer trois dans quinze mois et à s'acquitter des 3 autres mille en un principal de pareille somme de rente sur la ville. Ce même contrat attribuait à Madeleine de Palluau une pension viagère de 400 livres payée par sa grand-mère, dont moitié au couvent ; cette pension devait suivre la pensionnaire au cas où elle sortirait du monastère avec l'obédience de ses supérieures. Les Cordelières s'engageaient, en outre, à faire une rente de 300 livres à la jeune fille, au cas où elle prendrait résidence dans une autre maison religieuse.

La désunion se mit au couvent des Cordelières. Le roi autorisa la supérieure à faire sortir un certain nombre de religieuses, à charge de leur payer une pension. Usant de ce droit, elle fit sortir dix-huit religieuses, parmi elles était la sœur de Palluau, religieuse de chœur. Envoyées à Longchamp, chacune devait toucher 365 livres de rente, dont 250 pour sa subsistance, et 115 livres pour son entretien. Ces versements, joints à d'autres, réduisirent les Cordelières de la rue de Grenelle à n'avoir pas même de pain. Sa majesté, par arrêt du 13 avril 1719, fit dresser un état des revenus et charges de cette communauté et les pensions furent unifiées à 300 livres (1). La sœur de Palluau se plaignit. Les religieuses de Longchamp prirent fait et cause pour leurs pensionnaires et demandèrent à toucher au moins les arrérages des 1.350 livres restant. Par jugement du 15 février 1737, elles furent condamnées aux dépens et contraintes de payer par toutes les voies (2). C'était perdre beaucoup pour tenter de toucher peu. Cela n'enrichit pas les Cordelières. L'État seul y gagna.

Quoiqu'il en soit, les rentes dont les petites Cordelières étaient débitrices envers leurs sœurs entrées à Longchamp n'étaient pas payées exactement. Elles ne l'étaient jamais entièrement, à tel point qu'une dame Dhunzigner, qui était à Longchamp, se vit bientôt dans la plus grande détresse. Le 3 septembre 1745, elle écrivit au cardinal :

« Monseigneur,

« Je prend la liberté de représenter à votre Altesse Emminentissime que ma santé ne me permet plus de demeu-

(1) Arrêts du 17 août 1735 et du 14 décembre 1736. *Mémoire pour les abbesses et religieuses de la Nativité de Jésus, dites les Petites Cordelières, établies à Paris, rue de Grenelle, contre les abbesses et religieuses de l'abbaye royale de Longchamp.* Signé : Moriot. — Paris, imp. de C. David, 1736, in-fol. (Relatif à la dot de la sœur de Palluau transférée de l'abbaye des Cordelières dans celle de Longchamp. — Catal. des factums, par A. Carda, t. IV, p. 136, col. 1. — 1896.

(2) Les dépens s'élevèrent à 693 livres 6 sos 4 deniers.

rer davantage à Longchamp, jay un mal à une jambe qui demande de fréquente visite de jerugien il en coute à chaque visite 12 livres je ne puis me donner ce secour. si jettois à paris il men couterois bien moins cest ce qui me détermine Monseigneur à vous demander en grace de me permettre daller demeurer au dames de Saint-Marcel elle mont promis une chambre et si je pouvois obtenir de votre altesse Emminentisime une gratification de 5o livres pour des dettes inévitable que ja contracté je vous en sauray monseigneur une obligation infinie. jespère que vous voudrez bien macorder toutes ces graces, je ne cesseray d'offrir mes vœux pour la conservation de votre altesse Emminentisime de laquelle jay l'honneur destre

« Votre très humble et très obéissante servante

« Sr Dhunzigner. »

Le secours lui parvint le 24 mai 1746.

Le couvent des Cordelières du faubourg Saint-Marcel avait été installé en 1632 dans la rue Payenne, au Marais, grâce à la libéralité de Pierre Poncher, auditeur des comptes (1). Les religieuses demeurèrent en cet endroit jusqu'en 1687, époque à laquelle les Cordelières obtinrent des lettres patentes les autorisant à se fixer rue de Grenelle, dans les bâtiments de l'hôtel de Beauvais. Ces religieuses dites de la Nativité de Jésus ou de Sainte-Claire, ordre de Saint-François, ou Petites Cordelières, furent dispersées en vertu d'un décret de l'archevêque de Paris, en date du 11 juin 1649, et confirmé par lettres patentes du mois de juillet suivant (2). Leur suppression fut décidée par arrêt du Conseil du 3o mai 1745. Les biens du couvent furent unis à ceux des Cordelières Saint-Marcel, des Bénédictines de Conflans et de l'abbaye de Longchamp. Sur son emplacement furent construites des maisons particulières que représentent aujourd'hui les immeubles numérotés 1 à 15 de la rue de Grenelle.

(1) Arch. Nat., S. 4676.
(2) Id., L. 1045.

C'est des biens qui revinrent à Longchamp que nous allons dire quelques mots.

Les Petites Cordelières étaient plus pauvres encore que l'abbaye de Longchamp. Voici la courte énumération de leurs biens. Elles possédaient une maison rue de Diane (aujourd'hui des Trois-Pavillons) depuis le 23 février 1636 ; une maison rue du Bon-Puits depuis le 5 novembre 1659 ; à Dourdan depuis 1680, Henri de Bayeux et Marguerite Chardon, sa femme, leur avaient constitué 300 livres de rente au principal de 6.000 livres sur un moulin et quelques autres biens. Le 16 novembre, le Prévot des marchands et l'Échevin de la ville leur constituèrent 500 livres de rente au denier 40, au principal de 20.000 livres à prendre sur les Aides et Gabelles, soit 300 livres en propriété et 200 livres pendant la vie de Marie Palluau, religieuse Cordelière. Le premier décembre 1743, M. de Monthlin leur légua par testament 8.000 livres ; le 19 janvier 1686, Mme Marie Henriette Poncher, épouse séparée de biens de M. Léon Vallot de Maignan, conseiller au Grand Conseil, leur légua 1.000 livres ; enfin, le 2 septembre 1689, Mme veuve Madeleine Saussay leur avait légué 1.200 livres. Tout cela était insuffisant pour subvenir à leurs besoins. En effet, le revenu était de 8.000 livres environ, et la communauté était endettée de 25.000 livres. L'arrêt de suppression fut rendu au camp devant Tournay, le 30 mai 1745. Les procès-verbaux sont des 1, 2, 4, 5 et 10 mars 1746. L'acquiescement, daté du 20 octobre 1745, avait été signé par l'abbesse, Marie Anne Guayardon et les religieuses.

Le 4 juin 1749, l'archevêque de Paris fit paraître le décret de suppression. Les formalités observées pour y parvenir sont exactement énumérées dans le décret, qui constate authentiquement les faits suivants (1) : 1° Que s'agissant de l'union des biens du couvent des Petites Cordelières, les monastères Saint-Marcel et de Longchamp méritaient la préférence, étant tous deux du même ordre, l'un et l'autre recommandables par leur antiquité, par le nom de saint Louis dont ils sont l'ouvrage, et par le nombre des reli-

(1) Arch. Nat., G⁹ 140.

gieuses qui les composent ; 2° qu'ils avaient également
besoin d'un prompt secours ; que le monastère Saint-Marcel
était endetté de plus de 25.000 livres, que son revenu
n'était que de 8 à 9.000 livres, et qu'il y avait pour
93.418 livres de réparations et de constructions à faire à ses
bâtiments ; que le monastère de Longchamp était endetté
de 64.000 livres, que son revenu n'était que de 15.598 livres
et que les réparations indispensables atteignaient 56.393 livres.

Pour mettre ces deux maisons en état d'acquitter leurs
dettes et de faire leurs réparations, il s'agissait de connaître
la valeur du terrain et des bâtiments des Petites Cordelières, et ce qu'il pouvait rester du prix de la vente après
avoir satisfait aux engagements du monastère qui devait
être supprimé. Il fut procédé à une estimation judiciaire
par expert ; le rapport nous dit que le sol et superficie du monastère des Petites Cordelières étaient de
3.507 toises et demie 10 pieds et que le tout, y compris
les matériaux et démolitions, valait 428.281 livres 2 sols
2 deniers. D'autre part Ravault, économe, déclara que
le monastère des Petites Cordelières devait en principaux
de rentes perpétuelles 33.800 livres et en dettes exi-
gibles 25.000 livres. En prélevant sur les 428.281 livres,
58.800 livres pour acquitter les engagements des Petites
Cordelières, il devait rester 369.481 livres, sur lesquelles il
n'y avait plus qu'à prélever les frais et dépens nécessaires
à la conclusion de l'opération.

Tel est le principe d'après lequel on a jugé qu'en accordant par préciput sur le prix de l'adjudication du terrain
et des bâtiments des Petites Cordelières, 100.000 livres aux
dames Bénédictines de Conflans et 10.000 livres aux dames
religieuses de Montcel (diocèse de Beauvais) il se trouverait
encore un fonds suffisant pour remplir les vues de l'objet
principal, c'est-à-dire le soulagement des monastères
Saint-Marcel et de Longchamp. Les dettes pour Conflans
s'élevaient à 18.000 livres ; les réparations à 59.585 livres.

Près de l'abbaye des Petites Cordelières, s'élevait l'Abbaye-
aux-Bois ; le projet allait mettre le domaine des Cordelières
en vente ; mais les religieuses de l'Abbaye-aux-Bois deman-

dèrent le jardin des Petites Cordelières pour qu'aucun mur ne vînt se dresser devant leur dortoir. Dans un mémoire elles offrent 250.000 livres du terrain complet et 10.000 livres pour ce qui est dans l'abbaye des Petites Cordelières ; cela est rapporté au roi, ainsi que dans une lettre de la marquise de Pompadour (1). Longchamp eut, pour sa part, la maison de la rue des Trois-Pavillons (2) ; la maison de la rue du Bon-Puits ; les 500 livres sur les Aides et Gabelles ; le moulin et les terres de Dourdan. L'abbesse Guayardon étant morte, ce fut la sœur Anne Broussin qui signa les actes pour les Petites Cordelières. Vinrent à Longchamp les sœurs : Anne Boullenot, Madeleine de Rotrou, Angelique Leboulanger, 500 livres ; Marie Leboulanger, 500 livres ; Thérèse Lemairal ; Marie Lévêque, Madeleine de Palluau, 400 livres ; Marie Elisabeth Dhunzinger, 200 livres ; Charlotte Letellier, dite cadette, avec dot de 300 livres faite par l'archevêché, Anne de Palluau de Rigny, 200 livres. Marie Plessis, parente de Mgr l'évêque de Vaugrigneuse, 500 livres. Longchamp reçut également les sœurs Anne Cressé, abbesse, qui avait succédé à Anne Broussin, Madeleine Cressé, Marie Chantray d'Ormoy, Marie Anne Jambu, Catherine Cardon, Marie-Thérèse de Manneré, Élisabeth-Angélique Langlois, Marie-Anne Langlois, les deux sœurs Prunelé. Ces deux dernières étant sans dot, on voulut les envoyer aux Bénédictines de Conflans. Elles restèrent, cependant, pour rejoindre à Saint-Marcel, quelque temps après, avec 800 livres de dot, en compagnie de sœur Dhunzinger et de Marie-Anne Langlois, les sœurs Stattin, la dame de Vau, sœur Deschnet (400 livres de dot). Quant aux sœurs Cressé, d'Ormoy, Jambu, Chardon, Glier, Chevalier, elles se retirèrent à Nogent-l'Artaud et reçurent des pensions des religieuses Bénédictines de Conflans.

Un mémoire rédigé par le père J. Macé, le 7 mars 1746, nous apprend que les religieuses Dhunzinger, Letellier et de Palluau, qui n'avaient en quittant les Petites Cordelières que 50 livres, furent dans une si grande détresse

(1) Arch. Nat., G⁹ 140.
2) Rapport : 2.400 livres 13 sols 8 deniers

qu'elles adressèrent une demande de secours au cardinal, qui leur accorda 150 livres ; une autre dame de Palluau (de Rigny) reçut, sur sa demande, 200 livres pour traiter un cancer dont elle était atteinte (1). Ces secours parvinrent le 24 mai 1746.

La dernière pièce est un compte, daté du 9 septembre 1766, entre les religieuses Cordelières de l'abbaye de Longchamp et celles du monastère Saint-Marcel à Paris, qui établit les revenus des biens du monastère supprimé des Petites Cordelières et réuni aux deux autres maisons. Ce compte fut fait par M. Louvet de 1752 à 1763, et l'on y voit :

	Recettes	Dépenses	Bénéfices
Longchamp =	45.629 l. 7 s.	24.784 l. 13 s.	20.844 l. 14 s.
St-Marcel =	50.371 2	32.440 3	17.930 19

Ainsi le monastère des Petites Cordelières fut supprimé. Leur cimetière même disparut. L'arrêt de suppression, rendu le 4 juin 1749, avait été signé par l'archevêque de Paris Christophe de Beaumont, approuvé par le roi par lettres patentes de juillet 1749 (signées d'Argenson) et enregistré au Parlement le 8 avril 1750.

(1) Arch. Nat., G⁹ 140.

ÉPOQUE RÉVOLUTIONNAIRE

SUPPRESSION DE L'ABBAYE

ET DESTRUCTION DES BATIMENTS

Il est des actes dans l'histoire qui frappent momentanément des institutions ; il en est d'autres qui les détrui-
sent pour édifier sur leurs ruines des institutions nouvelles.
La Révolution française accomplit les uns et les autres.
L'abbaye de Longchamp fut supprimée et sa communauté dissoute en vertu de la loi générale de février 1790 sur
les établissements monastiques. Elle ne fut pas détruite
pour cela, et nul doute que si ses bâtiments étaient demeu-
rés plus tard debout, dès l'Empire et certainement sous
la deuxième Restauration de nouvelles religieuses s'y
seraient installées, et ce coin du bois de Boulogne aurait
conservé son aspect pittoresque d'autrefois. C'est peut-
être aux résistances des religieuses qu'il faut faire remonter la responsabilité de la démolition finale du couvent.

Le 27 février 1790, François-Christophe Etere se rendit
à Longchamp par ordre du district de Franciade (Saint-
Denis), afin de faire un relevé total des biens de l'abbaye.
Il constata qu'elle possédait à cette époque, en biens de
campagne, 7.856 livres ; bail de la ferme, 900 livres ; produit du moulin et d'une maison louée, 400 livres ; rentes
sur particuliers, 1.053 livres 9 sols 3 deniers ; baux em-
phytéotiques, 311 livres 8 sols; loyers de maisons à Paris,

5.130 livres ; sur deux particuliers, 108 livres en 28 parties de rentes ; sur les aides et gabelles, 5.497 livres 10 sols 2 deniers ; en 5 parties de rentes sur les tailles, 888 livres 4 sols 3 deniers ; domaines à Paris, Versailles, Artois, 5.059 livres 18 sols 3 deniers. Il lui était dû en différents recouvrements 65.184 livres. Les charges montaient pour les décimes à 994 livres 8 sols ; pour les cens et rentes foncières, à 75 livres 9 sols 7 deniers ; en rentes et pensions viagères, à 2.505 livres 7 sols ; pour honoraires et gages, à 2.450 livres 10 sols. D'après l'état précédemment dressé, le 22 novembre 1789, les revenus étaient de 27.204 livres 9 sols 11 deniers ; et les charges de 6.025 livres 14 sols 7 deniers. Les dettes étaient de 174.713 livres 12 sols 6 deniers.

Le 7 juin 1790, à huit heures du matin, se présentèrent à l'abbaye, pour inventorier régulièrement, le maire de Boulogne, Romain Bougenot, et ses officiers municipaux, Jean-Pierre Breuillier, Denis Tisserand, Jean-Jacques Marteau, Nicolas Bouvrandet, Etienne Pinson et Louis Margueri, procureur de la commune, assistés de Jean-Baptiste Perrot, secrétaire. Ils demandèrent à l'abbesse Jeanne Jouy le nombre de ses religieuses. Elle déclara qu'elle en avait onze de chœur (1).

Elle ajouta que les revenus étaient de 65.184 livres (2), et que les charges n'étaient que de 6.025 livres 14 sols 7 deniers. Elle oubliait simplement les dettes (3). Les officiers municipaux et le maire parcoururent les bâtiments et dressèrent un inventaire qui nous a permis de savoir tout ce qui était alors à l'abbaye. La cuisine, le réfectoire,

---

(1) Marie-Anne de Palluau, Barbe Dehaer, Jeanne-Isabelle Dupont, Anne-Marie Fiedez, Marie-Madeleine Jay, Marie-Elisabeth Deshaulles, Louise-Isabelle Dugné, Jeanne-Marie Van de Vyver, Anne-Madeleine Dunony, Louise Dupain, Marie-Marguerite de Roux, et sept converses : Michelle Lieber, Marie Lieber, Louise-Isabelle Allart, Anne-Véronique Benard, Anne Madeleine Maudron, Marguerite de Kimpré, Marie-Jacques de Kimpré.

(2) Elle y faisait donc entrer ce qui était dû en recouvrements.

(3) Arch. Nat., S. 4418.

la salle de la communauté, la cave, les chambres, les cellules, les corridors, l'infirmerie, la sacristie, l'église furent successivement visités; l'argenterie, les ornements, le l nge, les meubles furent inventoriés (1).

Lors de cet inventaire, l'abbaye avait encore comme dettes afférentes aux six derniers mois de 1789 et à l'année en cours : pour le maçon, 26 livres ; pour le menuisier, 99 livres ; pour le serrurier, 57 livres 14 sols ; pour le vitrier, 10 livres ; pour les pompiers, 40 livres 4 sols ; pour menues dépenses en plâtre, 11 livres 19 sols ; pour plâtrages, 25 livres 4 sols.

Le 26 février 1790, les religieuses avaient repondu à un arrêté d'expulsion qu'elles ne voulaient pas quitter le monastère, mais que désormais elles s'y adonneraient à l'éducation des jeunes demoiselles. Le 24 juillet, on les fit comparaître ; toutes signèrent une nouvelle déclaration qu'elles voulaient vivre et mourir à Longchamp (2).

Malgré l'arrêt d'expulsion, elles s'obstinèrent à ne pas quitter l'abbaye. Le 28 janvier 1791, Louis-François Leclerc de la Ronde, et Charles-Fiacre Allié, ayant eu la régie de l'administration des biens de Longchamp depuis 1774 jusqu'en 1790, réclamèrent au gouvernement 31.477 livres 14 sols 3 deniers pour solde arriéré. Il ne fut payé que 16.644 livres 5 sols.

Sans s'occuper du refus des religieuses de quitter leur maison, on vendit leurs biens. Les bâtiments servant à l'exploitation, le moulin à vent, les terres et les prés, estimés à 83.000 livres ; la maison n° 2, faisant part e des bâtiments extérieurs, à 12.000 livres ; la maison n° 5, à

(1) Voir appendice.
(2) Le procès-verbal fait à cette occasion signale neuf religieuses pensionnées : Marguerite de Lamarre, 73 ans, à Notre-Dame de Meaux en Brie; Marianne Champin, 67 ans, à Saint-Michel à la Ferté Milon ; Marie-Anne Simonin, 65 ans, à Nogent-l'Artaud ; sœur Cornélis ; Marie-Françcise Delarue, 51 ans, à du Moncel, Pont-Sainte-Maxence ; Elisabeth-Madeleine Bedel, 49 ans, à Paris, malade; Geneviève Buffeteau, 39 ans, à Paris, malade; Marguerite-Antoinette Vernet, 40 ans, à du Moncel, Pont-Sainte-Maxence. Ce même procès-verbal déclare que l'abbaye peut contenir 80 religieuses très à leur aise.

8.000 livres — total : 103.000 livres — furent vendus à
Guillaume-Jacques d'Orcy, demeurant à Paris, préau de
la foire Saint-Germain, au prix de 184.600 livres.

Les attaques avaient commencé contre les communautés religieuses et se renouvelaient sans cesse. La pénurie
du trésor était extrême. Le directoire de Saint-Denis se
décida à expulser de force les religieuses, en vidant le
couvent. Le 17 septembre 1792, il se fit apporter les objets
d'or, d'argent et les bijoux qui étaient à Longchamp et les
fit vendre. Quelques jours après parut un arrêté qui signifia
aux religieuses d'avoir à se retirer avant le 1er octobre. Le
district de Saint-Denis, chargé de tout ce qui avait rapport à Longchamp, nomma le citoyen Maillet pour exécuter ses ordres vis-à-vis de l'abbaye. Le secrétaire de ce
district était le citoyen de Faucompret. Voici les pièces :

« DIRECTOIRE DU DISTRICT DE SAINT-DENIS
« *Extrait des séances.*

« 12 octobre 1792, an I.

« Sont comparus les citoyens Vauthier, maire, et Colas,
officier municipal de la paroisse de Boulogne, lesquels ont
apporté un ciboire et son dessous en vermeil pesant.

« Un calice et la patène, deux burettes et leur bassin et
l'entourage d'une paix en médaillon, le tout en argent et
pesant.

« Les dits objets provenant de la ci-devant abbaye de
Longchamp et ayant été laissés aux religieuses jusqu'à leur
sortie de ladite maison, à la charge par elles de les
remettre à la municipalité de Boulogne.

« *Secrétaire* : DE FAUCOMPRET. »

Ces objets furent envoyés à la Monnaie. Il est à remarquer que les religieuses avaient contrevenu aux ordres qui
leur intimaient de quitter l'abbaye le 1er octobre, puisque
le 12 du même mois elles n'en sortaient qu'après avoir

remis aux officiers municipaux les objets précieux précités.
Une autre pièce du 22 novembre 1792, an I, dit :

« Je soussigné, chargé par le district de veiller à la conservation des meubles déposés dans le réfectoire de la ci-
devant abbaye de Saint-Denis, reconnais que le citoyen
Vauthier, maire de Boulogne, et Colas, officier municipal,
ont apporté du ci-devant couvent de Longchamp et déposé
dans ledit réfectoire une chasuble, étole, manipule, voile
et bourse soye de toutes couleurs galonnés en soye jaune,
huit morceaux de tenture tant en laine que soye ayant
servi ou de paravent ou de couverture d'autel et deux
petits tapis de pied.
                                        Signé : Dauche. »

Le 26 janvier 1793, an II de la République, les officiers
municipaux de Boulogne envoyèrent à Saint-Denis les
trois cloches et les six palliers provenant de Longchamp et
pesant ensemble 1.249 livres (1).

Le 10 février 1793, Houdet, administrateur des biens du
district de Saint-Denis, invita les officiers municipaux de
Boulogne à transporter du 14 au 15 courant les cloches et
les palliers à l'arsenal de Paris, ainsi que les grilles de
l'église et la grille qui était sur la cour intérieure de Longchamp (2).

Quelques jours après, émanait de Saint-Denis la pièce
suivante :

« Je soussigné, chargé par le district de veiller à la conservation des meubles déposés dans le réfectoire de la ci-
devant abbaye de Saint-Denis, reconnais que les citoyens
Vauthier, maire, et Colas, officier municipal de Boulogne,
ont conduit ici trois voitures chargées de tableaux de toute
espèce et grandeur, dont il n'a pas été possible de prendre
le compte tant à cause de la pluie qui obligeait à accélérer,
que parce que la plus grande partie des tableaux tombaient

(1) Le duplicata de la pièce originale est signé Savary.
(2) L'arsenal était rue de l'Université, maison de Maupeou,
n° 927.

8

en pourriture de vétusté; et de plus vingt-six livres de chœur dont une partie en parchemin, tous lesdits livres et tableaux provenant de la ci-devant abbaye de Longchamp.

A Saint-Denis le 7 février 1793, second de la République française.

DAUCHE. »

Le 3 frimaire an II, on transporta également à l'arsenal le vieux plomb de gouttière et de couverture, sous la conduite de Lambert, commissaire nommé à cet effet. Le poids de ce plomb fut de 6.323 livres.

Le 7 frimaire, le citoyen Chocarne, commissaire de Boulogne, transporta à l'arsenal, pour la fabrication extraordinaire des fusils, 23.275 livres de fers et de grilles provenant des églises de Boulogne et de Longchamp.

En l'an III, les bâtiments du monastère furent mis en vente. N'ayant pas trouvé d'acquéreur, ordre fut donné de les démolir. Ils n'en pouvaient guère trouver dans l'état où ils étaient. Leur sort eût été, sans doute, différent, si Guillaume-Jacques d'Orcy avait pu en prendre réellement possession.

CHAPITRE XII

LONGCHAMP AU XIX' SIÈCLE

Malgré l'ordre de démolition, le monastère et l'ensemble des bâtiments qui formaient l'abbaye, l'église, les quelques maisons d'alentour ne disparurent pas tout d'un coup. Au mois d'avril 1843, il restait encore deux murs très épais qui paraissaient avoir formé les côtés d'une entrée, une portion du mur d'enceinte oriental, en grosses pierres de taille, noircies par le temps, enfin une vaste grange, appuyée de contreforts et paraissant remonter au XIIIe siècle. Il ne restait pas un débris de l'église ni des sculptures. Plusieurs maisons de campagne s'élevaient dans l'enceinte.

Détail intéresssant : Nicolas Fouquet, surintendant en 1652, avait hérité de son père, le conseiller du roi, François Fouquet (1587-1640), une belle collection de médailles romaines d'or et d'argent, et une bibliothèque d'histoire, que le surintendant s'empressa de grossir et qui renfermait 25.000 volumes, des médailles, des estampes, des peintures, ainsi que des sarcophages égyptiens. Ces sarcophages furent achetés par Le Nôtre, qui en fit présent à Valentinay d'Ussé. Ils furent transportés à Ussé, en Touraine, et ramenés à Paris sous la Restauration. Égarés pendant plus de trente ans dans les terrains de la ferme de Longchamp, retrouvés, rapportés à Paris et vendus aux enchères publiques, ils ont été donnés en 1844 au Musée du Louvre (1).

(1) *Musée Égyptien*, D⁵ et D⁷.

En 1856, l'enclos et les dépendances de Longchamp furent réunis au bois de Boulogne. On voyait dans les maisons construites en ce lieu quelques fragments de colonnes et de chapiteaux retrouvés, quelques tombes qui avaient été découvertes, et qu'on avait retournées pour être employées en dallage.

En 1857, la grange fut démolie ainsi que les bâtiments de la ferme et ce qui restait du mur d'enceinte. Seul restait debout le vieux colombier, ainsi qu'une maison moderne, bâtie dans l'enclos depuis la suppression du monastère. Des rigoles et des pièces d'eau courent çà et là. Le moulin est réparé. En 1858, le colombier est transformé en donjon crénelé. La maison conservée devient la résidence d'été du préfet de la Seine. En 1859, une ancienne tombe est retrouvée, les débris en sont déposés dans le local de l'administrateur du bois de Boulogne. Il ne reste plus qu'une vieille tour* de cette abbaye, si intéressante par sa fondation et par les péripéties diverses qui l'ont accablée autant qu'illustrée.

Aujourd'hui, le promeneur qui partirait d'un point situé un peu au-dessous de la cascade, suivrait le ruisseau qui traverse la propriété faisant face au moulin, irait jusqu'à la Seine, ferait le tour de l'habitation du conservateur du Bois de Boulogne, et reviendrait jusqu'au croisement du Chemin des Moulins et de la Route de Sèvres, aurait fait à peu près le tour de l'abbaye de Longchamp.

Regrettons sa destruction complète. Regrettons-la à beaucoup de titres. Au milieu des embellissements du Bois de Boulogne, Haussmann et Alphand en auraient fait, sans doute, une sorte de Pierrefonds, et sa masse vénérable, surgie sous les ombrages, au milieu des étangs, sans rien ôter aux grâces charmeresses de notre belle promenade, y eût ajouté un caractère d'inexprimable grandeur.

APPENDICES

PREMIÈRE PARTIE

LISTES DES ABBESSES & DES RELIGIEUSES.— DOCUMENTS.

I

LISTE DES ABBESSES.

Marguerite Tremblay de Courcelles, *supérieure,* lors de la pose de la première pierre de l'abbaye, le 10 juin 1256.

Isabelle de Venisse, *présidente,* lors de la prise de possession de l'abbaye par les religieuses, le 23 juin 1260.

Agnès d'Aneri (23 juin 1260 à février 1262). Cette *abbesse* fut élue le jour même de la venue des religieuses à Longchamp. Elle avait déjà vécu quelques années à l'abbaye de l'Ordre de Saint-Damien-d'Assises, à Reims.

Mahault de Guiencourt (février 1262 à février 1263).

Agnès II de Harcourt (février 1263 à février 1279). Fille de Jean, premier seigneur de Harcourt, surnommé Prudhomme, d'Elbeuf, etc. (1), et de Blanche d'Avancourt,

(1) Ce Jean de Harcourt, maréchal de France, incendia, en septembre 1285, la ville de Rosas, en Catalogne (*Guillaume de Nangis*). Il fit don, en juillet 1281, à l'abbaye, d'une rente de 20 livres parisis à prendre sur la prévôté de Pont-Aucemer. Confirmation par Philippe le Hardi en janvier 1283, par Philippe le Bel en mars 1300. (Arch. Nat., K. 35, n° 4 ; K. 35, n° 4² ; K. 36, n° 54.)

sa troisième femme. Elle était venue à Longchamp avec
Isabelle de France pour être à son service ; mais bientôt
elle prit le voile, fit venir sa famille au monastère, notamment Jehanne de Harcourt, sa sœur, et probablement une
de ses cousines, une autre Jehanne de Harcourt (1). Elle
fut nommée abbesse en 1263 et le resta jusqu'au mois de
février 1279, comme le prouvent les pièces manuscrites de
cette époque (2). Elle mourut le 25 novembre 1289. Elle
fut enterrée à Longchamp, et les religieuses célébrèrent
annuellement l'anniversaire de sa mort. De 1279 à 1289,
elle s'attacha à écrire une vie d'Isabelle de France ; partie
du manuscrit est encore aux Archives Nationales (3).
Voici son épitaphe : *Exemplo doceor quam brevis orbis
honor* (4).

Julie de Troyes (février 1279 à mars 1289).

Jeanne I de Nevers (mars 1289 à avril 1294). On lit dans
la vie de saint Louis qu'elle fut réélue deux fois abbesse.

Jeanne II de Grèce (avril 1294 à février 1303).

Jeanne III de Vitry (février 1303 à février 1312). Elle fut
abbesse par trois fois et trépassa dans la nuit après la Saint-
Mathieu qui fut un mardi (21 septembre 1333). Elle avait
vécu à l'abbaye cinquante-quatre ans. Étienne de Vitry lui
avait donné, le 7 juin 1285, 13 livres de rente.

Jeanne IV de Harcourt (février 1312 à .février 1313).
Sœur d'Agnès II. Elle fit don à sœur Désirée de tous ses

(1) Arch. Nat., *Vie de Madame Isabelle,* par sœur Agnès. —
L, 1021, mss.

(2) D'après le registre 31 du trésor du roi et le document
authentique des tables de saint Dionysus.

(3) On en trouve l'exemplaire imprimé dans la *Chronique,
de Joinville* (Bib. Nat.).

(4) ROUILLARD, *Vie d'Isabelle de France* (Bib. Nat., L., 27
n° 10072) traduit :

> Apprends de moi, qu'en vérité
> Le monde n'est que vanité.

Non content, il ajoute:

> Vierge de rare esprit ! ô vraie historienne,
> Pour ta sainte Isabelle je t'épanche des fleurs,
> Car l'écrit de sa vie éternise la tienne
> Et toujours en aura la grâce de tes sœurs.

biens, meubles et immeubles, pour rester à l'abbaye à la mort de sœur Désirée (1).

Jeanne V de Gueux (février 1313 à février 1328). Jeanne de Gueux était fille de Rodolphe, seigneur de Saint-Fargeul (écrit aussi Saint-Fregeul). Restée veuve à 23 ans, elle fit profession à Longchamp et y amena sa sœur, Germaine-Agnès de Saint-Fargeul, et sa fille, Marie de Gueux, qui n'avait que cinq ans. Elle fut réélue de 1337 à février 1340. Elle vécut à l'abbaye quarante et un ans et six mois, et mourut le 17 avril 1347 (2). Ce règne abbatial fut marqué par de nombreux dons faits à l'abbaye. Elle eut pour épitaphe : *Cy gist noble dame sœur Jeanne, aame de Gueux, laquelle fut veuve à l'âge de 23 ans et se rendit religieuse céans, où elle a vécu très religieusement l'espace de 41 ans, a été abbesse 21 ans* (3), puis trépassa l'an 1347, e 17me jour d'avril.

Maria I de Lions (février 1328 à février 1337). Réélue en février 1340. Mais le 24 novembre suivant, trop âgée pour diriger sainement et activement l'abbaye, elle donna procuration à Nichole de Mincy, puis à Jeanne V de Gueux, et se retira, à Paris, dans sa maison, sur la porte de laquelle elle fit écrire : « L'humble abbesse, sœur de l'humilité Notre-Dame de Longchamp les Saint-Cloud. » Elle mourut le 24 mai 1345. Elle avait fait un inventaire de tous les biens de l'abbaye, daté 1339-1345.

Jeanne VI de Bocherville (27 mai 1345 au 22 juillet 1348). Élue trois jours après la mort de la précédente. Le manuscrit français 11.662 dit qu'elle vécut à l'abbaye quarante et un ans, fut abbesse trois ans, onze semaines, deux jours et mourut en fonctions le 23 juillet 1348, le lendemain de la Madeleine.

Agnès III de Liège (22 juillet 1348 au 8 février 1349). Elle fut d'abord *présidente*.

---

(1) Arch. Nat., L. 1020. Donation ratifiée par Renault, évêque de Paris, le 25 février 1265.
(2) Bib. Nat., mss. français, 11.662.
(3) On compte ici trois ans pendant lesquels elle dirigea l'abbaye sous le règne de l'abbesse suivante.

Maria II de Gueux (8 février 1349 au 20 août 1360). Voici son épitaphe : *Cy gist noble dame sœur Maria de Gueux, fille de sœur Jeanne de Gueux qui se rendit céans et amena sa sœur et sa fille qui n'avait que cinq ans; et furent toutes trois vêtues en un jour ; la dite sœur Maria fut abbesse près de 12 ans et trépassa l'an 1370, le 18 janvier* (1). La sœur germaine dont il est question ici eut pour épitaphe : *Cy gist religieuse et noble dame sœur Agnès de Saint-Fregeul, sœur germaine de sœur Jeanne de Gueux, laquelle vesquit céans 53 ans et trépassa l'an 1358, le 6 décembre; elle avait introduit et gouverné la susdite Blanche de France*. Maria et sa mère touchaient à Longchamp des rentes, comme le prouve une commission du roi Jean, datée de Paris (13 avril 1361), assignant, à la requête de toute l'abbaye (2), plusieurs personnes en paiement de ces rentes.

Agnès IV la Chevrelle (21 août 1360 à octobre 1375). On la fait mourir indifféremment les 4, 13 ou 17 octobre 1375.

Jeanne VII de la Neuville (17 octobre 1375 au 22 avril 1387). Mourut le 26 juillet 1399.

Laurence Jacob (22 avril 1387 au 20 avril 1400). Mourut en septembre 1403.

Jeanne VIII la Gaudicharde (20 avril 1400 au 4 mai 1403). Don à cette abbesse, par Isabelle *la Guercharde*, d'une maison, cour, jardin et pourpris à Suresne ; une masure et une place tenant à la maison; deux porcs ; un quart de pressoir au-dessus de la maison ; un clos de vigne de cinq quartiers et demi ; trois quartiers au-dessus ; cinq quartiers au Baudouin ; onze arpents ; deux arpents aux Morillons et trois autres quartiers.

Agnès V d'Issy (4 mai 1403 au 10 juillet 1418). Mourut, en odeur de sainteté, le 10 juillet 1418, au Collège Saint-Germain.

Jeanne IX des Essarts (5 octobre 1418 au 23 mars 1437).

---

(1) Erreur : elle ne mourut que le 28 février (Mss. fr. 11.662).

(2) Arch. Nat., K. 48, n° 14.

Pendant près de trois mois l'abbaye fut sans direction. Rentrées dans leurs murs, les religieuses élurent Jeanne des Essarts. Le 23 mars 1437, elle abdiqua, en raison de son âge, entre les mains de Maria de la Poterne, sous-supérieure, mais conserva son titre d'abbesse. Elle mourut en avril 1447. Son père, Jean des Essarts, lui avait constitué, lors de sa profession (31 mars 1392), douze livres de rente.

Maria III de la Poterne (sous-supérieure du 23 mars 1437 au 21 juin 1447 ; abbesse du 21 juin 1447 au 26 septembre 1447). Quitta la direction abbatiale trois mois après l'avoir obtenue : nous n'avons pu en découvrir la raison. Elle se représenta aux suffrages de ses compagnes en 1450 et ne fut pas élue. Elle mourut à Longchamp, le 17 mai 1458. Elle avait reçu de son père, orfèvre, 12 livres de rente.

Marguerite Gentien (du 27 septembre 1447 au 17 juillet 1467). Elle dirigea l'abbaye avec sévérité. Une note la fait réélire le 14 juin 1461 ; mais une autre source (*Sammarthanis*) la dénomme *Maria Gentien* et la fait renoncer à son titre d'abbesse le 8 août 1458. La vérité est qu'elle abandonna ses fonctions abbatiales le 8 août 1458, en conservant le titre seul, et que ce fut Jeanne la Porchère qui dirigea l'abbaye, jusqu'au 17 juillet 1467, avec le titre de *présidente*. C'est une période sans importance dans l'histoire de Longchamp. Le manuscrit de la Bibl. Nat. la nomme Marguerite Gentiem et lui fait faire profession le 30 mars 1380. Elle reçut en dot de son père, général des monnaies, 12 livres de rente, et de son oncle Baillet, changeur, bourgeois de Paris, 4 livres de rente.

Jeanne X Porchère (du 27 juillet 1467 au 8 mai 1481, date de sa mort). S'occupa surtout d'arracher l'abbaye à sa ruine. Elle avait fait profession le 22 juin 1426 et reçu de son père 4 livres parisis 60 sols de rente. (Arch. Nat., L. 1023.)

Jeanne XI Géronte (du 28 mai 1481 au 17 avril 1499). Était *présidente* lorsqu'elle se présenta aux suffrages de ses compagnes. Elle fut successivement réélue les 14 avril 1484, 25 novembre 1486 et 10 juin 1489. Le manuscrit de la

Bibl. Nat. dit qu'elle fit profession le 3 septembre 1453. Il la nomme Jehanne Gérente. Elle reçut, à l'occasion de sa profession, une rente de 24 livres parisis du roi de Sicile, Roger, qui lui donna en même temps l'assurance que tous ses biens iraient à l'abbaye. (Arch. Nat., L. 1023.)

Jacqueline de Mailly (d'avril 1499 à 1513). Était fille du gouverneur d'Auvilers, conseiller et chambellan du roi, et de Jeanne de Vaissière. Elle avait fait profession le 28 mai 1457. Elle reçut 20 livres de rente. A sa mort, 60 livres devaient être constituées en don à l'abbaye.

Jeanne XII de Hacqueville (de 1513 au 6 février 1515). Elle fit profession en 1513, dit le manuscrit de la Bibl. Nat. Elle entra donc à Longchamp pour en devenir abbesse.

Catherine I la Picarde (du 6 février 1515 au 22 avril 1532). Le manuscrit déjà cité mentionne qu'elle ne fit profession que le 15 août 1524. Mais dès février 1515 les pièces ayant rapport à l'abbaye sont signées Catherine la Picarde. Elle était fille de Jean le Picard, contrôleur général des finances en Bourgogne. Elle reçut 300 livres pour frais de profession et 20 livres de rente.

Jeanne XIII de Mailly (du 22 avril 1532 à 1547). Fille de Philippe, gouverneur d'Auvilers, et de Jeanne de Caulincourt (mariés en 1496). Née en 1507, cette abbesse fut réélue le 3 février 1580. Elle se démit de sa charge le 10 mai 1585 et mourut le jour des Anges, septembre 1590.

Georgette Cœur (de 1547 à mai 1550). Le *Gallia Christiania* dit qu'elle était de la famille du célèbre argentier, que le roi anoblit en 1441. Lors de la visite du Père général, le 24 avril 1550, elle se démit de ses fonctions entre ses mains. Réélue le même jour, elle mourut dès le mois de mai.

Louise de Cénasme (de mai 1550 à juin 1560, date de sa mort). Sœur de Cassandre, femme d'Olivier de Théson, baron de Mourcayrol, chevalier de Saint-Michel et capitaine des cent hommes d'armes des ordonnances. Souvent malade, elle était suppléée par Maria Lotin.

Maria IV Lotin (du 16 juin 1560 à 1566). Avait été élue sous-supérieure le 15 février 1559, en récompense de son dévouement à l'abbaye. Le 15 novembre 1554 elle avait fait donner à l'abbaye, par Jean de Mailly, 24 livres en argent pour payer une dette criarde. Elle fut réélue en 1563 et dirigea l'abbaye jusqu'en décembre 1566.

Charlotte-Caroline de la Chambre (du 12 décembre 1566 au 3 février 1578). Abbesse à trente-six ans. Cousine du cardinal abbé de Vendôme, Mgr de la Chambre, qui donna à l'abbaye le précieux reliquaire de la Sainte Larme et remit le couvent en « splendeur ». Elle mourut le 1er novembre 1607.

Anne I de Fontaine (du 3 février 1578 au 3 février 1580, date de sa mort, jour de Sainte-Anne).

Francine Potier (du 10 mai 1585 au 31 juillet 1606). Fut élue le jour de Sainte-Marguerite 1585, en remplacement de Jeanne de Mailly, trop âgée. Elle était fille de Jacob, seigneur de Blancmesnil, sénateur de Paris, et de Francine Cueillette, dame de Gesvres. Elle abdiqua en juillet 1606 et mourut presque impotente au mois de mai 1618.

Bona d'Amours (du 31 juillet 1606 au 22 novembre 1607). A peine en fonctions, elle tomba malade ; après avoir lutté contre le mal qui l'envahissait, elle se démit de ses fonctions le jour de Sainte-Cécile. Elle traîna seize ans d'une vie de souffrances et s'éteignit le 3 juillet 1624.

Catherine II Brulard (du 22 novembre 1607 à 1629). Était fille de Pierre Brulard et de Maria Cauchon, dame de Sillery et de Puisieux, sœur du chancelier Nicolas France. Elle mourut le 10 octobre 1631, âgée de soixante-six ans six mois, léguant à l'abbaye 200 livres de rentes annuelles pour louer Saint-Nicolas.

Claude-Élisabeth-Isabelle I de Mailly (de 1629 à juin 1634, date de sa mort). Troisième du nom, cette abbesse était fille de Renaud et de Michelle de Fontaines.

Isabelle II Mortier (du 26 juin 1634 au 8 septembre 1646). Directrice dès le 6 août 1631, ne fut nommée abbesse que le 26 juin 1634. Elle abdiqua le 8 septembre 1646 et mourut le 22 septembre 1648, âgée de 71 ans.

Magdeleine Placin (du 9 septembre 1648 à septembre 1653). Dirigeait l'abbaye depuis le 8 septembre 1646. Elle fut nommée abbesse quelques jours avant la mort d'Isabelle Mortier (9 septembre 1648).

Catherine III de Bellières (du 6 septembre 1653 au 19 septembre 1659). Arrière-petite-fille de Catherine Brulard. Elle mourut à la fin de l'année 1668, ayant abandonné sa direction parce qu'elle était malade.

Claude-Isabelle III de Mailly (du 19 septembre 1659 au 8 août 1663), réélue du 5 février 1670 au 28 juin 1673, morte le 28 juin 1673.

Anne de Bragelonne (du 8 août 1663 au 29 juillet 1668).

Claude de Bellières (du 31 juillet 1668 au 5 février 1670). Sœur de Catherine de Bellières et du sénateur Pompon. Elle avait de grandes qualités d'âme et une grande piété. Louis XIV la fit déclarer sous la bénédiction de Dieu par le diocèse de Paris. Elle mourut le 5 février 1670, âgée de 61 ans.

Catherine-Marie I Dorat. Élue pour la première fois (28 juin 1673-28 juin 1676), pour la 2e fois (10 février 1682-10 février 1685), pour la 3e fois (24 février 1691-31 mars 1694), pour la 4e fois (30 mars 1697-13 mars 1700), pour la 5e fois (31 mars 1703-6 février 1706). Cette abbesse mourut pieusement le 2 août 1707.

Catherine-Élisabeth I de Gournay (du 28 juin 1676 au 28 janvier 1679).

Marguerite-Isabelle IV de Flesselles (du 28 janvier 1679 au 10 février 1682.

Marie-Anne II Dorat (du 10 février 1685 au 21 février 1688). Sœur aînée de Catherine-Marie Dorat. Fut élue pour la 2e fois (31 mars 1694-30 mars 1697), pour la 3e fois (du 13 au 27 mars 1700). Elle mourut, âgée de 76 ans et 50 jours, quelques jours après son élection.

Anne-Marie II de Bragelonne (du 21 février 1688 au 24 janvier 1691). Elle avait payé pour sa vêture trois mille six cents livres, et recevait deux cents livres de rente viagère. Elle mourut en 1692.

Élisabeth-Henriette-Guignard (du 28 mars 1700 au 31 mars 1703). Elle obtint du pape Clément XI des grâces et des indulgences, ainsi que sa sœur. Élue pour la 2e fois (6 février 1709-6 février 1712).

Marguerite-Agnès VI Nolet (6 février 1706-6 février 1709). Élue pour la 2e fois (6 février 1712-6 février 1715), pour la 3e fois (6 février 1718-31 mars 1718). Elle fut appelée à diriger un monastère du même ordre à Melun. Elle ne semble pas s'y être plu, car, dans les premiers jours de l'année 1720, elle revint à Longchamp et y mourut le 1er avril.

Catherine-Élisabeth II Le Cosquino (du 6 février 1715 au 8 février 1718). Fille de Louis, seigneur de Fuloy, et de Catherine Lestocq. Réélue (2 avril 1718-10 mars 1721), elle s'occupa de faire réparer le monastère et améliorer sa situation financière. Élue pour la 3ᵉ fois (27 mars 1724-16 mars 1727), pour la 4ᵉ fois (17 mars 1727-16 mars 1730), pour la 5ᵉ fois (19 août 1733-9 mars 1736), et pour la 6ᵉ fois (10 mars 1736 au 18 octobre 1737), elle mourut en fonctions, âgée de 86 ans, exhortant ses sœurs à suivre les lois et les règles de la maison, et munie des saints sacrements.

Marie-Anne III Le Jan (du 10 mars 1721 au 27 mars 1724). Dirigea Longchamp en s'aidant des conseils de Lux de Ventelet, prieur d'une autre abbaye depuis 1700. Nous avons eu matière, au chapitre IX, à douter de ces conseils. Élue pour la seconde fois (16 mars 1730-19 août 1733), elle mourut le 26 février 1734, âgée de 78 ans.

Marie-Thérèse de Tourmont (du 24 octobre 1737 au 28 octobre 1740). Trésorière depuis 1724, elle n'avait que 47 ans quand elle fut élue abbesse. Elle fit venir à Longchamp ses trois sœurs. Réélue (octobre 1770 à 1773).

Anne IV de Tourmont (du 28 octobre 1740 au 24 novembre 1767). Sœur de la précédente, elle fut successivement réélue les 24 janvier 1741, 6 octobre 1755, 6 février 1767 et se démit le 14 novembre 1767.

Thérèse Morlet (du 14 novembre 1767 à octobre 1770). Réélue de 1773 au 18 juillet 1780.

Anne-Charlotte Bertheau (1780-1786). Le 7 juillet 1780 les religieuses de Longchamp constituèrent une rente viagère de cinquante livres au principal de six cents livres au profit de leur abbesse Charlotte Bertheau et de sa sœur Marie-Jeanne-Gabrielle Bertheau (Arch. Nat., H. 3836).

Jeanne XIV Jouy (1786-12 octobre 1792). Dernière abbesse. Assista aux sombres événements des premiers jours de la Révolution. Elle vit ses compagnes dispersées, les reliques de l'abbaye détruites, enlevées ou vendues, les bâtiments démolis, le cimetière profané.

Listes des religieuses.

Le 24 juillet 1260, il y eut une nouvelle prise de voile. La première religieuse voilée fut Ferrenelle de Pontoise. Le 20 novembre 1261, Urbain IV accorda une dispense à de nouvelles religieuses de Reims pour s'établir à Long-champ.

Quatre listes ont été trouvées par nous dans nos recherches.

A. — Première liste, dans l'ordre de l'acte de décès (1).

Lore la Nouice; Gile de Raims; Mahaut de Guyencourt; Agnès de Crespi; Aubourc de Paci; Estiene de Reins; Mathec; Beatrix Sarpe; Oedeline Sarpe; Lore de Rouen; Agnès de Auteil; Jeanne de Harrecourt la einsnée; Erembourt de Mesleum; Marie de Meullent; Ade de Reins; Désirée; Agnès Daneri; Ermessant de Paris; Agnès de Harrecourt; Mahaut de Gondarville; Marie de Cambray; Alarge de Gonesse; Marguerite de Sens; Marguerite de Fontenay; Isabelle de Crespi; Jehanne de Grèce; Béatrix de Nuefchastel; Béatrix la Saiere; Mahaut de Escoce; Jehanne de Preix; Emmeline de Limoges; Agnès de Paris;

(1) Bib. Nat., mss. français 11.662. Nous avons respecté l'orthographe.

Aalis la Rechinarde ; Marie de Lymoges ; Aceline la Nouice ;
Nichole de Fiérevile ; Aalis de Dicquemme ; Aedeline de
Ruemmere ; Agnès la voisière ; Jehanne Larchière ; Isabel
de Créci ; Agnès de Montréal ; Agnès d'Amiens ; Perrenelle de Chevreuse ; Juliane de Troies ; Maria de Chartres ;
Angre de Reins ; Isabel de Venisse de Rains ; Sarres de
Houpelines ; Françoise de Houche ; Jehanne de Louve-
ciennes ; Marguerite d'Amiens ; Aalis la petite ; Phelippe
de Vitry (1) ; Hanys de Laon ; Tyephaine de Paris ; Eren-
bourt de Serceles ; Marie de Tremblay ; Mahaut de Fontenay (2) ; Jehanne de Nevers ; Agnès de Pontcise ;
Jehanne de Faveri ; Aneline de Hainaut ; Clémence de
Argoz ; Ermengart de Chartres ; Marguerite de Guyse ;
Marie de Laon ; Agnès de Minières ; Jehanne de Harrecourt ;
Rohes de Caen ; Marie de Gonesse ; Jehanne de Fallaise ;
Mahaut du Val, Saint-Benoit 1305 ; Jehanne la Vivienne,
mercredi devant Notre-Dame 1315 ; Marguerite de Trem-
blay, morte à Pâques 1320 ; Aalis de Chastel, morte à la
Saint-Denis 1320 ; Gile de Paris, morte à la Chande-
leur 1321 ; Marie de Vile-neuve, morte à la Saint-Jean 1322 ;
Mahaut de Tirele, morte à la Saint-Luc 1322 ; Aalis de
Mucedent, morte à Pâques 1322 ; Agnès de la Crois,
Pâques 1325 ; Erembourt de Senlis, Saint-Louis 1325 ;
Jehanne de Quitri, le lendemain de la Nativité 1325 ;
Ysabel de Tremblay, conversion saint Pol 1325 ; Agnès
de Senlis, 3 avril 1326 ; Oedeline d'Ausserre, 25 juillet 326 ;
Perrenelle de Pontoise, 17 mars 1327 ; Jehanne la Drapière,
morte le 8 février 1329 ; Marie de Mares, morte le 3 juin 1331 ;
Geneviève de Roen, vêtue le 8 octobre 1313, morte à la

(1) Était fille de Jean, duc de Bretagne. Elle fit don à l'abbaye
du tiers de ses biens (la baronnie de Vitry) et lui vendit les
deux autres tiers moyennant mille livres. Cet acte fut ratifié
par Raoul, évêque d'Albano, légat du Saint-Siège, le 26 décembre
1268, confirmé par Louis IX le même mois et par lettres patentes de Jean, duc de Bretagne. (Arch. Nat., K. 32, n° 10,
11, 12.)
(2) En juin 1260, cette religieuse dota l'abbaye de plusieurs
pièces de terre et d'une masure au terroir de Fontenay. (Arch.
Nat., L. 1020.)

9

Nativité 1331 (1) ; Isabelle de Rate, 19 février 1332 ; Hodierne de Jouy, 12 février 1333 ; Oedeline d'Ormoy, 3 mars 1333; Thiphaine de Fontenay, 12 mars 1333 ; Jeanne de Vitry, après la Saint-Mathieu 1333 (2) ; Saint de Chaumont, mercredi 6 octobre 1333 ; Marguerite de Brébant, 4 septembre 1334 ; Jehanne Levesveil, Saint-Denis 1334 ; Jehanne la Barbière, 12 février 1335 ; Marguerite de Craon, veille de Saint-Augustin 1336 ; Jehanne de Brabant, premier juin 1337 ; Gile de Marcilli, 11 septembre 1337 ; Nichole de Quarrel, 1337 ; Marie de Biaujeu, Noël 1337 ; Jehanne d'Ivri, Circoncision 1337 ; Jehanne la Viée, 1338 ; Marguerite de Malente, juin 1339 ; Jehanne la Fruictière, 21 février 1340 ; Jehanne la Chevalière, 5 mai 1341 ; Marie la Martelière, 1341 (3) ; Isabelle de Rouy, 1344 ; Marie de Lions, 4 mai 1345 ; Marguerite de Beume, 1345 ; Jehanne de Gueuz, 18 avril 1347 ; Katerine de Marbois, 4 septembre 1347 ; Jehanne de Bocherville, lendemain de la Madeleine 1348 ; (un nom illisible) ; Jehanne la Maillarde, 5 septembre 1379 (4) ; Agnès la Benne, 13 août 1380 ; Jehanne la Regnemoulin, 12 décembre 1380 ; Marquise de Chauvigny, 23 janvier 1381 ; Jehanne la Pelletière, 1er juin 1384 ; Agnès la Viée, 13 mars 1385 ; Jehanne de III moulins, 9 mai 1386 ; Marguerite de Rouvray, 26 juin 1387 (5) ;

(1) Reçoit de son père, Nicolas de Roen, marchand de chevaux, le jour de sa vêture, tous ses biens meubles et immeubles par devant le Prévôt des marchands de Paris. — (2) Le mss. 11662 indique le 21 mars ; il indique que Jeanne de Vitry fut abbesse 3 fois, que Marguerite de Brébant vécut 33 ans à l'abbaye, et Jehanne d'Ivri 5 ans seulement. — (3) Par son testament, Pierre Le Martelier, son père, lui lègue conjointement à sa sœur Jeanne, également religieuse à Longchamp, 440 livres de rentes pour être réversibles, à leur mort, à l'abbaye. — (4) Le 25 juillet 1342, date à laquelle elle fit profession, son père, Étienne Maillard, lui constitua par devant le Prévôt de Paris 16 livres de rentes, à prendre sur une maison à Paris, aux halles, sous les auvents où l'on vend le pain, pour revenir à sa mort à l'abbaye. — (5) Elle avait fait profession le 12 juillet 1362, et son frère, Jean de Rouvray, seigneur de la Haye, lui faisait cession de 20 livres de rentes à prendre sur le terroir de Lahaye-le-Comte.

Jehanne de Navarre, 3 juillet 1387 (1) ; Marguerite la Poncine, 9 juillet 1387 ; Jehanne la Benne, 15 juillet 1387 ; Jehanne de Guerre, juin 1388 ; Perrenelle Lauberde, 13 août 1388 ; Marguerite d'Yssi, 19 janvier 1388 ; Girarde Daberonay, 1389 ; Jehanne de Guenz, 3 juin 1389 ; Blanche du Galiel, 15 février 1389.

B. — Deuxième liste, d'après la date de la profession, puis la date de la mort.

Roberge, 22 mars 1294 (2) ; Jehanne Loizelle, 20 janvier 1319 (3) ; Margot le Flamant, 16 mars 1354 (4) ; Yolande des Essarts, 27 octobre 1355 (5) ; Marguerite Flamenge, 22 novembre 1362 (6) ; Agnès Giffart, 12 mai 1367 (7) ; Jehanne la Guercharde, 2 novembre 1375 ; Isabelle Rubiole, 20 novembre 1378 (8) ; cy après faillent 2 sueurs ; Jehanne de Crespi barbière, 1349 ; Jehanne de Lorris, Noël 1348 (9) ; Jehanne la Cirière, 1349 ; Jehanne de Lire, 1351 ; Marie de Noifville ; Katherine de Bruges ; Jehanne de Tremblay ; Jehanne la Ridelle ; Jacqueine de la Greue ; Agnès la Pellière ; Agnès des Essarts ; Agnès du Liège ; Philippe de Barron ; Peronelle d'Arras ; Jehanne d'Ormoi ; Agnès de Roie, trépassée au Montel, 1355 ; dame sueur Blanche ; Jehanne la Chicaude,

(1) Vécut à l'abbaye 49 ans (Mss. 11662) — (2) Fille de la dame de Graville qui, le 22 mars 1289, légua à l'abbaye ses meubles et immeubles, plus 60 sols de rentes pour en verser l'usufruit à sa fille. — (3) Fit don à cette date de tous ses biens, à *Ruelle* et ailleurs. — (4) Reçut de son père Jacques le Flamant, drapier à Paris, 12 livres de rentes. — (5) Reçoit de Louis, son oncle, et de Pernelle des Essarts, sa tante, 20 livres de rentes sur les biens qu'ils possédaient à Luzarches. Le 23 juin 1378, reçoit de son frère Jean de Lorris, dit Lancelot, 20 livres de rentes. Le 16 février 1380, Philippe des Essarts et Jeanne abandonnèrent 6 livres de rentes à l'abbaye. — (6) Reçoit de son père, Jacques Flamenge, maître des Comptes, 12 livres de rentes. — (7) Reçoit 25 livres de rentes. — (8) Son père lui donna 12 livres de rentes et 29 livres d'argent. — (9) Le 15 juin 1313, elle reçut un don de six écus de

août 1358 ; Agnès de Saint-Fregeul, 6 septembre 1358 ;
Jehanne Arregnarde, 21 février 1359 ; Marie de Manz,
27 avril 1361 ; Allis de Fours, 21 mai 1361 ; Alis d'Ivery,
11 avril 1362 ; Marie Cudone, 17 novembre 1362, jour de
la dédicace de l'abbaye ; Agnès la Vaallarde, 11 février 1362 ;
Katerine Piquete, 5 novembre 1364 ; Jehanne du Pré,
décembre 1364 ; Jehanne la Poncine ; Ameline la Vinu-
tière, 26 juin 1367 ; Ameline du Marchié, 4 juillet 1367 (1) ; Ameline la Cirière, 26 mai 1368 ; Jehanne
Audelaye, 13 juin 1368 ; Mabile du Gabel, 23 août 1368 ;
Ysabel de Maante (2) ; Marguerite de la Chambre,
1370 (3) ; Marie de Guez, 1370 ; Jehanne la Bilebaude,
janvier 1371 ; Hacqueline de Saint-Yon, 3 avril 1374 ;
Agnès la Chevrelle, 4 octobre 1375 ; Marguerite d'Acy,
13 mars 1376 ; Jehanne de l'Esclat, 1377 ; Perrenelle
Lestee, 2 mai 1378 ; Jehanne la Pouletière, 1378 ; Jehanne
la Viée, 12 janvier 1378 ; Perrenelle de Flamenge ;
Marguerite Gentiem, 30 mars 1380 ; Jehanne de Fébure,
11 mars 1382 (4) ; Jeanne des Essarts, 31 mars 1392 ;
Marion de la Soterne, 21 juin 1395 ; Perrette de Senlis,
28 juillet 1397 (5) ; Presle, novembre 1404 ou 1406 (6) ;
Bernel Caguerard, 3 février 1408 (7) ; Catherine Paris,
1414 (8) ; Jehanne Habreheru, 1420 (9) ; Jehanne Porcher,

rentes qui fut fait par sa tante Agnès de Lorris.— (1) Fit
profession le 6 novembre 1320, et reçut de son père, Raoul
du Marchié, 4 livres de rentes à prendre sur deux maisons à Senlis. Le mss. français indique comme jour de sa
mort le 1er juillet 1367. — (2) Le 16 mai 1355, jour de
sa profession, cette religieuse reçut de son père, Godefroi,
16 livres de rentes et donna 16 livres comptant à l'abbaye.—
(3) Le mss. français indique le 29 décembre. ← (4) Reçoit
de son père, Martin de Fébure, orfèvre à Paris, 11 livres
de rentes et, à la mort de son père, 40 livres d'argent. —
(5) Fille de feu Marcellet de Senlis ; donna à l'abbaye
8 livres de rentes. — (6) Fille de Jean de Presle ; ce dernier
reçut en novembre 1403, par le testament de Maurice Rato,
trois quartiers de vigne et le cinquième d'une petite maison,
le tout sis à Suresnes, et qui furent la dot de la religieuse
(A. N., Q¹1064). — (7) Acquis ce jour-là pour sa dot, de veuve
Simon Letellier, un quartier et un demi-quartier sis à Suresnes, réversibles à sa mort à l'abbaye (Arch. Nat., Q¹ 1065).
— (8) Fille du procureur au parlement. — (9) Nicolas Duru,

22 juin 1426 ; Jehanne Noisette, 1ᵉʳ septembre 1431 (1) ;
Jehanne la Mauline, 2 décembre 1432 (2) ; Fleurance de
Bragelonne, 23 janvier 1433 (3) ; Jehanne Accord, 23 juillet 1434 (4) ; Jehanne Fromont, 9 mai 1433 (5) ; Nicolle la
Bouette, 19 août 1438 (6) ; Philippe Lathiberde, 23 février 1446 (7) ; Marguerite des Landes, 4 mai 1447 (8) ;
Gilberte la Godarde, 23 août 1453 (9) ; Jehanne Gerente,
3 septembre 1453 ; Catherine de Gaure, 28 septembre
1453 (10) ; Collette Tironde, 15 novembre 1453 (11) ; Louise
le Bouteiller, 18 septembre 1454 (12) ; Jacqueline de Mailly,
28 mai 1457 ; Jehanne de Choart, 22 septembre 1457 (13) ;
Catherine Griffon, 1ᵉʳ mars 1458 (14) ; Madeleine de Bretagne, 27 octobre 1461 ; Maria de Rubempré, 17 juin
1470 (15) ; Alix d'Ouzonville, 28 octobre 1471 (16) ; Marie de
Fontaine 23 mai 1477 (17) ; Perrette de la Poterne,
9 octobre 1511 (18) ; Jehanne de Hacqueville, 1513 ; Geneviève Amy, 31 mai 1515 (19) ; Catherine la Picarde,

prêtre bachelier, lui fit don de 4 livres de rentes (Arch. Nat.,
L. 1023). — (1) Reçut 8 livres de rentes. — (2) Reçut 40 livres
de rentes. — (3) Reçut 4 livres de rentes. — (4) Reçut 8 livres
de rentes. — (5) Fille du conseiller à la chambre des comptes ;
reçut de son père 10 livres de rentes. — (6) Reçut 14 livres
de rentes de son neveu Guillaume Fromont, procureur au
parlement, ainsi que tous ses biens à sa mort. — (7) Reçut
40 livres de rentes sur un arpent de marais au lieu dit *le
Peuple*. — (8) Fille du général maître des monnaies, Pierre
des Landes ; reçut 16 livres de rentes, dont 4 réversibles à sa
mort à l'abbaye. — (9) Donna tout son bien à l'abbaye. —
(10) Reçut 12 livres parisis de rentes. — (11) Fille de la
nourrice de Marguerite d'Orléans, comtesse d'Étampes ; celle-
ci lui donna 8 livres de rentes, et par testament elle lui constitua 15 livres de rentes, comme le prouvent un extrait du tabel-
lion de la Châtellenie de Blois, Jean de Masne (28 mars 1463),
et une ratification de François, duc de Bretagne, comte de
Montfort (7 novembre 1469). — (12) Donna tous ses biens à
l'abbaye. — (13) Reçut 6 livres de rentes. — (14) Reçut huit
livres de rentes. — (15) Reçut 14 livres de rentes. — (16) Fille
de Mathurin d'Ouzonville, seigneur d'Ablon, reçut 50 écus
d'or, 12 livres de rentes, dont 6 réversibles à sa mort à l'abbaye. — (17) Reçut 12 livres de rentes et la racheta moyennant 40 livres. — (18) Veuve de Robert de Ponthieu, procureur au parlement, donna tous ses biens à l'abbaye.— (19) Fille
des seigneurs de la Treille d'Argenteuil, reçut 8 livres de rentes.

15 août 1524 ; Georgette Cœur, 1532 ; Marie Du Hamel, 14 mai 1535 (1) ; Perrette le Roy, 26 novembre 1569 (2)

C. — Troisième liste.

Cette liste est dressée d'après le manuscrit 11662 de la Bibliothèque nationale. Elle comprend les religieuses qui étaient à Longchamp sous la direction abbatiale de Catherine la Picarde. On y trouvera quelques répétitions, mais nous ne pouvons tronquer cet intéressant document.

Jehanne la duchesse ; Marguerite Quitu ; Marie de Rubenpré ; Marguerite de Mailly ; Marthe Mychon ; Françoise de la Preule ; Jehanne Dangne ; Georgette Cœur ; Anne de Cambray ; Prette d'Arragon (3) ; Louise Senesnie, Prette de Mailly ; Louise de Hengest (4) ; Jehene la mye ; Louise Audine ; Françoise de Nouvion ; Marie Lotin ; Catherine Primorine ; Marguerite la Seure ; Catherine de Saints ; Catherine Fourmont ; Marie de Liure ; Anne de Chounieux ; Catherine de Londres ; Jaqueline Baudequin ; Geneviève Rechenillain ; Antoinette du Voys ; Marie Picard ; Marie Boliard ; Charlotte de Laurens ; Claire de Varlulet ; Reigner Luylier ; Anne de Richebaron ; Marguerite du Buc ; Isabeau du Harlay ; Guione Coignet ; Denise Seuin ; Gillette Buinn ; Antoinette Burande ; Madeleine Lombard ; Madeleine Gallet ; Catherine Agnès ; Jehanne Paulmier ; Jehanne Dannet ; Catherine Bret ; Antoinette le Picard ; Jehanne de Spinolle ; Catherine le Meunier ; Ragonde de Largueil ; Valentine Prévost ; Geneviève Laurens ; Germaine Godi ; Jehanne Charpande ; Jehanne de Mailly ; Étiennette le Gué ; Madeleine de Marle ; Guionne de Caules ; Anne Laesne ; Jehanne la Seure ; Lyenarde Pastee ; Yvonette

(1) Fille de Louis Du Hamel, maître des comptes, donna tous ses biens à l'abbaye. — (2) Reçut 30 sols de rentes. — (3) Reçut le 22 mai 1535, par vente de Guillaume Ravary, un quart de vigne sis à Putheaux au lieu dit *les Bouchaulx*. (Arch. Nat., Q¹ 1061). — (4) Reçut, le 10 décembre 1486, 12 livres de rente, dont 10 devaient revenir à l'abbaye à sa mort.

Malice ; Jehanne Quotine ; Françoise Boytreau ; Françoise de Laistre ; Collette Buterelle ; Jehanne Boulegiere ; Charlotte Gueruyer ; Grignon ; Isabeau Brodon.

A ajouter : Blaise Mercier, qui reçut, le 8 juillet 524, 3oo livres pour se constituer 24 livres de rente.

D. — QUATRIÈME LISTE.

NOM	PRISE D'HABIT	PROFESSION	RENTE REÇUE
Marie Plessin............		6 oct. 1620.	20 livres.
Marguerite Tiersault....		1621.	10 —
Catherine Hardi........		21 août 1625.	3o —
Marie Menart..........		7 janvier 1627.	20 —
Catherine le Petit......		11 juin 1633.	50 —révers.
Angélique de Goliad...		3 août 1634.	10 — —
Marg.-Isab. de Flexelle.	6 déc. 1635.	13 août 1635.	500 —
Anne de Bragelonne (1).	1er juin 1636	26 mai 1636.	200 —
Elisabeth de Martescot.		9 juin 1638.	30 —
Louise de Pomaveu (2).	4 sept. 1639.		
Catherine Dorat........	16 sept. 1639.		
Marie Scarron (3)......		27 oct. 1639.	3oo —
Elisabeth Courtin (4)...	9 avril 1641.		
Marie de Fourville.....	1658		
Philippe de la Manche..	28 déc. 1661.		
Marg. Lemazière (5)....	13 juin 1660.		
Marie Militon..........		26 mai 1662.	
Madel. de Bragelonne...		29 août 1662.	
Marg.-Agnès Nollet.....	29 avril 1664.		
Catherine de Ribodon..	18 janv. 1665.		
Agnès Janson..........		6 avril 1665.	
Marie-Angél. Dubois....		27 avril 1670.	
Marie-Cl. de la Mouche.		26 oct. 1672.	
Marie Fouvier..........	10 janv. 1672.	15 janv. 1673.	
Marie-Anne Le Jan.....	avril 1672.	12 juin 1673.	
L.-Angél. le Manillain..	25 juin 1674.	1er juillet 1675.	
Elis. le Coquinot......	oct. 1674.	10 janv. 1676.	
Elis.de Lux de Tentellet(6)	8 sept. 1675.	8 sept. 1675.	

(1) † le 25 mai 1692. — (2) † en septembre 1707. — (3) Fille du secrétaire du roi, J.-B. Scarron, et de Marie Tieti. Le 16 février 1650, elle reçut 33 livres, 6 sols, 8 deniers. Sur ses 3oo livres de rentes, 3o étaient réversibles à l'abbaye à sa mort. — (4) † le 20 octobre 1704. — (5) Le 10 juin 1660, cette religieuse fit don à l'abbaye de 5oo livres de rente viagère pendant tout le temps qu'elle vivrait à l'abbaye, et de 25 livres à sa mort. — (6) Fut nommée prieure à la Ferté-Milon, le 5 octobre 1701.

NOM	PRISE D'HABIT	PROFESSION	RENTE REÇUE
Madel. Clapisson......		30 déc. 1675.	
Anne de Gomont		19 oct. 1679.	
Marg. Angel. Lemercier		19 oct. 1680.	
Marthe Lebreton.......	1ᵉʳ février 1681.	19 février 1681.	
Marie-Anne de Brage-			
lonne................	25 février 1680.	11 mai 1681.	
Elis. Ranchin..........	26 janvier 1682.	28 février 1683.	
Marie-Anne de Santerre		28 février 1684.	
Marie-Anne de Clamart-			
d'Amboise...........		1ᵉʳ mai 1684.	
Marie-Anne Bastonniau	17 août 1683.	21 août 1684.	
Marie-Anne Largueil...	24 janv. 1685.	21 janv. 1686.	
Genev.-Cather. Mazil ..	17 février 1686.	22 février 1687.	
Anne le Sibure de la			
Malmaison...........	4 janvier 1688.	7 janv. 1689.	
Elisab. Lemazière......	13 juin 1688.	23 juillet 1689.	
Marie-Anne Blet.......		11 sept. 1689.	
Angéliq. de Largueil...	10 février 1692	5 mars 1693.	
Cath.-Elis. de Tourmont	6 sept. 1694.	17 sept. 1695.	
Anne Fontaine........	17 oct. 1694.	20 oct. 1695.	
Madel.-Elisab. Dufresne	3 février 1697.	4 février 1698.	
Charl.-Anne Courtin...	20 oct. 1697.	28 oct. 1698.	
Anne-Marie-Dacier (1)..	26 janvier 1698.	1ᵉʳ février 1699.	
Anne-Louise de Tour-			
mont................	10 août 1698.	21 août 1699	
Marie-Louise Viez de la			
Vallée		5 mars 1700.	
Marie-Anton. Tuffier...		26 juillet 1700.	
Denise Bourret........	10 février 1703.	12 oct. 1704.	
Mar.-Thér. de Tourmont	1709.	5 janv. 1711.	
Marie-Louise Chaillon..		21 nov. 1711.	
Elisab.-Angél. Rolland.	1711.	11 avril 1712.	

E.— Cinquième liste, dames flamandes.

Sainte-Claire de Haen, Isabelle Cornelis, Delphine Mau-
nekens, Séraphine Dupen; Marie-Claire Fievez, Béatrix
Hocbeke, Marie de Kimpé, Crescence de Kimpé. — Ces
religieuses vivaient à Longchamp en 1775.

(1) Fille de l'académicien.

III

Religieuses célèbres. — Documents particuliers
sur quelques religieuses.

Marguerite et **Jeanne de Brabant**. D'après le mss. français 11662, Marguerite de Brabant prit l'habit le 18 mai 1301,
et sa sœur Jeanne le 22 juillet 1303. Marguerite vécut à
l'abbaye 33 ans. Ces deux religieuses étaient nièces de la
reine Marie et proches parentes de Blanche de France et
de Jeanne de Gueux. Presque toujours malades, elles furent enterrées sous une même pierre, avec une épithaphe
rappelant leur généalogie.

Ces religieuses recevaient un certain nombre de rentes.
Le 1er juillet 1303, Marguerite de Juliers, Gérard de Juliers
et Isabelle sa femme, Jean de Harrecourt et Alix sa femme,
Bertaut de Malines et Blanche sa femme, héritiers de Godefroy de Brabant (1), firent une donation à Marguerite et
à Jeanne d'une rente de 300 livres, que Philippe le Bel
avait assignée précédemment à Godefroy sur le Tresor (2).
Philippe le Long donna aux deux sœurs, le 2 août 1321,
deux arpents de bois dans la forêt de Saint-Cloud (3),
leur vie durant. Sur les 300 livres qu'elles touchaient sur
le Trésor, 260, à leur mort, furent amorties par Philippe VI

(1) Tué à Courtray, ainsi que son fils, le 1 juillet 302. —
(2) Arch. Nat., K. 37, n° 16. Donation confirmée par Jean de
Harrecourt et Alix sa femme, le 2 février 1319 (K. 40 n° 25).
— (3) K. 40, n° 38. Ce doit être la forêt de Rouvray: plusieurs

au profit des religieuses de Longchamp, en mars 1337 (Recette générale des finances. Lettres d'amortissement datées de Vincennes, mars 1338) (1). En avril 1337, il avait fait remise de la somme de 433 livres, 6 sols, 8 deniers pour le rachat de cette rente. (Recette générale des finances. Lettres d'amortissement données à Vincennes le 1er avril 1338) (2). Du reste, on lit dans les journaux du Trésor de Philippe de Valois (Jules Viard), article 3212 : *Abbatissa* (3) *longi campi, pro toto S. Remigii CCCXLVII, inter redditus admortisates, pro computato tunc per thesaurum,* 80 livres; et pour Blanche de Bretagne, 32 sols (4) ; et pour Jacques Gentiem, 48 livres ; et pour Marguerite et Jeanne de Brabant, filles de Godefroy de Brabant, 86 livres, 13 sols, 4 deniers.

Marguerite de Craon, en prenant l'habit en 1332, reçut de son père 100 livres de rentes et 10 écus à prendre sur la châtellenie de Gravines. Voici son épitaphe : *Cy gist dame sœur Marguerite de Craon, fille de très noble homme monseigneur Almaury de Craon et de madame Béatrix, fille du comte de Roussy, laquelle fut vêtue le 3me jour de janvier 1332 et trépassa le lendemain de la fête de Saint-Louis, le 26me jour d'août 1336.* Le mss. 11.662 dit qu'elle vécut à l'abbaye 3 ans et 8 mois.

Marie de Beaujeu. Fit ses vœux à Longchamp en l'an 1300. Elle recevait des revenus prélevés sur la ville de Preverange-en-Avignon. Le 21 mai 1312, elle abandonna à l'abbaye une année de ces revenus (A. N., L. 1021). Elle vécut à l'abbaye, dit le manuscrit 11662, vingt-six ans. Voici son épitaphe : *Cy gist très noble et religieuse dame sœur Marie de Beaujeu, fille de Monseigneur Louis de Beaujeu et de Madame de Bovines, laquelle, gardant toujours son vœu de virginité que dès son enfance elle avait promis à Dieu,*

actes la désignent ainsi. — (1) et (2) Arch. Nat., K. 42, nos 44 et 33. — (3) Jeanne de Bocherville. — (4) Fille de Jean II, mariée, en juillet 1280, à Philippe d'Artois, seigneur de Conches. Son mari mourut le 11 septembre 1298, et elle, le 19 mars 1327, au château de Vincennes. Robert d'Artois, qui fut banni par Philippe VI, était leur fils (P. Anselme, *Hist. génér.*, t. I, pp. 385 et 449).

*se rendit religieuse céans à l'âge de 35 ans et y a conversé
26 ans et plus et trépassa l'an 1337, le jour de Noël à
l'heure de nones.*

Marquise de Chauvigny. Voici son épitaphe : *Cy gist
très noble et religieuse personne sœur marquise fille de
Monseigneur de Chauvigny, sire de Leuroux, et de noble
dame de Beaujeu, laquelle fut vêtue de l'habit de religion à
l'âge de six ans et trépassa en l'an 1381, le 23 janvier.*

Jehanne de Navarre. Elle vint à l'abbaye en mai 1337,
âgée de douze ans, et fut vêtue ainsi que seize autres religieuses. Le 4 décembre 1337, par lettres datées de l'abbaye
de Longpont, Philippe VI de Valois enjoignit que Jehanne
de Navarre jouirait de la grange de Beauquesne (Arch.
Nat., K. 42, n° 41), au cas où elle survivrait — ce qui advint
— à Blanche de France, fille de Philippe le Long, qui avait
reçu cette grange de son père. Elle reçut dans les mêmes
conditions le bois appelé la Haie-le-Roi et quelques rentes
à prendre sur la recette d'Amiens, grâce à la confirmation
de ces biens à Jeanne de Navarre par lettres patentes du Dauphin Charles, datées de Pontoise, le 21 août 1359 (K. 47,
n° 57). Le 23 avril 1338, elle avait signé un acte de renonciation à tous ses droits sur le royaume de Navarre. Voici
son épitaphe : *Cy gist très noble dame de claire mémoire,
madame Jehanne de Navarre, sœur mineure en l'église de
céans, fille du roi de Navarre qui trépassa en Grenade
pour la foi de Notre-Seigneur Jésus-Christ, et trépassa la
dite Jehanne l'an de grâce M.CCC.LXXXII le IIIᵐᵉ jour
de juillet* (1).

Blanche de France. Le 12 mars 1329, par lettres patentes datées de Paris, elle reçut de Mahaut, comtesse
d'Artois et de Bourgogne, une rente de 800 livres à prendre sur le péage de Bapaume (K. 40, n° 32) (2). En octo-

(1) Rouillard lui veut celle-ci :

> Qu'eussé-je fait au monde où le mal s'avoisire
> Aux âmes qu'il déçoit par trop de vanité ?
> J'ai suivi le chemin de Blanche, ma cousine,
> Et je vis avec elle à toute éternité.

(2) On trouve, en novembre 1332, un titre concernant les
biens que l'abbaye possède en Artois, et la ratification par

bre 1330, Blanche fit don de 48 livres de rente à l'abbaye, comme le prouve la confirmation de ce don par Philippe de Valois, en date du 1" novembre (K. 42, n° 17). Le 29 mai 1333, le duc de Bourgogne et le comte d'Artois, et Jeanne de France sa femme constituèrent 1.000 livres de rentes au profit de Blanche de France, sur leurs biens en Artois (1). Le 31 mai 1337, Blanche de France donnait à l'abbaye 200 livres de rentes à prendre sur les châtellenies de Beuvry et d'Aire, ainsi qu'une maison et divers biens terriers situés aux Menus-prés-Saint-Cloud. Le 5 avril 1355, Blanche de France donnait à l'abbaye 200 livres de rentes à prendre sur les bois de Vasselot en Artois (2). Le 6 août 1351, Blanche de France achetait, à Simon Delaistre et sa femme, une maison et dépendances, avec deux arpents de terre, dans un val tenant à la maison de ladite Blanche, d'autre au chemin qui conduit à la rivière ; deux arpents de terre au même lieu, tenant d'une part aux terres du duc de Bretagne, d'autre à Jean Dubour ; d'un arpent au terroir de Pellent, tenant d'une part à la censive de l'abbaye de Montmartre, d'autre aux hoirs de Jean le Tourneur, contre 32 livres parisis (3).

Voici le testament de Blanche de France, autorisé par le pape Clément VI :

Première ordonnance. — 24 août 1353, jour de la Saint-Barthélemy, elle disposait de l'enterrement de son cœur

---

Mme Isabelle, fille du roi, de la transaction passée entre le dauphin de France et Mme Blanche, sœur de Madame la dauphine, au sujet de ces biens. — (1) Cette dot ne fut délivrée à Blanche de France que le 2 novembre 1336. — (2) Arch. Nat., K. 47, n° 34. Ratifié par Philippe de Valois le 9 avril 1361 et, le même jour, par lettres patentes datées de Béthune (K. 48, n° 3) ; il donnait, en outre, ordre que ces 200 livres soient payées par les marchands qui achetaient les produits de l'élagage du bois. Enfin, le 10 décembre 1362, Marguerite de France, comtesse de Flandre, d'Artois et de Bourgogne, donnait ordre au bailli et au receveur d'Aire de payer cette rente (K. 48, n° 26). — (3) A. N., L. 1022. Nous voyons que, le 4 juillet 1360, les religieuses de Longchamp prélevaient annuellement sur cette possession : un septier d'avoine, un minot de froment, 2 chapons, 4 deniers de quartier avec 2 deniers de fouage.

aux Cordeliers de Paris, près le corps de la reine sa mère ;
prescrit les sandaux armoriés, c'est-à-dire les sarges avec
armoiries, le nombre de torches et de cierges qu'elle veut
avoir, et en fait exécuteur le père gardien des Cordeliers et
son principal chapelain.

Deuxième ordonnance. — 24 septembre 1353. Elle fait
plusieurs legs qui à Madame Jeanne de Navarre sa cousine, qui à d'autres y nommées tant de tableaux, d'images,
ornements, ustensiles, qu'autres menus objets de sorte qu'il
n'y eut religieuse qui n'eut en sa part une coupe d'argent
pour se souvenir d'elle.

Troisième ordonnance. — 26 septembre 1353. Elle fait
déposer plusieurs vaisseaux d'argent et joyaux en un coffre,
pour être vendus et employés au « parfounissement » de
la fondation de la chapelle laïcale projetée par elle en l'abbaye de Longchamp, au nom et en l'honneur de la Vierge
Marie, moyennant trois messes par semaine, et dont le pa-
tronage et la collation appartiendraient à la dame abbesse
de ce lieu. Elle chargea maistre Guillaume des Darmans,
avocat au parlement, maistre Jehan Pamier et Nicolas
Gueule, ses successeurs, d'acheter ce qui serait nécessaire
et dont elle se remet à leur disposition.

Elle mourut. Comme elle l'avait désiré, son corps fut
enterré dans le chœur de l'abbaye et son cœur aux Cordeliers de Paris, près du corps de la reine Jeanne sa mère.
Sur le tombeau de marbre qui se trouvait dans le chœur
de l'abbaye il y avait l'inscription suivante :

*Cy gist très noble dame de claire mémoire, Madame
Blanche de France, sœur mineure en l'église de céans,
fille du feu roi Philippe qui fut jadis roi de France
et de Navarre, fils du roi Philippe le Bel, et fut fille de
madame la reine Jehanne, jadis reine desdits royaumes,
qui fut son propre héritage, comtesse de Bourgogne et
d'Artois, et trépassa ladite madame Blanche l'an de
grâce 1358, le 26 avril. Priez Dieu que merci lui fasse.
Amen.*

Une description du xviiie siècle dit : « Sur cette sépulture, on voyait l'image de Saint-Louis touchant de la main
droite l'épaule de madame Isabelle sa sœur, et de l'autre

les têtes des deux petits-fils d'icelle, qui ont leur grand manteau de velours violet semé de fleurs de lys d'or et fourré d'hermine, comme celui d'icelle sainte Isabelle, et ayant trois princesses derrière elle ; toutes étaient à genoux et il n'y avait que Saint-Louis debout. »

Catherine de Mery. Voici son épitaphe : *Cy-gist sœur Catherine de Mery, fille de messire Robert de Mery et de dame Jehanne de Beaujeu, cousine de la reine Jehanne de Bourgogne, mère de Madame sœur Blanche de France qui fut vestue le 7 mars 1348.*

Jeanne d'Evreux. Reine de France, fait don à l'abbaye, le 31 mars 1362, de 200 livres pour être converties en rente et employées à payer les frais de l'anniversaire de Charles le Bel (Arch. Nat., K. 43, n° 21 ; quittance délivrée par les religieuses).

Madeleine de Bretagne. Cette religieuse vint prendre l'habit vers 1400. Le 20 septembre, son frère François, duc de Bretagne, lui fit don, pour en jouir sa vie durant, des terres de Leyaux et de Saint-Père-en-Retz, ainsi que de 400 livres de rente sur le domaine de Bretagne (1). A peine à Longchamp, elle fut atteinte par la maladie et enlevée le 29 mars 1462 (2).

---

(1) A. N., K. 70, n° 3. C'est ce même François qui soutint Marguerite, femme d'Henri VI, contre Edouard IV l'usurpateur (juin 1462) (K. 69, n° 39).

(2) A cette époque, 1411, le prêtre « desservant de Pacy », Thomas Nicolas, venait assez souvent à Longchamp passer quelques jours et y dire la messe.

DEUXIÈME PARTIE

POSSESSIONS DE L'ABBAYE

I

Possessions de l'abbaye hors paris.

Boulogne.

Terres aux lieux dits : Les Girondins, les Fortes-Terres, le terroyer Viry, les Tourne-Roches, la Croix-du-Coin, le Chêne, la Queue-du-Bois, le chemin de Paris, le bout des Vignes, le Pas-du-Loup ou la Bannière, le Néflier (terroir de Saint-Victor), le Chemin de la Procession de la Fête-Dieu, les Chaussières, le Chemin-Vert, derrière le pont de Saint-Cloud, les Sablons, les Graviers (terroir de Saint-Victor), le Val, les Perruches, les Garennes, les Guérets, les Pointes, Champuton, la Sauvage, les Marecotter, la Longuignolle, le Cul-de-l'Isle, le Trou-aux-Navets.

Maisons aux lieux dits : Les Hériettes, le Bout-des-Vignes, Grande-Rue (tenant d'un côté à l'église), grande rue du Pavé, la Garenne, les Graviers, rue du Bac (postérieurement rue de l'Abreuvoir), rue de la Procession-du-Saint-Sacrement, chemin de Saint-Cloud à Saint-Denis.

Achats spéciaux : Le 5 janvier 1348, à Simon Lenon,

d'un demi-arpent aux Menus-les-Boulogne contre 100 sols
parisis ; — le 8 février 1407, à Gilles Lasnier, d'un quartier
de vignes aux Menus-les-Boulogne ; — le 29 décembre 1407,
à Jehan Frappier, d'un arpent et demi de vignes
(L. 1023) ; — le 26 décembre 1411, à Naciot-Cholard, de
trois quartiers de vigne ; — le 6 février 1412, à de Villeneuve, de 22 sols de rente à prendre sur 3 quartiers au
lieu dit le Bout-des-Vignes (censive de Saint-Denis) ; — le
7 décembre 1491, à Lambert-Vallet, de 5 quartiers de
vigne. — Héritage de 8 livres de rente sur un demi-arpent
au lieu dit les Perruches (25 janvier 1505).

Pièces : Lettre de Charles IX qui enjoint à deux maîtres
des requêtes de son hôtel de faire un rapport au Conseil
sur les droits de propriété et d'usage des habitants de
Boulogne et des religieuses de Longchamp au Bois de
Boulogne (K. 94, n° 53).

27 septembre 1612. Déclaration fournie par les dames de
Longchamp à l'abbaye de Montmartre des maisons et
terres qu'elles possèdent au village des Menus-les-Boulogne
en la censive de cette abbaye. (Une maison, grange, jardin et 15 pièces de terre de différentes grandeurs) (Q¹ 1049).

PIÈCE.

*Déclaration fournie par les dames de Longchamp à l'ab-
baye de Montmartre des maisons et terres qu'elles
possèdent au village des Menus-les-Boulogne en la censive de cette abbaye, le 27 septembre 1612 (1).*

Une maison, grange avec cour et jardin près de l'église
payant par an, à la Saint-Martin d'hiver. . . . 4 sols.
1/2 arpent de terre sablon devant la maison.

2	—	—	au lieu dit les Noisettes.
11	—	—	— le mont Chicquet.
1	—	—	— la Grosse-Pierre.
1	—	1/2 sur le chemin de Boul. à Saint-Cloud.	
1	—	1/2 au lieu dit Sous-le-Clos-Tallier.	
10	—	—	le Val.

(1) Arch. Nat., Q¹ 1049.

2 arpents sur le chemin de Boulogne à Longchamp.
2   —   et 1 quartier au lieu dit la Noix Coiviez tenant
        aux dames de Longchamp.
3,4 (id.)
6   —   16 perches (le chemin de la Procession).
3   —   (le Bout-des-Vignes).
1   —   60 perches (le cul de Lisel) tenant à la mala-
        drerie de Saint-Cloud.
2   —   60 perches (tenant aux dames de Longchamp).
3   —   de terre (Les Chauffeud).

Payant 4 deniers par arpent, soit pour le tout 16 sols,
3 deniers-obolle.

Neuilly.

Terres aux lieux dits : Les Groseillers, les Graviers,
l'Eau-de-Lage [Neuilly était alors le port de Luingni, selon
un acte de 1266].

Puteaux.

Terres aux lieux dits : Les Vinonins, l'Isle-Gallerault,
Ile de Putheau, Au bas de l'île, Près du bac, les Bouchaux,
les Renadières, les Prezençon, Heurtebourg, les Graviers
(A. N., Q^1 1061, 1049, 1056).

Maisons aux lieux dits : Ruelle des Fortins, rue Poireau,
ruelle Mouton, rue des Fontaines.

Achat spécial, le 1er septembre 1403, d'un quartier et
demi de vigne au vignon de Puteaux, au lieu dit *les Chen-
noux*, frappé de 4 sols de rente.

Un arpentage (1) des terres de Puteau, fait le 6 mai 1605,
indique :

45 perches au lieu dit l'Isle Gallerault.
17   —   près du bac.
60   —   dans l'île.
47   —   au bas de l'île.
20   —   dans une autre partie de l'île.

(1) *Arch. Nat.* Q^1 1049.

Saint-Cloud.

Terres aux lieux dits : La Croix-du-Roy, le Pré-l'Évêque, Michupetray, les Reies, le Veau-d'Or.

Don spécial : 27 mai 1397, François Conard, laboureur à Saint-Cloud, abandonne ses biens (sans les mentionner) et son corps à l'abbaye.

Nanterre.

Terres aux lieux dits : Le Chêne-Creux, Grandval, les Bouchaulx (en la censive du seigneur de la Malmaison), Étrangle-Vieille, les Loux, la Nouvelle.

Maisons aux lieux dits : Les Estranguiniers (4 maisons).

Don spécial, le 29 octobre 1418, par Jean Aveline, d'une pièce de vigne au vignon de Nanterre, au lieu dit *Nouvelle*, contenant 3 quartiers.

Pièce : 29 septembre 1459, Jean Cartery a loué un quartier de vigne à Nanterre au lieu dit les Bouchaulx, chargé d'une rente annuelle et perpétuelle.

Suresne (1).

Terres aux lieux dits : Le Gros-Buisson, les Chenenart, Longrois, le Grand-Katz, le Traisneau, le Petit-Clos, les Bois-Rogers, les Carrières, les Closeaux, les Boichaux, les Gateaux, aux Trois-Guignons, la Feuchère, la Croix-du-Roy, le Clos-aux-Bourgeois, le Puits, la Grave, la Jolie, Velnette.

Maisons aux lieux dits : Rue des Bourets, à l'enseigne de l'Image Saint-Martin, rue d'En-Haut, grande rue de la Croix, la Porte-des-Champs, à l'Arpent Franc, rue du Mortier (conduisant à l'église), deux maisons rue du Puits-d'Amour, rue de Suresne à Saint-Cloud, rue du Cul-de-Sacq, rue des Chaudaux, carrefour de la Feuillée, grande rue de l'Église, rue de la Porte-de-Putheaux, carrefour de la Croix.

(1) Arch. Nat., Q¹ 1061, 1062, 1055, 1056, 1049, 1063, 1064, 1065, 1054.

Amortissement : L'abbé de Saint-Germain-des-Prés amortit les pièces de terre qu'elles avaient à Suresne franches de toutes dîmes (23 avril 1266, A. N., L. 1026).

Rente (avril 1266) : Achat à Gace de Balisi, Isabele sa femme, Rogier de Villedanay et Ameline sa femme, de 12 sous parisis annuels et 40 deniers de cens à prendre à Suresne, au lieu dit les Guets, contre 22 livres parisis (*Id.*, K. 33, n° 8).

Pièces diverses. — *Achats* : en mai 1266, des habitants de Suresne, de 11 arpents et 8 quarreaux de terre, au lieu dit *Rosay*, moyennant 115 sous parisis ; de 11 terreaux labourables, chargés chaque arpent de 6 sous de rente envers l'abbaye de Saint-Germain-des-Prés (mars 1269). — *Dons* : le 3 novembre 1317, par acte passé devant le curé de Suresne, par Pierre Bucquellier, après son décès, de tous ses biens, meubles et immeubles ; — le 3 mars 1339, du sieur Oingnon, d'un demi-arpent et de plusieurs quartiers de vigne, situés à Suresne en divers lieux ; — le 15 janvier 1395, par Colin Gardemin et Margot sa femme, d'une pièce de vigne à Suresne, au lieu dit le *Vaudol* ; — le 12 décembre 1433, par Philippe, veuve de Jean le Fournier, d'une maison, d'un pressoir et de 14 septiers de vigne sis à Suresne, puis quelques jours après, par testament, de la totalité de ses biens, ce qui faisait 14 arpents de vigne. — Pour être quitte envers les religieuses d'une rente de 10 livres, 10 sols, les héritiers d'un certain Martin Poussin leur lèguent un arpent et demi de vigne en quatre pièces à Suresne, et 14 livres payées comptant (3 février 1502).

Cour des dames. — Voie urbaine, autrefois Cour-aux-Dames. C'était un ensemble de maisons formant cour ayant appartenu aux dames cordelières de la rue de Lourcine et qui était devenu la propriété des dames de Longchamp. Le pressoir banal était dans la Cour des dames (1).

(1) Suresnes, *Notes historiques*, Edgard Fournier. Paris, mai 1890.

Biens divers.

Maison à Beaumont, rue du Pot-d'Étain (26 juin 1698) ;
— Maison à Clamart, au lieu dit la *Grande-Fontaine*, sur
le doyenné de Châteaufort (20 juillet 1601) (A. N., Q¹,
1084) ; — Terres à Châtillon, près Paris, au lieu dit les
Bars-Gueraults ; — Prairie à Juvisy (15 mai 1543) ; — Maison et dépendances à Gennevilliers-la-Garenne (16 février
1520) ; — Terres à Ruelle, au lieu dit les *Brisonnelles*
(28 juin 1735) ; aux lieux dits les *Roziers*, le *Tartre* (16 mai
1543) ; — Maison à Villejuif (à la *Croix-Blanche*) (6 octobre
1692) ; — Terres à Villepinte.

Maison et dépendances à *Choisy* (19 août 1564). Les religieuses possédaient des terres à Choisy depuis 1310. Le
1er mai 1319, Simon Marcel, drapier, bourgeois de Paris,
et Isabelle, sa femme, firent don aux religieuses de 40 livres
de rente sur le Châtelet en échange de ces biens à Choisy,
Grignon et Thiais.

Terres à *Goussonville*, près Mantes, depuis 1308 ; — Bois
à *Genouilly*, de 25 arpents, donné par maître Adam de
Corbeil en 1282.

Droit à *Antony*. En 1279, Philippe III leur concéda le droit
de prélever 12 muids d'avoine au terroir d'Antony. Ce
titre fut traité et signé par l'abbé Gérard de Maret, abbé
d'Antony. Le 1er février 1686, Louis Crespinet et consorts,
habitants d'Antony, constituèrent aux religieuses de Longchamp 8 écus, 20 sols tournois de rente annuelle et
perpétuelle, hypothéqués sur des maisons et des terres
à Antony. Cette rente était pour 100 écus soleils.

Cens à *Viry*. Les religieuses de Longchamp faisaient annuellement la cueillette des cens, qui s'élevaient à environ
160 sols parisis, le jour des octaves de Saint-Denis. Elles
possédaient le droit de *Champar*, qu'elles louaient, témoin
le bail de novembre 1321 (1).

Terres à Auteuil. — Achats : en août 1324, à Gérard de la

(1) Arch. Nat., LL. 1020, 1021 ; K. 40, n° 27 ; Q¹ 1083,
1085. La maison de Choisy fut louée plusieurs fois : nous avons
trouvé 3 baux.

Croix, de 11 arpents sis au terroir de Menus-les-Auteu l (1);
— en septembre 1324, au même, de 3 arpents contre 18 livres;
— à Robert de Vaugerard et sa femme, le 28 novembre
1332, d'un demi-arpent aux Menus-les-Auteuil; — le 24 mai
1335, à Jean et Martin Pache, d'un arpent aux Menus-les-
Auteuil; — le 14 septembre 1338, par les mains de B anche
de France, d'un demi-arpent de terre aux Menus-les-Auteuil,
appartenant à Guillaume Rolland, contre 50 sols.

Forêt de *Carnel*. — Reçu en 1332, de Charles de Valois,
240 arpents de bois dans la forêt de Carnel (2).

Rentes au *Marais*. — 15 novembre 1369, bail fait à Nicolas
Guyencourt, de deux arpents de marais, ou environ, situés
au marais de Paris, dessous Montmartre, en la censive de
Sainte-Opportune, et chargé d'une rente de 12 livres, 13 sols,
6 deniers envers l'abbaye (A. N., Q¹, 1077).

Bois Rougeon. — Les religieuses devaient une rente sur
les baliveaux du bois Rougeon, comme le prouve le recours
au roi du 10 juillet 1725 pour arrêter les poursuites que
leur fait Jean Chambon, adjudicataire; le roi ne consentit
qu'à arrêter la procédure et à laisser les choses en état (A.
N., E. 998ᵃ (86) Chantilly).

Les Granges-le-Roy.

Nous avons déjà eu occasion de parler de cette possession, qui n'était, paraît-il, que roches et sablons. Ce fief
était estimé 6.000 livres, plus les baux, affermés pour 120,
160 et 200 livres. Par acte du 4 juillet 1656, les religieuses l'avaient déjà vendu à Jean Vavin et Catherine d'Hu-

(1) Terroir de Menus-les-Boulogne, appelé Menus-les-Auteuil
jusqu'en 1343, date de la fondation de la paroisse de Boulogne.
(2) La forêt de Carnelle comprenait 2.176 arpents et demi
de bois taillis, ainsi distribués: au roi, 1.558 arpents; aux religieuses, 244 arpents; aux religieuses de Saint-Denis, 42 arpents; à l'Hôtel-Dieu de Beaumont, 42 arpents et demi; à
M. d'O. (à cause de sa terre de Franconville), 210 arpents;
aux seigneurs de Noizy (Noizy-sur-Oise, canton de Luzarches)
80 arpents. Les essences de ces bois étaient surtout le chêne,
le hêtre et le châtaignier.

guenot, sa femme, contre 6.000 livres au denier 20 ; mais le 3 juillet 1659, ils se désistèrent. Le même jour, Noël de Patrocles, seigneur de Toisy, le prit, et les religieuses reçurent 300 livres de rentes. Puis il leur revint de Montavant ayant accepté la vente contre les 15.700 livres qu'il leur avait données.

Pièce. — « Par devant les conseillers : Louis-Philippe d'Orléans, prince du sang, duc d'Orléans, de Valois et de Chartres, de Nemours et de Montpensier, comte de Vermandois, de Soissons et de Dourdan, demeurant à Paris au Palais-Royal, paroisse Saint-Eustache, et les dames abbesse Thérèze de Tourmont, sœurs Anne de Sennetere, Marguerite Bouzin et Louise Viet de la Vallée, discrètes ; sœurs Denise Bouret, Jeanne-Geneviève de la Barre, trésorières ; sœurs Anne Morlet, Marie-Louise Chaillon, Marie-Anne de Malleroya, Catherine Coustaux, Thérèze Morlet, Louise Remy, Madeleine Garnison, Jeanne Estachon, Thérèze de Massau, Marie-Anne Champié, Geneviève Beaupied, Marie-Anne Limorim, Anne-Marguerite de la Fontaine, Marie Bedel, Anne Bertheau, Isabelle Bertheau, religieuses de chœur.

« Ces dames possèdent des territoires à Dourdan appanage de Son Altesse Serenissime, lesdites censives tant de maisons et héritages de la ville de Dourdan, que sur la presque totalité des domaines, héritages et terres du village des *Granges-le-Roy*, distant d'une demi-lieue de la ville de Dourdan, et lequel village fait partie dudit domaine.

« Dourdan est de l'ancien domaine royal, auquel il a été réuni lorsque Hugues Capet, à qui Dourdan appartenait en propre, est monté sur le trône en 987 ; il a été donné plusieurs fois aux enfants de France en appanage et engagé à des particuliers ; retiré par le roi Louis XIII, donné par lui à la reine-mère pour partie de son assignat, et enfin accordé par Louis XIV en avril 1672 pour parachever l'appanage de M. Philippe, son frère unique, bisaïeul de mon dit seigneur duc d'Orléans.

« Par les titres qu'a exhibés l'abbaye de Longchamp, il paraît que c'est vers 1266 qu'elle a fait ses premières acquisitions au village et sur le territoire des Granges-le-Roy, et

qu'elle a constitué en 1304, 1307, 1319, 1322, 1325, et en
divers titres de 1408, 1524, 1543, 1548, 15 octobre 1681. Le
mélange des censives du domaine et de l'abbaye occasionne
sans cesse des difficultés.

« Donne échange au duc d'Orléans contre 550 livres de
rentes sur assignat royal au principal de 22.000 livres sur
les aides et gabelles de France en deux parties.

« Actes notariés à Paris du 1er et du 4 juin 1756.

   —   à Dourdan, du 20 septembre 1756.

   —   en Chambre des Comptes ⎱

   —   confirmé par le roi ⎰ 18 juin 1759. »

   —   Arrêt d'enregistrement ⎰

Divers.

Rente sur la Prévôté de Paris. — La rente sur a prévôté de Paris avait été donnée à l'abbaye par saint Louis.
Elle s'élevait à 400 livres (1).

Arche du pont de Mantes. — Lors de la prise de voile
de Jeanne de Navarre à Longchamp, elle donna, le 25 mars
1349, 11.000 livres de rente à prélever sur l'arche du pont
de Mantes. Confirmée le 25 mars 1350 par son frère Charles,
roi de Navarre et comte d'Évreux, cette rente ne fut pas
toujours ponctuellement payée, car le 7 octobre 1357, par
lettres datées de Paris, le dauphin Charles ordonna au
receveur de Paris de payer aux religieuses les arrérages de
cette rente, et, dans les comptes de gestion d'Agnès de la
Chevrelle (1360-1375), nous lisons : *Le roy de Navarre
doibt 398 livres, et nan puet estre paié.*

Rentes sur le Trésor. — La première rente sur le Trésor
que l'abbaye reçut lui fut donnée en juin 1304 par Philippe
le Bel. Cette rente était de 100 livres parisis (2). En 1306,
les religieuses achetèrent à Pierre Le Mortelier, orfèvre,

---

(1) A. N., K. 52, n° 7. Du 8 juillet 1466 au 29 décembre
1694, nous avons trouvé dix-sept pièces concernant cette rente
(K. 974).

(2) A. N., K. K., n° 24 : K. 47, n° 57 ; K. 37, n° 24 et
L. 1021.

29 livres, 19 sous de rente à prendre sur le Trésor. Cet
achat fut fait en commun avec les sœurs mineures du
faubourg Saint-Marcel (1). Ce même Pierre le Mortellier
faisait don à l'abbaye de 10 livres de rente à prendre sur
ce Trésor, le 8 octobre 1311. Au mois d'août de la même
année (4 août 1311), Louis, comte d'Évreux, assigna sur le
Trésor la rente de 40 sous tournois que Marguerite, sa
femme, avait légués en mourant à l'abbaye. Le 4 avril 1317,
ce fut Marie, comtesse de Juliers, qui légua à l'abbaye
400 livres parisis à prendre sur le Trésor. En 1327, ce fut
Pellerin de Chambly, chambellan de Charles de Valois, qui
donna aux religieuses 84 livres de rente sur les 128 livres
qu'il avait reçues de Philippe le Bel en 1289. Le 17 août 1332,
les religieuses achetaient de Guillaume Gentien 60 livres
de rentes à prendre sur le Trésor (2). Le 27 février 1340,
l'abbaye achetait de Jean de Beaumont, seigneur d'Orge-
ville, chevalier, 120 livres de rentes à prendre sur le
Trésor (3). Don de 50 livres tournois de rente (30 août 1621)
fait par Jean Picard, chanoine de Saint-Benoit (4).

Ces rentes sur le Trésor ne furent pas très exactement
payées. En effet, Louis XI, par lettres datées de Plessis-les-
Tours le 15 juillet 1481, accorda aux religieuses la ferme
du travers des Andelys, dans le vicomté de Gisors, en
dédommagement des arrérages de plusieurs années· de
rentes *à elles dues sur le Trésor*. Un arrêt de la Chambre

(1) A. N., K. 37, n° 13. Cette vente fut confirmée par Philippe le Bel, en juin 1306. Quant à la rente faite par Le Mar-
tellier pour sa fille Marie, religieuse à Longchamp, elle resta, à
la mort de celle-ci, à l'abbaye.

(2) Cet achat fut confirmé par Philippe de Valois, par lettres
patentes du 25 novembre 1332, et amorti en février 1333 par
lui, par lettres datées de Paris.

(3) En mai 1340, Philippe de Valois amortit 80 livres sur
cette rente. Les religieuses acquéraient en même temps
50 livres de Marie de Melun, femme de Jean de Beaumont.
Amortissement par Philippe de Valois, recette générale des
finances.

(4) A. N., K. 38, n°s 6 et 8 ; K. 40, n° 8 ; K. 36 ; K. 42,
n°s 13 et 18 ; K. 43, n°s 13 34, 34¹; L. 1021.

des Comptes, du 28 août 1481, ordonna que les religieuses ne jouiraient que pendant 9 années de cette rente. Mais, dès le 23 février 1484, Charles VIII, par lettres datées de Plessis-les-Tours, accorda aux religieuses 550 livres de rente à prendre pendant 10 ans sur le travers des Andelys (1). Enfin, le 20 décembre 1544, elles touchent en arrérages 549 livres, 12 sols, 9 deniers (2) et, le 4 avril 1599, 232 écus et 50 sous (3).

Clergé de France. — Une rente sur le clergé de France de 89 livres 14 sols avait été constituée à l'abbaye le 19 avril 1564.

Don de régale. — L'abbaye possédait également une rente sur le *don de régale* qui appartenait à Louis de Harcourt. Gérard de Montaigu s'étant emparé de la Prévôté de Normandie, la rente des religieuses fut compromise; mais le roi intervint, et le conseil rendit un arrêt, le 23 avril 1478, condamnant Gérard de Montaigu à rendre la prévôté à Louis de Harcourt (A. N., X¹ᵃ, fol. 16).

Droit de dîmes. — Saint Louis avait fait remise aux religieuses des droits de dîmes et de cens sur tous les héritages qu'elles pouvaient recevoir (A. N., L. 1020).

Dons divers. — Dons de 46 livres parisis, le 6 août 1339, par Nicolas de Beauregard; de 60 sols de rente, le 28 juin 1369, par Richard Quentin et sa femme; de 10 livres de rente, le 3 mars 1683, par Gille Duport et Anne Parmentier, sa femme, marchande de vin à Boulogne. Le 19 mai 1431, Perrette Ficquette, veuve de Jean Ficquet, donne *soy, ses biens meubles et héritaiges quelconxques que elle a de présent,* avec promesse *de ouvrer et de besongner pour la dite église et soy emploier ès affaires et besongnes d'icelle durant sa dicte vie,* à condition d'être nourrie, alimentée et gouvernée par les religieuses. Le 19 décembre 1657, don par Élisabeth-Henriette Guignard de tous ses biens à l'abbaye.

(1) Arch. Nat., K. 72, nᵒˢ 59, 59², 60, 8 et 31.
(2) Arch. Nat., K. 88, nᵘ 9 : Ordre par François Iᵉʳ, par lettres de Fontainebleau, de payer sur la recette générale des finances.
(3) Arch. Nat., K. 106, nᵘ 55 ; Ordre d'Henri IV, par lettres de Fontainebleau.

Église et chapelle de la Vierge. — Le 12 mai 1427, Jeanne des Essarts, abbesse, avait nommé à la chapelle de la Vierge, fondée par Blanche de France en 1353, Étienne Regnault, prêtre procureur et desservant de l'abbaye, afin de recevoir les rentes attachées à cette chapelle et y faire dire trois messes par semaine selon l'intention de la fondatrice (L. 1023). Un état de ces rentes, du 16 octobre 1422, nous les fait croire assez pauvres : il ne s'agit que de 30 livres, 16 sols, 8 deniers, portant sur les années 1420, 1421 et 1422.

Une autre chapelle avait été fondée à Longchamp (1332, N. st. janvier, Neuvy-sur-Loire).

Philippe VI amortit en faveur de Marie la Gosequine, veuve d'Étienne Haudri, 20 livres de rente annuelle à percevoir sur différentes maisons de Paris, pour lui permettre de fonder une chapelle (77-66, n° 641) : *Philippe, par la grâce de Dieu roi de France, savoir faisons à toux presens et avenir, que comme Marie la Gosequine, bourgeoise de Paris, veuve de feu Estienne Audri, nous ait donné à entendre que de vingt livres d'annuelle et perpétuel rente en nox censives, sanx fié et sans justice, assise en la banlieue de Paris, es bëns ci-dessous divisés. Premièrement, sur une meson que l'on dit la voute, seant dessoux Chastellet de Paris, tenant, d'une part, à la meson de religieuses de Lonc Champ, et d'autre part, à la meson Jacques Hure de jouene et abute par derrières aux degrés dudit chastellet ; cent souls parisis pris sans moien, après un denier de fond de terre* (1).

Pièces : Charles VI, en mourant, laissa par son testament, fait en 1441, 4 livres, 2 sols, 8 deniers aux religieuses de Longchamp, pour dire 107 psaumes après sa mort (2). — Le 18 juillet 1550, Étienne Picard et sa femme, Catherine Sanguince, firent don à l'abbaye de 30 livres de rente pour être employées à l'entretien du luminaire qui brûlait devant

(1) *Documents parisiens* du règne de Philippe VI de Valois (1328-1350), par Jules Viard, t. I, p. 139.
(2) Honoré C., *Notice Historique* sur l'abbaye de Longchamp (Extrait de la *Revue Nobiliaire*, 1868, p. 8).

le Saint-Sacrement dans le chœur. Ce don fut remboursé le 21 février 1552.

Anniversaires. — Mai 1285 : Jeanne, comtesse d'Alençon et de Blois, légua à l'abbaye 100 sous tournois de rente sur sa terre de Braye pour la célébration de son anniversaire (Arch. Nat., K. 36, n° 1). — 24 septembre 1435 : mort d'Isabeau de Bavière, femme de Charles VI. Lorsqu'on ouvrit son testament, daté de 1431, on lut au § 19 : *Item, nous donnons aux religieuses de Longchamp quatre livres, deux sous, 10 deniers pour dire cent sept psaumes.* — 1558 : Don de 1.000 livres par l'exécuteur testamentaire du frère Lottin, Pierre Talon, suffragant de Mgr l'évêque de Chartres, pour fonder cinq messes.

Possessions de l'abbaye a Paris.

Fief des Bretons. — En février 1266, les religieuses avaient acheté de Jehan de Douy et d'Isabelle, sa femme, une boutique sous le *Châtelet* et le *fief des Bretons,* à Paris, contre 1.100 livres. La boutique sous le Châtelet fut remplacée, le 28 décembre 1528, par François Ier, par 23 livres de rente sur le domaine. Le fief des Bretons semble comprendre seize maisons. Nous avons parcouru, à ce sujet, 112 pièces jusqu'à 1764. Elles ont surtout rapport aux locataires récalcitrants, si l'on en juge par le grand nombre de sentences les condamnant à payer leurs loyers. Une seule de ces pièces est vraiment intéressante. Les 5, 9 et 10 janvier 1774, les religieuses permirent de vendre les terrains et bâtiments de la rue Saint-Étienne-*d'Esgrès,* près le cul-de-sac de la rue de la Bretonnerie ou des Bretons, et terrains adjacents, en les censives de Sainte-Geneviève, de Longchamp et du chapitre de Saint-Étienne-d'Esgrès, pour la reconstruction de la nouvelle église Sainte-Geneviève, et de ce jour, les religieuses touchèrent des rentes sur le collège de Lisieux (1).

Rue Anne-Saint-Gervais, depuis le 21 janvier 1446 : 22 sous parisis.

Rue de la Saulnerie, depuis le 25 mai 1465 : 40 sous parisis.

(1) Arch. Nat., Q¹ 1072¹ ; K. 84, n° 5 ; K. 978; K. 975 (26 à 57); K. 976 à 977 (1 à 27).

Rue Saint-Denis : 1° (au coin de la rue de la Savonnerie) depuis le 25 mai 1465 : 40 sous parisis ; — 2° sur une maison à l'enseigne de la *Table-Ronde* (pour Jeanne la Poterne) depuis le 19 octobre 1430 jusqu'au 15 mai 1631 : 20 sous parisis (1) ; — 3° (près la porte) depuis le 28 juillet 1322 : 4 livres, 6 sols de rente constitués contre 64 écus d'or donnés ; — 4° (au coin de la rue de la Tableterie) depuis le 18 mai 1364 : 20 sols de rente constitués contre 10 livres, 16 sols donnés ; — 5° depuis le 18 juin 1364 : 20 sols de rente, constitués pour Jeanne et Agnès Vicy (maison du *coq*) (11 autres pièces, jusqu'au 2 mai 1559) ; — 6ᶜ depuis le 13 novembre 1372 : 7 livres de rente constituées contre 70 livres données.

Rue Saint-Antoine : 1° (à l'enseigne du *Gros-Tournois*) depuis le 4 juin 1362 : 40 sols parisis (jusqu'au 10 février 1667, onze autres pièces); — 2° (à l'enseigne de l'*Écharpe-Blanche*) depuis le 17 mai 1468 : 37 sols de rente ; — 3° vis-à-vis la vieille rue du Temple, au coin de la rue Geoffroi-Lasnier (à l'enseigne du *Pot-d'Étain*) depuis le 24 janvier 1318 : acquis à Jean de Meulan, successivement, 2 livres, 10 sols; 1 livre, 17 sols, 6 deniers ; 50 sols ; 30 sols.

Port-au-Foin : 130 livres. — *Quai-aux-Ormes.* Place-aux-Veaux (attenait à la rue de la Mortellerie, où elles possédaient une maison à l'enseigne de la *Petite-Nasse*), depuis le 12 juillet 1568 : 240 livres. Se louèrent séparées, ou ensemble, ou avec la Petite-Nasse (35 pièces).

Rue de la Triperie (à l'enseigne de l'*Écu de Guyenne*) depuis le 28 août 1573 : 100 sols de rente. (Une autre pièce du 27 mai 1574.)

Croix du Trahoir, depuis le 20 février 1402 : 4 livres parisis (2).

Place de Grève : depuis juin 1271, sur 2 maisons : l'une, 8 livres 5 sols ; l'autre, 38 sols (acquisition de cette rente contre un don de 9 livres 13 sols).

Rue Saint-Jean-en-Grève (don de Thomas le Borgne),

---

(1) Ces sommes sont annuelles (Arch. Nat., K. 977, n° 78).
(2) Arch. Nat., K. 974, 979, 976, 977, 981.

depuis janvier 1257 : 18 livres de rente (6 autres pièces).

Rue des Prouvères, pour Jeanne la Poterne (voir plus haut, rue Saint-Denis), part des 20 sols de rente, 19 octobre 1430.

Rue Aubry-le-Boucher : 1° A l'enseigne à l'*Ange*, depuis le 20 août 1466 : 3 livres, 2 sols, 6 deniers ; — 2° depuis le 9 juin 1520 : 8 sols de rente, jusqu'au 10 avril 1657 (7 pièces).

Rue de la Cossonnerie, à l'enseigne de *la Huchette*, depuis le 11 avril 1396 : don de 4 livres 8 sols, par Perrenelle de Fontaines ; — 2° à l'enseigne *Des 4 fils Aimon*, depuis le 4 septembre 1330 (2 autres pièces) ; — 3° à l'enseigne du *Coq en la corne de Cerf* : depuis le 7 septembre 1506.

Rue de la Haumerie : 1° par Perrenelle des Fontaines : 17 livres (11 avril 1396) ; — 2° à l'enseigne des *Armes des Coucy*, par Perrenelle des Fontaines : 4 livres (1).

Devant le Pilori, par Perrenelle des Fontaines : 4 livres, 6 sols, 8 deniers (11 avril 1396).

Rue de la Tabletterie, depuis le 3 septembre 1366: don de 77 sols, 6 deniers de rente, pour 56 livres données (2).

Rue des Étuves, à l'enseigne de *la Clef*, depuis le 18 août 1356, par Perrenelle de Lombarde: 36 sols.

Rue aux Ours, depuis novembre 1277 : 48 sols, cédés en 1351 contre 46 sols sur une autre maison, rue *Grande-Saint-Denis* (3 pièces).

Rue de la Ferronnerie : 1° à l'enseigne des 3 *Visages*, depuis le 29 octobre 1369 : 5 livres, 12 sols, 6 deniers (31 pièces), donnés par Blanche de France, pour la fondation de la chapelle de la Vierge ; — 2° dans le même but : 14 sols, 4 deniers.

Rue de la Vieille-Boucherie, au coin de la rue Macon, par sœur Giles Godard : 7 livres, depuis le 18 décembre 1459 jusqu'au 17 janvier 1668 (16 pièces).

Rue de la Mortellerie : 1° au coin de la rue Geoffroy-

---

(1) Eut, en outre, une rente de 4 livres sur une maison à Villiers, et, sur le cens de Villiers-le-Bel, 6 sols 8 deniers (11 avril 1396).

(2) Arch. Nat., K. 981, 976 à 977.

Lasnier, depuis le 29 octobre 1369, par Blanche de France pour la fondation de la chapelle de la Vierge : 4 livres (8 pièces) jusqu'au 12 juillet 1686 ; — 2° 11 septembre 1344, donation par Jean Bacher, chanoine de Saint-Quentin, de 40 livres de rente à prendre sur une maison, rue de la Mortellerie pour le repos de l'âme de feu sœur... (*illisible*) sa cousine, religieuse à Longchamp ; — 3° à l'enseigne de la *Nasse*, et plus tard du *Coq*, du 23 août 1303 au 2 août 1669 : 60 sous de rente (19 pièces, A. N., K. 979).

Rue de la Caponnerie, dans le même out, pour la même : 6 livres, 4 sols (4 autres pièces, A. N., K. 978).

Rue aux Fers, à l'enseigne de la *Ligne et du petit Écu*, du 25 mai 1364 au 19 novembre 1615 (14 pièces) : 100 sols de rente.

Place Maubert, à l'angle de la rue des Noyers, par Pernelle de Senlis : 10 livres tournois. Rente régulièrement payée depuis 1397 jusqu'au 24 décembre 1720 (17 pièces, A. N., K. 974 et 975).

Rue de la Charonnerie (1315) : 50 sols parisis.

Aux Violettes, près la porte Baudoyer (1315) : 30 sols parisis, pour 48 livres données.

Rue de la Savonnerie, depuis le 2 janvier 1325, par Jean le Flamant : 40 sols parisis.

Au Chevet-Saint-Gervais, depuis le 2 janvier 1325 par le même : 40 sols parisis.

Rue Saint-Martin, depuis le 16 avril 1447, à propos de Jeanne Porcher : 4 livres jusqu'au 12 février 1492 (5 pièces, A. N., K. 981).

Rue Bourg-l'Abbé, depuis le 10 janvier 1468 ; 10 sols de rente, jusqu'au 11 décembre 1579 (9 pièces).

Rue du Temple, depuis le 5 mars 1406 : vente par Michelet de Beaumont à Émery Dubu, demeurant à Longchamp, de 4 livres de rente, contre 54 livres une fois données.

Rue des Poulies, près de la porte Saint-Honoré, depuis le 23 juillet 1308 : 6 livres de rente, par Agnès de Lorris, demoiselle de Marie, reine de France, deuxième femme de Philippe III.

Rue Vieille-des-Poulies, depuis le 11 juin 1296 : 20 livres, par Robert le Vinetier.

Rue Saint-Honoré : 1° 6 livres, par sœur Jeanne de Lorris, le 23 juillet 1308 ; — 2° *Id.*, depuis le 21 juin 1369 : 3 livres ; — 3° à l'*Écu de Bourgogne*, depuis le 7 juin 1449 ; — 4° (Lebeuf) depuis le 7 juin 1449 (1) ; — 5° à l'enseigne du *Chariot*, du 10 juillet 1440 au 25 mars 1766 : 2 livres 3 sols 9 deniers (11 pièces, A. N., K. 974).

Rue des Lavandières, 35 sols ; rue *de la Juiverie*, 35 sols ; rue *de la Juiverie*, 6 sols ; rue de *Betisy*, 5 sols : donnés par Pernelle de Senlis le 1er juin 1380 (A. N., K. 974).

Rue aux Gron (hors la porte Saint-Denis), 20 sols ; rue de la *Ferronerie* (derrière la *Halle aux chaudroniers*), 50 sols ; rue de la *Buanderie* (à l'hôtel de la *Longue-Allée*), 100 sols ; sur la *Butte aux poissons*, 50 sols : donnés en dot par Jean Este à sa fille, religieuse à Longchamp, le 11 mars 1342 (K. 978).

Rue de la Truanderie (à l'enseigne de la *Ligne*, puis au *Puit d'amour*, puis à l'*Image Sainte-Geneviève* : 5 livres parisis, du 18 juin 1351 au 25 mai 1667 (K. 978).

Rue de la Cordonnerie : depuis le 7 novembre 1476, 40 sols, pour Catherine Griffon, religieuse à Longchamp (K. 981).

Échange, avec les dames de Longchamp, d'une maison rue de la *Chauverrie*, pour une maison rue *Saint-Germain-des-Prés* et une rente de 20 sols sur une maison rue *Calande*, 1er juin 1380.

2 *boutiques* sous le *Châtelet*, du 1er janvier 1634 au 20 décembre 1761, variant comme loyers de 167 livres à 500 (K. 976).

Rue des Juifs ; rue du *Longpont* ; à l'*Image Saint-Pierre* (pièce du 8 mars 1550) rapportaient 22 livres.

Rue des Trois-Pavillons (K. 981) ; rue *Mondétour*, depuis le 23 mars 1375 : vente, par Guillaume Nicolas, en son vivant boulanger du duc d'Anjou, de 20 livres de rente sur cette maison (2).

(1) Arch. Nat., K. 976, 977, 974 ; pour ces deux dernières maisons (9 pièces), 4 livres, 13 sols jusqu'au 5 novembre 1639.

(2) *Arch. Hospit.*, pièce 788 : Hôpital Saint-Jacques-aux-Pèlerins (t. III, p. 40).

Grande-Rue (Passy), depuis le 3 janvier 1786 : une maison *montagne des Bons-Hommes*, avec dépendances, était louée 1.200 livres.

Territoire des Minimes : Une maison, louée 250 livres depuis le 15 juillet 1785.

TROISIÈME PARTIE

INVENTAIRES

I

Inventaire des reliques en 1325
(Arch. N., L. 1027)

L'an de grâce mil cccxxv, le jour de Saint Denis qui lors fu un mercredi, sœur Jeanne de Gueux abbesse, Jeanne de Vitri y fu vestue, et lors était au trésor les choses ci-après escriptes.

Ce sont les choses qui étaient dans la sacristie.

1° De la vraie crois en une crois à pied d'argent doré

2° De la Sainte espine Notre Seigneur en un vaissel de cristal et d'argent doré

3° De plusieurs sains en un vaissel en losange d'argent doré

4° De Monseigneur Saint Louis le roi de France et de plusieurs autres sains en un grand vaissel d'argent à pié de cuivre tout souroré

5° Une image de Saint Martin d'argent dorée tenant en sa main dudit sains

6° Une image de Saint Louis, l'évesque de Marceilles d'argent doré tenant en sa main une (*illisible*) dudit saint que sœur Marguerite et sœur Jeanne de Braban donnèrent l'image et le roy de Cécile donna au couvent la jointe que l'image tient

7° Des cheveux de notre dame en un vaissel à pié d'argent doré

8° Un vaissel où il y a un grand ange et deux petits anges d'argent doré, et le cors sainte Kateline d'argent, au quel vaissel il y a plusieurs sains que Damoiselle Aal s de Perones donna

9° Une image de sainte Claire d'argent tenant saintuaire

10° Une dent de sainte Claire et un ongle en un vaissel de cristal à pié d'argent

11° Un estuy où il y a 9 corporaux que Mme Sainte-Claire fila, et une de ses louelles et une de ses couchées

12° Un cors de 11.000 vierges en un écrin cousu en un drap d'or dont le chef est dehors cousu en un cendal rouge

13° Un cors de 11.000 vierges cousu en rouge cendal que le roi Philippe le père de madame sœur Blanche donna au couvent

14° Plusieurs saintuaires des abis, des cotes, des ccrdes, des voiles de monseigneur Saint-Francois et de Mme Sainte-Claire

15° De l'huyle Saint-Nicolas et de Mme Sainte-Katheline en deux burettes d'ambre en un écrin d'ovre sarrasinoise

16° Un godet de marbre blanc du sépulchre de Notre Seigneur

17° Un blanc écrin qui fut à madame qui nous forda et 4 toiles, 2 chemises, une coiffe de tête, une cote, un anqueton, une chauce, et un orillier de duvet qui furent à ladite dame

18° Un écrin doré qui fut à Jeanne de Gueux ou les choses de madame sont

19° Une image de Notre dame à chapele toute d'argent doré

20° Une image de notre dame d'ivuyre sans chapele

21° Une image de notre dame d'ivuyre à chapele desust emplie d'images d'ivuyre

22° Un crucifis et la majesté d'ivuyre en un tablel desust

23° L'assomption Notre dame dans un tablel tuit d'ivuyre

24° Une image du couronnement notre dame d'ivuyre à chapele desust et de baleine

25° Un crucifis et une image Notre dame en un petit tablel d'ivuyre

26° Deux crois de baleine à ymage d'ivuyre

27° Une image de sainte Agnès d'ivuyre à chapele de sust et de baleine

28° Une véronique qui fut à madame, et une pomme d'ambre et un agnus dei

Inventaire dressé par Jeanne de la Neuville
(22 avril 1384) (1).

Le pourpris, clôture et circuité de notre maison et église contient et comprend de place environ *trente arpents*.

Item, nous avons environnant notre église, terres arables en plusieurs pièces que nous tenons en notre main et faisons labourer à comptes et dépenses, et tenons la plus grande partie d'icelle Saint Denis, et de Montmartre pour certains cens que nous en payons par an. Contenant environ *six vingt arpents*.

Item, esdittes terres avons et tenons deux petites saussayes contenant environ *trois quartiers*.

Item, lès notre ditte église aux bois nommés jadis de Rouvray avons une belle grange et bergerie et plane et vuide devant, en laquelle grange notre bétail et maugne sautoient devant les guerres, gésir et repairier.

Item, esdit bois de Rouvray près de notre dite église avons et tenons de propre et en treffons à perpétuité de cour plein *neuf vingt arpents*.

Item, en iceluy bois de Rouvray sur les bois du Roy notre sire de dons par chartres et lettres avons et prenons par chacun an pour notre chauffage et usage et

---

(1) Nous avons seulement, dans ce texte, *souligné* les contenances ou les valeurs.

pour vendre s'il nous plaît qui par le maître des garennes nous doit être livré la coupe de *douze arpents de bois.*

Item, nous avons de Carbuel au lieu que l'on dit Rongeul de petits bois et treffons environ *trente arpents.*

Nous avons en la forêt de Carnelle le Beaumont-sur-Oize, de propre et en tréfond à perpétuité *douze vingt arpents* de bois plaine.

Item, nous avons au lieu que l'on dit Chifrelvir une grange, petit bois et terre arable au terroir de Rocquencour de quoy nous n'avons de ferme par an que *huit livres parisis.*

Item, nous prenons chacun an dusdit trois termes sur la recette et vicomté de Paris de notre fondation *440 livres onze sols.*

Item, nous prenons par an en la ville de Paris aux quatre termes accoutumés en plusieurs lieux, sur maisons ou mazures à rente, sur le roi notre dit seigneur qui montent par an environ à *neuf vingt dix livres.*

Item, en icelle ville nous avons, tiendrons et prendrons par an après le décès d'aucune de nos sœurs religieuses en notre église sur plusieurs maisons, rentes sur le roi notre dit seigneur auxdits quatre termes à Paris accoutumés en l'an qu'elles auront leur vie durante ; recevrons les profits qui montent par an environ *quatre vingts livres parisis.*

Charonne. — En cette ville sous chacun an sur une pièce de terre contenant *sept arpents* au terme de Saint-Remy, rente qui monte à *cinquante sols.*

Nous avons chacun an de rente, sur les trois moulins de Passi en Normandie, *un muid de bléd.*

Anthony. — Sur les mazures, maisons, prés, vignes, jardins, terres et habitations d'icelle ville prenons chacun an de rente le lendemain de Thiephanie ou second ou tiers jour ou suivant, rendus à Paris, *douze muids d'avoine.*

Poissy. — En icelle ville prenons par an sur aucun héritage aux quatre termes accoutumés de rente *soixante sols.*

Triel. — En icelle prenons chacun an à la Saint-Martin en hiver, sur certains héritages de rente, *huit livres parisis.*

Aubigny-en-Laonois. — En icelle ville sur le maire et échevins, habitans et héritages prenons chacun an de rente à deux termes, c'est à scavoir à la Saint-Martin d'hiver et à Noel, aux grands marcs de Troyes, *douze marcs d'argent.*

Nous prenons chacun an sur les bois de Vasselot près d'Aire en la comté d'Artois, à quatre termes, c'est à scavoir Chandeleur, Ascension et Toussaint, de rente *sept vingt livres parisis.*

Fiefs en la ville de *Paris.* — Avons un fief sous le Châtelet, sur deux ouvroirs que le cueillent à quatre termes à Paris, et vaut par an en recette *24 livres parisis.*

Item, avons en ladite ville un autre fief sur quatre maisons, en la rue du Puit, la porte Saint-Jacques et sur trois autres maisons en la rue Saint-Étienne-des-Grez qui se cueillent à la Saint-Remy et chaque portant lots et vente qui vaut à présent par an et par le lot et vente *19 livres, 9 sols, 6 deniers parisis.*

Item, nous avons aussi le tonlieu du pain vendu aux halles de Paris en tant la tierce semaine et se peut de jour en jour cueillir que nous vend et vaut par an de ferme, *59 livres parisis.*

Chaillau. — En cette ville et sur le château de Nigon (1) et leurs appartenances avons menu cens qui se paye en Saint-Denis qui monte par an à la somme environ de *23 livres, 7 sols, 11 deniers-obole* (2).

Item, sur lesdits lieux avons par an *15 mazures* en

_____

(1) Sentence du Châtelet qui condamne dame Marguerite de Pacy, possesseur du château de son père, à continuer de payer la rente (1392). On trouve encore mention, dans un arrêt du Conseil du 3 septembre 1664, d'une acquisition faite le 30 octobre 1639, par un marchand de Paris, d'une maison située à Chaillot *sur le territoire du Fief de Longchamp.*

(2) Le denier-obole était une valeur plus petite que le parisis et mieux que le denier-tournois.

droiture et demie au Noel qui peuvent valoir *12 livres.*

Item, en la rivière de Seine ou est ledit Chaillau avons unprez appartenant audit fief contenant environ *12 arpents.*

Étampes. — En cette ville sur plusieurs héritages portant lots et vente avons cens menu aux jours de Saint-Remy qui montent par an à *22 livres, 11 sols, 3 deniers.*

Palaiseau (1). — En cette ville avons menu cens portant lots et vente aux jours de Saint-Remy qui monte par an environ à *6 livres parisis.*

Avons en ladite ville rouage et ferrage et relief de main morte, lesquels choses desudites vallent par an environ *6 livres parisis.*

Avons sur plusieurs héritages pour fonds de terre par an *quatre muids de bled.*

Dourdan. — Avons cens menu qui se paye le jour de saint Remy *cent sols parisis* environ.

Les Granges-le-Roy. — Cens menu sur les héritages et sur terre mytoyennes au jour de saint Remy et aux octaves saint Denis qui donnent environ *6 livres parisis.*

Item, avons champart et champartage, vente et revente, bornage et corvée, appartenant auxdits champarts et champartage des terres qui ont été censées et tant autres choses que le roy notre sire donna à Jean de Bourganel.

Item, en ladite ville avons une maison et grange ruineuse et environ *4 arpents* de mauvaises terres audit Hôtel appartenant qui nous vault environ par an *4 muids de grains.*

Viry. — Avons menu cens qui se paye aux octaves de saint Denis et par an environ *quatre livres parisis.*

Item, avons de rente en ladite ville, en mars, environ *4 septiers et demi* d'avoine.

Item, de champart, environ *10 septiers* de grains.

Item, le dimanche aux prêtres, *4 gelmer et demi.*

---

(1) Vers 1440, ce domaine rapporta, en argent et en grains, 21 livres, 13 sols, 8 deniers (A. N., L. 1023).

Item, avons une maison que nous faut retenir, *cinq arpents* de prés et environ *36 arpents* de terre, gagnable et bornage, rouage, fouage, vente et faisine et *4* corvées en mars, toutes ces choses baillées par an à ferme pour *16 livres parisis.*

Villeneuve-sous-Dammartin-en-Gaelle. — En icelle ville prenons par an en la grange des Nonains de Saint-Remy de sontir sur la dîme de cette ville, *4 muids* de bled, hivernage, et *18 septiers* d'avoine à la mesure du lieu qui ne vaut à présent que *4 muids* en tout et environ.

Suresne. — En cette ville avons menu cens qui se paye au jour de saint Remy *quarante deniers.*

Item, cens menu au Noël, *12 sols.*

----

11 *bis.*

INVENTAIRES DIVERS.

Quatre inventaires furent dressés au xvᵉ siècle :

1º Inventaire de l'argenterie en 1416;

2º Inventaire de Marie de la Poterne dressé en 1448 et intéressant la période écoulée de 1348 à 1447;

3º Inventaire de Marguerite Gentien en 1467;

4º Inventaire de Jeanne Porchère en 1481.

Plus un registre contenant les extraits de plusieurs cens, rentes, héritages, possessions de l'abbaye à Suresnes, Nanterre, Saint-Cloud, Ruelle, la carrière Saint-Denis daté de 1431.

Et un censier du xviiᵉ siècle intéressant Boulogne, Suresnes, Saint-Cloud, Neuilly, Rueil, Courbevoye (Carbevoye), Argenteuil, Chaillot, Passy, Autheuil, Villejuif.

Inventaire de 1741.

Un inventaire, qui s'étend sur presque toute l'étendue du xviiie siècle (1700 à 1790), mentionne un assez grand nombre de rentes, depuis 6 sols jusqu'à 3.000 livres. La plupart ont été mentionnées dès 1384 ou le seront plus loin, avec quelques variations insignifiantes de chiffres. Il n'y a guère que 930 livres dues par 6 débiteurs dénommés, et 1.000 livres de loyer de coupe de bois à Beaumont-sur-Oise, que nous ne retrouvons pas à l'inventaire de 1741, auquel nous arrivons.

Cet inventaire, très intéressant, rapproche, dans la même année, les recettes — d'une rentrée souvent difficile — et les dépenses certaines du couvent. Il est du 10 novembre 1741.

Nous en produisons un autre, plus loin, lors de la suppression de l'abbaye, en 1790.

On pourra donc, par le rapprochement de ces trois documents, datés de 1384, 1741, 1790, se rendre aisément compte des vicissitudes financières de l'importante maison religieuse de Longchamp.

Cet état de 1741 avait été dressé en vue d'une demande d'emprunt, dont il sera parlé plus loin.

RECETTES

Propriétés :

Maisons à Paris. — Quai des Ormes, place
aux Veaux (antérieurement 1.600 livres) .   1.800 livres
Une boutique sous le grand Châtelet, avec
arrière-boutique   210   —
Biens de campagne.—La ferme de l'abbaye.   1.800   —

Terroirs de *Viry* et de *Juvisy :* 32 arpents
de terre, 12 arpents de pré . . . . .   450 livres

Paroisse de *Trappes :* 29 arpents de terre.   240 —

Terroirs de *Vinautes* et *Maugé :* 53 arpents
de terre . . . .   480 —

Les Granges-le-Roy près Dourdan : une petite ferme, 30 arpents de terre. . . . .   160 —

Senvan : 22 arpents de terre. . . . . .   120 —

Terroir de Tremblay, Aulnay, Villepinte :
30 arpents . . . .   115 —

Dans la prairie de Longjumeau : 4 arpents
et demi de prés. . . . .   170 —

Droits de tonlieu sur les boulangers de Paris et forains vendant le pain dans ladite
ville (antérieurement 1.200 livres). . .   1.300 —

Dans la paroisse de Villeneuve-sur-Dammartin : la moitié des grosses dîmes. . . .   575 —

Dans la *Forêt de Carnelle*, près Beaumont :
240 arpents de bois taillis, dont 60 ont été
mis en vente, reste 180. . . . . . .   1.000 —

Dans la forêt Rougeau, près Corbeil : 28 arpents de bois ont été coupés à blanc en
1722 par arrêt du Conseil pour réparer nos
bâtiments. Ils ont été vendus en 1736
moyennant 30 livres l'arpent, soit 840 l.   . . .

Le moulin à vent de l'abbaye.   135

A *Suresne :* 100 perches de vignes en 3
          pièces   45

                            75

    —   60 perches de vignes en 3 pièces

    —   60   —   45 —

    —   60   ---   45 —

Terroir de Rueil, six quarts de terre, 3 en
vignes. . . . .   36 —

      Droits et ventes :

Droit de *cens* et *champart* sur quelques héritages aux granges de Royet à Dourdan ;
quelques cens au fief des Bretons. . .   . . .

Rente sur le collège de Lisieux.   12

Sur la recette des bois de la maîtrise parti-

culière de Paris.	2.400	livres
Sur la recette générale du domaine du roi.	692	—
Sur les recettes générales des finances	687	—
Sur le domaine du roi en Artois. . . .	200	—
Sur le domaine de Versailles, depuis 1739.	600	—
Sur les aides et gabelles (antérieurement 1.588 livres).	3.678	—
Sur les postes.	150	—
Sur l'ancien clergé.	180	—
Rentes foncières sur 27 maisons à Paris. .	95	—
Dû par la comtesse de Villiers pour la profession de Charlotte-Anne Courtin. . .	100	—
Dû par la comtesse de Villiers à perpétuité.	50	—
Sur une maison à Étampes (au *Grand-Cygne*) rente.	100	—
Sur une maison à Villepinte, rente. . . .	15	—
A Boulogne, Suresne, Putheau, Neuilly, Saint-Cloud, plusieurs petites rentes. .	1.100	—
Pensions viagères des religieuses :		
Sœur Dumeillet.	300	—
— Anne de Gourmont.	400	—
— de Villandry.	400	—
— de Senetère	500	—
— Anne de Tourmont.	500	—
— Thérèze de Tourmont.	500	—
— Rollandt	500	—
— de Franconville.	150	—

Soit un total approximatif — parce que nous avons supprimé quelques sous et deniers pour avoir des chiffres ronds — de 22.110 livres.

DÉPENSES DE PERSONNEL ET D'ENTRETIEN

Pour l'entretien de la sacristie.	600	livres
Pour les trois religieux cordeliers, outre la nourriture	220	—
A l'élève qui sert à l'église, outre la nourriture	60	—

Pour l'entretien des religieuses. . . . . 6.000 livres
Pour dix frères séculiers, outre la nourri-
ture . . . . 33o —
Intendant . . . . 400 —
Médecin. . . . . 3oo —
Chirurgien. . . . . 100 —
Apothicaire et consultations du médecin et
du chirurgien. . . . . 1.000 —
Au messager, outre la nourriture. . . . 100 —
Trois jardiniers, outre la nourriture. . . 450 —
Deux tourières, outre la nourriture . . . 100 —
A plusieurs seigneurs censiers. . . . . 11 —
Charité . . . . 100 ·
Provision de bois . . . . 4.000 —
Réparation annuelle des bâtiments . . . 4.000 —
Entretien, nourriture de carême, blé, vin,
viande . . . . 20.000 —

Ces dépenses s'élèvent, au total, à 37.771 livres.

La communauté était donc, en 1741, en déficit de 15.661 livres, en supposant qu'aucune recette n'ait fait défaut.

Le document suivant nous montrera les fluctuations de ce
déficit, qui, de 1760 à 1790, atteindra presque le double.

Inventaire, 1700 a 1790.

Rente sur les aides et gabelles de 1.588 livres.
Rente sur le domaine et bois, 2.400 livres.
Recette générale des finances, 687 livres.
8 minots de sel.
5o sols tournois sur une maison rue Saint-Antoine (au Soleil-d'Or).
3o sols parisis sur une maison rue Saint-Antoine (à l'Écharpe-Blanche).
3 l., 2 s., 6 deniers, sur une maison rue Aubri-le-Boucher (à la Ville-d'Amiens).
10 sols tournois sur une maison rue Aubri-le-Boucher (au magasin de Montpellier).
15 sols tournois sur une maison rue Bour-l'Abbé (à la Ville-d'Orléans).
4 l., 7 sols sur une maison rue de la Vieille-Boucherie.
25 sols rue Saint-Denis.
40 sols de rente sur trois quarts et demi de terre rue d'Enfer (aux Percherons).
5 l., 12 s., 6 deniers sur une maison rue de la Ferron-nerie.
6 l., 5 sols sur une maison rue Aux-Fers.
5o sols sur une maison rue Aux-Fers (à la Ville-de-Paris).
5 livres sur une maison rue Geoffroi-L'Anier.

5 l., 16 s., 3 deniers sur une maison rue Saint-Honoré (à la Croix-de-Fer).

5 livres sur une maison rue Saint-Honoré (aux Deux-Anges).

3 l., 15 sols sur une maison rue Saint-Honoré (à Louis-le-Bien-Aimé).

2 l. 3 s., 9 deniers sur une maison rue Saint-Honoré (au Grand-Turc).

6 l., 19 s., 6 deniers sur un bâtiment de l'hôtel de ville.

36 s., 6 deniers sur une maison rue du Martroy, à la Fleur-de-Lys).

25 sols de rente sur une maison rue Saint-Jacques (à Saint-François).

10 livres de rente sur une maison rue Maubert.

2 livres de rente sur une maison rue Montmartre (à la Croix-Verte).

3 l., 15 sols de rente sur une maison rue de la Mortellerie.

50 sols de rente sur une maison quai Pelletier (à Sainte-Catherine).

3 l., 15 s., 7 deniers de rente sur une maison rue Coquere.

6 l., 5 sols de rente sur une maison de la Grande-Truandine (au Puit-d'Amour).

Fief des Bretons (rue Saint-Jacques, proche la porte Saint-Jacques).

' 12 l., 15 sols sur le collège de Lizieux.

6 sols de cens et de droit seigneurial sur une maison appelée Malassire.

6 sols de cens et de droit seigneurial sur une maison appelée Hôtel-des-Vertus.

6 sols de cens et de droit seigneurial sur une maison appelée le Chef-Saint-Jean.

Cens et rentes seigneuriales sur 7 petites boutiques.

1.600 livres sur une maison place Aux-Veaux.

1.200 livres du droit de Tonlieu.

210 livres du droit de Tonlieu sur une boutique sous l'arcade du Châtelet.

400 livres dus par M. Devilliers.

200 livres dus par M. Maurice.

100 livres dus par M. Dejouy.

100 livres dus par M. Boulard.

100 livres dus par M. Hébert.

30 livres dus par M. Pierre Sime.

Artois : 200 livres de rente sur le domaine d'Artois.

Antoni : 90 livres de rente sur les habitants d'Antoni.

Beaumont-sur-Oise : 1.000 livres de loyer pour la coupe de 19 arpents et demi de bois.

30 livres de rente due par Degas.

50 sols de rente dus par Jean Lignereux.

Boulogne : 10 livres de rente sur une maison (à l'Étoile).

9 l., 10 sols de rente sur deux maisons.

Les Granges-Bourai : 300 livres sur les terres.

Ferme à Lonjumeau.

La Grange-le-Roi : 30 livres de rente dus par les marguillets de Saint-Pierre-de-Montmartre.

Putheau : 30 livres de rentes sur une maison rue des Fortins.

Ruelle : 2 livres de rentes sur une maison rue du Guet.

Suresne : 2 livres de rentes sur une maison rue du Moutier.

Près l'Église.

Carrefour de la Croix.

Carrefour de la Barre.

Rues d'Enhaut; du Four-Banal; du Puits; du Cul-de-Sac; Grande-Rue; rue du Bourai.

Sevran : 90 livres, ferme de Sevran.

Trapes : Rente sur la ferme.

Versailles : 600 livres sur le domaine.

Vinantes et Mongé : 480 livres ferme dudit 20, sols sur un quart de vigne et terres à Mongé.

Villeneuve-sur-Dammartin : moitié des dîmes.

Villepinte et Tremblay : 175 livres, ferme dudit, 15 livres sur une maison.

Villejuif : 20 livres sur une maison dans la Grande-Rue (à la Croix-Blanche).

Viri et Juvisi : 400 livres ferme dudit.

21 livres de rentes et 6 deniers de cens par arpent sur 4 arpents à Viri.

5 l., 6 deniers de rentes et cens à Viri.

100 livres de rentes sur une maison à Viri.

Compte rendu aux dames religieuses de Longchamp,
par M. Leclerc de la Ronde, des recettes et dépenses en deniers par lui faites depuis le dernier
compte arrêté par le conseil de ladite abbaye en
présence de M. l'abbé Desplasses, supérieur, le
22 aout 1783 jusqu'a ce jour 27 octobre 1786.

1er chapitre (RENTES).

	livres	sols	deniers
Rentes perpétuelles sur le roi. . .	14.858	10	10
Rentes sur les domaines du roi (Paris, chauffage)	7.200		
Rentes sur les domaines du roi (Paris, fiefs et aumônes). . . .	2.076	6	9
Rentes sur les domaines du roi (Versailles)	1.800		
Rentes sur les domaines du roi (Artois).	600		
Rentes sur les tailles.	3.067	1	3
— sur l'ancien clergé de France.	698	8	
— sur les États du Languedoc.	120		
— sur les effets d'Alsace. . .	200		
— viagère sur le don dont l'abbaye a droit sur la tête de Mme du Mussan. . . .	747		
Aumône de la Chambre des comptes.	30		
·Soit.	31.397	6	10

2ᵉ *chapitre* (FERMAGES).

	livres	sols	deniers
A Villepinte et Tremblay.	1.500		
A Villeneuve-sur-Dammartin (moitié des grosses dîmes).	2.250		
A Vinantes et Mauger.	2.000		
A Viry-sur-Orge.	3.300		
A Trapes	1.300		
A Sevran, près Bondy	561		
A Longjumeau	660		
A Longchamp	1.000		
Soit	12.571		

3ᵉ *chapitre* (LOYERS DE MAISONS).

	livres	sols	deniers
Maison place Aux-Veaux.	4.250		
Arcade sous l'escalier du Châtelet .	700		
Maison cour intérieure de l'abbaye de Longchamp	1.580		
Soit.	6.530		

4ᵉ *chapitre* (RENTES AUX PARTICULIERS).

	livres	sols	deniers
De M. Devallory à Étampes . . .	270		
De M. Baron à Étampes.	300		
Droit de champart à Antony (des Bénédictins de Paris).	360		
De M. Dangers d'Orcey.	150		
Soit.	1.030		

5ᵉ *chapitre*.

	livres	sols	deniers
Droit de tonlieu (Boulangers des marchés et en boutiques). . . .	1.997		

49

	livres	sols	deniers
Rentes sur maisons de Paris . . .	352	5	
Soit.	2.350	4	
Mais à déduire.	512	13	7
Reste	1.837	10	5

6e chapitre.

Provenant des biens des petites Cordelières.

Reçu de M. Ponsart, économe . .	2.220		
Reçu de M. Nau, payeur.	300		
Pour Mme de Pallueau (15e déduit) .	186	13	4
Loyers : Rue des Trois-Pavillons. ⎫ Rue du Bon-Puits. . . ⎭	5.587	10	
Rentes sur particuliers à Dourdan .	800		
A déduire, payé aux dames Cordelières, rue de Lourcine, suivant la quittance de Me de Waringhien. .	7.645	13	4

7e chapitre

Offrandes à la sacristie.	108

8e chapitre

Remboursement.	428

9e chapitre.

Rentes foncières aux particuliers dans différents villages.	3.317

10e chapitre.

Rente viagère étant sur la tête de Me Lemaire.	285	10	9
En résultat ⎧ Recettes. 65.200		1	4
⎩ Dépenses 105.175		6	5

VI

Inventaire mobilier de 1790.

Cuisine. — 80 pièces : marmites, casseroles, glacières, sceaux, poêlons, cuillères à pate, écumoires, et autres ustensiles de cuivre rouge et jaune; 12 plats d'étain de différentes grandeurs; 6 poêles de fer à frire; trois pieds et dix feux complets.

Réfectoire. — 6 tables de différents bois montés sur leurs trétaux, 6 bans, 11 tableaux sur toiles représentant différents sujets.

Salle de la communauté. — 6 corps de bibliothèques contenant 1.083 volumes de livres de dévotion et histoire, parmi lesquels livres de dévotion il y a au moins 200 volumes vieux bréviaires et autres de nulle utilité; plus 25 mauvais tableaux représentant différents sujets de piété et portraits; 4 chaises de cannes, 12 chaises et fauteuils foncés de paille, 3 tables de différents bois, un bureau à dessus de marbre, 2 chandeliers de cuivre jaune.

Dans la *cave* : 6 demi-queus remplies de vin, crus d'Orléans, que lesdites dames nous ont déclaré avoir achetés et fait arriver le 30 avril 1789.

Dans la *chambre de M. l'abbé*, tenante au parloir : une vieille *harmoire*, une vieille commode, 2 vieux bureaux, 1 canapé de calmande, 3 fauteuils de canne, 4 chaises, 3 tableaux très mauvais représentant différents paysages.

23 *cellules* contenant chacune : un lit garni d'une paillasse, un matelat, une couverture, un tour de lit, une ar-

moire ou bureau, une chaise, un bougeoir ou chandelier ;
chacune avait son linge et des livres de piété, un couvert
d'argent, une cuillère à café — et 18 d'entre elles, un goblet
ou timbale d'argent — *déclaration faite* que ces objets
appartiennent aux religieuses et non à la communauté.

Dans le corridor du dortoir : 2 lampes de cuivre.

A l'infirmerie. — 8 lits garnis d'une paillasse, 2 mate-
lats, d'une couverture de laine blanche et d'un tour de lit
de drap et serge bleu et violet, 2 armoires de bois noyer,
2 autres en forme de bibliothèque qui renferment des dro-
gues, 3 commodes de noyer, dont 2 garnies à leur entrée
de ferrure de cuivre en couleur, une baignoire et une demi-
baignoire de cuivre, 2 alambics, 3 poiles à sirop, 2 sceaux
de pied, 4 bassinoires, le tout en cuivre. — Dans une table
servant de lingerie : 30 paires de drap, 6 douzaines de serviettes de toile de ménage, 2 douzaines de serviettes à grain
d'orge, 1 douzaine damassée, 16 nappes, le tout très élimé.

Argenterie : 1 cuiller à potage, 22 cuillers et 22 four-
chettes à bouche, 1 à chocolat, une fourchette à bouche,
8 goblets en forme de timbale, 4 écuelles à oreilles, 2 bas-
sins, 1 biberon, 2 petites seringues, 6 cuillères à café, 215
jettons, le tout d'argent pesant ensemble 34 marcs 5 onces.

Sacristie. — 2 armoires en noyer, 3 de formes antiques,
une table sur des tréteaux. *Dans les armoires : Linge :*
25 aubes garnies de vieilles dentelles et mousselines,
25 aubes unies dont partie élimée, 8 surplis dont 4 à ailes,
4 surplis d'enfants sans ailes, 60 amits, 24 corporaux,
40 nappes d'autel de différentes grandeurs, 7 petites nappes
pour la communion. — *Ornements* : 6 ornements complets,
chapes, chasubles, tuniques de différentes couleurs et
étoffes, dont un fond argent grain orge, velour, moire et
autres étoffes ; 9 autres ornements sans chapes de différentes couleurs et étoffes dont 2 très mauvais ; 2 chasubles
pour basses messes, la plupart hors de service ; 3 vieilles
chapes de différentes couleurs, 10 petits parements d'autel
de diverses couleurs, 3 canons complets, 15 tapis de pupitre
très mauvais, 4 garnitures de dais très anciens, 3 petits
pour l'ouverture de la grille lors de la communion, de différentes couleurs et étoffes ; une banière de damas cramoisi

représentant saint Louis et sainte Isabelle, 2 draps mor-
tuaires armés de *Galondefoie* (*sic*), 5 rideaux de gril.e du
cœur tant en taffetas qu'indienne, 6 toilettes de taffetas
unis et brodées en or et argent pour la communion. — Un
soleil de vermeil enrichi de perles et grenat, 4 calices et
patennes, 2 saint ciboires vermeillés, 4 burettes dont
2 vermeillées, 4 autres burettes, 2 plats, 1 plat vermeillé,
1 plat à burette, 6 chandeliers d'autel garnis de fer au
devant, 2 croix d'argent, l'une d'autel et l'autre processio-
nale, un encensoire, une navette, une paix, une autre paix
en médaillon représentant un christ de vermeil, un goblet
d'ablution vermeil, une paire de bras d'aute, 2 petits chandeliers servant à la communion, une grande patenne ver-
meillée, une clef du tabernacle, 10 reliquaires de différentes formes et grandeurs vermeillés, dont quelques-uns
ornés de perles et émeraudes anciennes, 2 tasses anciennes,
un bougeoir.

Cuivre. — *Cuivre argenté* : 6 chandeliers d'autel une
croix, un encensoir avec sa navette, 4 chandeliers de 12 bo-
bèches, 6 paires de luxes pour garniture d'autel, 8 chaises
de différentes grandeurs en bois doré et ébenne. — *Cuivre
jaune* : 8 chandeliers de différentes grandeurs, 6 paires de
bras pour les autels, 2 cuvettes.

Dans l'église : la châsse de sainte Isabelle d'argent vermeillé de 18 pouces de long sur 1 pied de haut, 3 couronnes
de différentes grandeurs aussi d'argent vermeillé, une
lampe de cuivre argenté, une aigle de cuivre bronzé, une
autre lampe de cuivre jaune placée dans l'avant-chœur, un
lustre de cristal, 2 banquettes de tapisserie, une vierge d'albâtre, le tableau du maître-autel représentant une annonciation, 40 autres tableaux de différentes grandeurs dont
2 un peu dégradés.

Dans le chœur : 8 chaises et un fauteuil tapissés en
petits points en mauvais état, une vierge d'albâtre, un buffet
d'orgue.

Dans les oratoires : Les prie-dieu, tableaux, chaises et
guéridons appartenant aux religieuses.

Dans l'inventaire fait à Longchamp par les commissaires
de Saint-Denis, lors de la Révolution, on trouve, en outre :

Un document de 1770, sur la prise de possession du domaine de Meudon par le sieur Rilamont, curé de Meudon.

Une observation en ce qui concerne la salubrité de Versailles et de ses environs. (Rapport des commissaires de la Société de médecine sur les causes de la mortalité des cerfs de la forêt de Saint-Germain en 1776.)

Un rapport des commissaires nommés par l'Académie des sciences, daté du 16 juin 1784, sur la différence des échelles graduées vers le Pont de la Tournelle et le Pont Royal, avec une lettre de M. de Condorcet à M. de Breteuil contenant le résultat du rapport.

Un mémoire sur la planète de Herschel, découverte le 3 mars 1783 ; son diamètre apparent est d'environ 3 secondes et sa distance de 650 millions de lieues de la terre, sa révolution étant supposée de 82 ans.

Un fragment manuscrit de différents offices de l'église de Longchamp.

Un *gloria in excelsis* noté selon le Rite de Longchamp.

RECETTES ET DÉPENSES DE 1760 à 1792.

ANNÉES	RECETTES	DÉPENSES	DÉFICIT
	L. S. D.	L. S. D.	L. S. D.
1760.........................	4.865.16.00	4.273.61	
1761.......,............... ...	3.938. 9. 3	10.777. 8. 7	6.338.19. 4
1762 (Janvier à Juillet).........	1.771. 3. 3	8.902.17.11	7.131.14. 8
(Juillet à Décembre).......	2.015.13.00	8.952. 6. 5	6.937.13. 5
1763.........	33.078.13. 1	33.269. 2.10	190. 9. 9
1764 (Janvier à Juillet)....... ..	2.306. 5. 3	5.813.13. 1	3.507. 7.10
(Juillet à Décembre).......	6.378.13. 5	13.428. 4. 4	7.249.10.11
1765.........................	3.169.15.12	20.954.30. 5	17.785 15. 7
1766 (Janvier à Juillet).........	3.658.12. 4	19.211. 9. 4	15.542.17.00
(Juillet à Décembre).......	4.247.12.10	5.780. 4. 7	1.532.11. 9
1767 (Janvier à Juillet).........	21.534. 2.00	10.328.18. 3	
(Juillet à Décembre)	11.667. 9. 4	8.827.14. 7	
1768.........................	14.690.11.10	17.057. 1. 6	2.366. 9. 8
1769.........................	9.321.10. 8	9.354. 5.11	32. 8. 3
1770.........................	14.763.13. 2	14.700. 7. 6	
1771-1772-1773.................	100.774.12. 5	93.676. 5. 2	
1er janvier 1774-31 décembre 1776.	59 407.17.10	65.928.17. 7	6.520.19. 9
1777-1778-1779 au 31 mars 1780.	70.642. 9. 7	80.813. 1.00	10.170.11. 5
31 mars 1780 au 7 juillet 1781...	32.017.12.11	38.178.12.11	6.161.00.00
1er juillet 1781 - 22 août 1783...	44.468. 6.11	51.702. 6.11	7 234.00.00
22 août 1783-27 octobre 1786....	65.200. 1.14	105.175. 6. 5	39.975. 5. 1
1786.........................	15.439. 2. 7	15.225.15. 5	
1787.........................	14.260. 0. 6	14.205.15. 9	
25 octobre 1787-1er nov. 1788...	30.481. 4. 4	46.131. 8. 9	15.700. 4. 5
1er janv. 1790 au 27 oct. 1790...	18.304. 5.11	48.881.00. 2	30.577.14. 3

Il ne serait pas suffisant de relever qu'à la veille de sa

suppression le couvent était pauvre; il était, comme on
dit aujourd'hui, en pleine déconfiture. Le déficit pour
3o années, malgré les excédents de sept périodes, soit
21.465 livres, atteignait la somme de 185.255 livres, soit
un déficit définitif de 163.790 livres, ce qui fait ressortir un
déficit annuel moyen de 5.459 livres.

QUATRIÈME PARTIE

PIÈCES DIVERSES

————

I

INSCRIPTION.

Parmi les inscriptions, dans la pièce concernant la fondation de l'église de Boulogne-sur-Seine, on lit :

« Les habitants et bourgeois de Paris ayant été par ordre du roy chercher l'image miraculeuse ditte Notre-Dame de Boulogne, dans laquelle il y a un morceau de l'ancienne et vénérable image de Notre-Dame-de-Boulogne-sur-Mer, cette relique est sous la protection du roy comme celle du thrésor de la Sainte-Chapelle. Elle ne put sortir de l'église que par arrest de la Chambre des comptes, comme appartenant originairement au roy qui a permis qu'on la portat une fois par an sous un dais et pieds nuds avec flambeaux et encens à l'abbaye de l'Humilité de la Sainte-Vierge bâtie par St-Élisabelle et ditte Notre-Dame de Longchamp. »

(Inscription sur marbre noir. Hauteur, 1 m. 27; largueur, o m. 65.

(Inscriptions de la France du vᵉ au xviiiᵉ siècle, recueillies et publiées par M. F. de Guilhermy. — T. II, ancien diocèse de Paris, 1875, p. 18.)

Adjudication de la ferme de Longchamp.

Le 13 avril 1792, eut lieu l'adjudication de la ferme de Longchamp, dont voici l'état des bâtiments d'après l'affiche :

Un corps de ferme composé de bâtiments, cour, jardin, grenier, écurie, grange, toit à porc, poulailler et colombier, situés dans les avants, cour de ladite abbaye et généralement tout ce qui est compris, à l'exception de la portion du bâtiment actuellement occupée par M. Le Clerc de la Ronde.

Une salle basse, dont la porte d'entrée donne sur le jardin des sieurs et dame Mussart, et une chambre au premier domaine sur la cour des écuries du pourvoyeur de ladite abbaye.

Lesdits bâtiments contenant en total environ 1 arpent, 20 perches et désigné en un plan n° 1.

Maison bourgeoise, sur la rue, formant 2 corps de logis dont une partie est occupée actuellement par le fermier, et le surplus était occupé par Messieurs les intendants des dames de Longchamp. Remise au bout desdits corps de logis et, en face, un colombier d'environ trente pieds de diamètre, sur autant de hauteur, en retour sur le passage, un fournil, deux cours et un grand jardin, avec un puits commun.

Tenant du levant au jardin de la maison dite le passage de la Voûte-du-Midy avec jardin potager, du couchant au chemin de la porte du bois, au bac de Suresnes, et au nord au passage commun ; l'emplacement contient en superficie 76 perches et demi.

Le corps de logis actuellement occupé par le fermier est composé, au rez-de-chaussée, d'une grande cuisine, un cabinet, salle à cheminée, et sellier ensuite avec cour dessous, un escalier montant à un premier étage et grenier, ledit premier étage est composé de 2 pièces et un cabinet avec grenier au-dessus, dont partie est en chambre lambrissée, le tout couvert en thuile à 2 égouts.

Une petite cour communiquant au sellier susdit, ensuite est un fournil avec grenier dessus, couvert en thuile à 2 égouts.

Le corps de logis en aile, occupé cy devant par Messieurs les intendants, est composé au rez-de-chaussée d'une cuisine avec un four dedans, un bûcher, une entrée à l'escalier, une salle à manger et d'un cabinet à côté.

Au premier étage, un salon, une chambre à coucher, cabinet, chambre de domestique, ledit salon est parqueté en menuiserie et orné de lambris.

Au deuxième étage au-dessus, en chambres lambrissées toutes les croisées sont ouvertes à 2 venteaux, et les bayes sont fermées par des persiennes.

Une entrée particulière avec arbres tilleuls à hautes tiges formant berceau couvert vers l'entrée, à droite un cabinet d'aisance, couvert en thuille à 2 égouts, un petit jardin, en face du dit corps de logis.

Le jardin potager est séparé par une haye vive, un grand colombier garni de tous ses nichoirs avec une grande échelle, montant de fond avec plancher bas, le rez-de-chaussée servant de bûcher et d'écurie, le tout couvert en thuilles.

En face à l'extrémité dudit corps de logis, une remise couverte en thuilles en appenty, un grand jardin attenant, le colombier est fermé par des murs de clôture neuf à deux sens ainsi que la face sur le passage d'entrée.

Les experts ont observé qu'il y a une porte dans le mur de clôture séparant le jardin face du midy; l'acquéreur de la maison sera tenu de boucher cette porte à ses frais à la réquisition du propriétaire des jardins.

Les murs de clôture en deux sens traversant le milieu du puits sont mitoyens. Le puits sera aussi mitoyen, et les réparations et les recurages en seront faits à frais communs

Maison bourgeoise, dit le bâtiment de la Voûte ou pas-
·sage commun au couvent et à l'église, consistant en un
corps de logis, composé au rez-de-chaussée d'une grande
pièce à cheminée, un passage à l'escalier d'un premier étage
quarré et chambre lambrissée au-dessus et un grand grenier à côté desdites chambres lambrissées.

Le premier étage est composé de trois grandes pièces à
cheminées et plusieurs cabinets, le tout couvert en thuille,
à 2 égouts.

Un jardin potager, un puits commun, avec la maison
bourgeoise sur la rue.

A la face du levant vers l'église, une grande cour, dans
l'angle du bâtiment face sur le jardin, un petit bâtiment
composant trois cabinets d'aisance ayant trois entrées : sur
le jardin, sur la cour et une dans l'allée à l'escalier.

Dans l'allée au rez-de-chaussée une trape en bois, un
escalier descendant à une petite cave pratiquée sous ledit
corps de logis, tenant du levant au passage de l'église, au
couchant à la maison bourgeoise sur la rue et du nord au
passage commun de la Voûte.

III

AVIS

Fêtes de Long-champ.

« Les percepteurs de la taxe et de l'entretien des routes ont l'honneur de prévenir le public que, pour accélérer la perception et faciliter la circulation des voitures pendant les trois jours de fête de Long-champ, il sera délivré, comme l'année dernière, à la barrière de Neuilly, des cartes annulant le prix de la sortie et celui de la rentrée, qui seront simultanément acquittés.

« Ces cartes délivrées à la sortie, à la seule barrière de Neuilly, seront admises pour la rentrée, le même jour aux barrières de Passy, Long-champ, Neuilly, le Roule et Mousseaux.

« Pour seconder cette mesure et éprouver le moins de retard possible, les citoyens sont invités à tenir prête, par appoint, la somme qu'ils ont à payer pour la sortie et le retour, savoir :

1 voiture à 4 chevaux, sortie 1^f 8^c entrée 48	1^f 56^c ou 31 sous	denier
1 voiture à 2 chevaux, sortie 54^c entrée 24	78^c ou 15 — 5	—
1 voiture à 1 cheval, sortie 27^c entrée 12	39^c ou 7 — 4	—
1 cheval de selle... sortie 18^c entrée 8	26^c ou 5 — 1	—

(*Moniteur*, 22 germinal an X, p. 817, 12 mars 1802.)

VERS DE LUCE DE LANCIVAL SUR LONGCHAMPS

Célèbre qui voudra les plaisirs de Longchamps,
Pour moi, je choisis mieux le sujet de mes chants,
Mon pinceau se refuse à la caricature.
J'abandonne à Callot la grotesque figure
Du dédaigneux Mondar, brillant fils du hasard,
    Pompeusement assis au même char
Dont naguère il ouvrait et fermait la portière.
Ce fat, tout rayonnant de son luxe éphémère
Et qui, pour trois louis, s'estime trop heureux
De louer un cheval qui sera vendu deux.
Et nos Vénus, sortant de l'écume de l'onde
Qui prennent le grand ton pour le ton du grand monde,
Et pensent anoblir leurs vulgaires appats,
En affichant le prix que les paye un Midas.
Ce qui déplaît à voir n'est point aimable à peindre,
Et Longchamps me déplaît, à parler sans rien feindre.
Tout Paris à Longchamps vole. — Qu'y trouve-t-on ?
Maint badaud à cheval, en fiacre, en phaëton,
Maint piéton vomissant mainte injure grossière,
Beaucoup de bruit, d'ennui, de rhume et de poussière.

DOCUMENTS

I. — BIBLIOTHÈQUE NATIONALE

Gallia Christiana, vet. (1656), IV, 576-6. Il y a dans cet ouvrage une liste des abbesses. Cette liste est erronée et les dates sont souvent fausses, et nova (1744), VII, 943, 51, Robert (1626), 605.

Vie d'Isabelle de France, P. Daniele, 1840, in-12, cote L^{27} n. 10075.

Vie de Mme Isabelle, sœur Agnès (Chroniques de Joinville).

Abrégé de la vie et miracle fait à l'abbaye de Longchamp sur le tombeau de la bienheureuse Isabelle de France, Longchamp, in-8° pièce 1637, cote LK^7,4, 134.

Lettre de saint Vincent-de-Paul au cardinal de Larochefoucault sur l'état de déprédation de l'abbaye de Lonchamp, en latin, avec la traduction française et des notes, in-8° pièce, Paris, 1827, cote LK^7,4, 135 (document apocryphe).

Requête des religieuses du monastère de Longchamp contre l'arrêt du Conseil du 18 décembre 1674, portant ordre aux religieuses des monastères de Saint-François, dites Urbanistes, de mettre entre les mains du commissaire nommé à cet effet les titres de droit d'élection de leurs abbesses prétendu par elles, au roi (signé Dheullard, avocat), in-fol. pièce (s. l., 1675), cote L. d^{88} 4.

Inventaire de titres et de pièces que mettent et produisent par devant vous, nos seigneurs les commissaires députés par le roi par arrêt du Conseil du 18 décembre 1674, l'abbesse et les religieuses du monastère de Longchamp, ordre de Saint-François, dites Urbanistes (signé Dheulland, avocat), (s. l. nd), in-fol. pièce, cote Ld^{88},6.

Réflexions sommaires sur tout ce qui a été dit touchant le droit que l'on prétend attribuer au roi pour nommer des abbesses aux Urbanistes (s. l. nd), in-4° pièce, cote Ld^{88},9.

Principes incontestables de fait et de droit pour les religieuses de Sainte-Claire, Urbanistes (s. l. nd), in-4° pièce, cote Ld^{88},10.

Extrait des registres du Conseil d'État, cote Ld^{88},13.

Bref de notre Saint-Père le pape Innocent XI au roi très chrétien touchant les Urbanistes (19 juin 1679), (sd. nd), in-4° pièce, Ld^{88},15.

Pouillé général des abbayes de France et bénéfices qui en dépendent, Ld^{12},1.

Promenade à Longchamps. Labrouisse, 1807, in-12.

Histoire de Neuilly et de ses châteaux, abbé Bellanger, Neuilly, 1855, in-12, cote LK^7, 5587.

Mémoires d'une religieuse écrits par elle-même et recueillis par L. Lonchamps, 1766, 2 part. en un vol. in-12. Ce document n'est que d'un médiocre intérêt.

Notes de Guillermy sur Longchamp. Cabinet des manuscrits : fr. nouv. acq., 6117, fol. 144.

Notes sur le Bois-de-Boulogne, par M. Barras, préfecture de la Seine, Paris, librairies-imprimeries réunies, 7, rue Saint-Benoit, 1900.

Dictionnaire des abbayes et monastères, par de Montroud, grand in-8°, 1856, par l'abbé Migne.

Vie de sainte Isabelle, Rouillard, cote L^{27}n, 10072.

L'abbaye de Longchamp, Honoré C., cote LK^7, 15178.

Notes secrètes sur l'abbaye de Longchamg, 1768, tiré à 500 exempl., cote LK^7, 15509.

Les abbesses de Longchamp, Honoré Champion, Revue mobiliaire (1867), B. III, 415-23.

Répertoire des sources historiques du moyen âge, Ulysse Chevalier, 4° fascicule, p. 1742.

Théâtre des antiquités de Paris, du Breul, Paris, 1612, in-4, cote LK⁷, 5989.

Thèse sur Longchamp, Trouillard, archiviste à Blois, 1896.

Histoire des ordres monastiques, religieux et militaires, in-4, t. VII, p. 202.

Suresnes, notes historiques, Edgard Fournier, Paris, mai 1890.

Manuscrit français 11662.

Inventaire des cartulaires conservés dans les bibliothèques de Paris, Ulysse Robert, 1840, in-8°.

Collection des cartulaires de France.

Annales ecclésiastiques, Raynaldi, an 1301.

Histoire de France, Henri Martin.

Martyrologe universel de Chastelain, bimestre au 22 février, p. 716 (collection Gagnières, t. VIII, coll. 947).

Histoire de la ville et de tout le diocèse de Paris, abbé Lebœuf, t. I, p. 397, cote 65ᵗ.

Musée des Petits-Augustins (catalogue n° 25). Inventaire des richesses d'art de la France, t. II, p. 64, n° 142.

Guide des amateurs et des étrangers, 1787, p. 23.

Antiquités françaises, Père Monfaucon, t. II, p. 121.

Archives de l'Assistance publique, pièce 6704, t. III, pièce 789.

Journal du bourgeois de Paris.

Les amours du grand Alcande, L'Estoile.

Journal inédit d'A. d'Andilly, Arsenal, mss. 5182, fol. 39 Vᵉ et 40 Vᵉ.

Revue des études historiques, les duels de Montmorency-Bouteville, par Robert Lavollée.

II. — CABINET DES ESTAMPES

Cochin, 1740, une porte à Lonchamp, dessin lavé à l'encre de Chine.

Forget et Regnault, 1792 : plan de l'ancienne abbaye de Longchamp, calque au lavis.

Trois vues du moulin.

Longchamp sous Louis XIV, de Godefroy Durand.

Vue prise hors la barrière de Longchamp, de Beraud.

Villa actuelle sur l'emplacement de l'abbaye (1863), par Justin Ouvrié.

Topographie de Longchamp, Vd, 202.

Dessin d'Israël Sylvestre représentant l'abbaye de Longchamp sous Louis XV.

III. — ARCHIVES NATIONALES

L. 1020. — Titres originaux d'acquisition de biens et actes d'amortissements (1255-1295).

L. 1021. — Pièces de même nature de 1301 à 1344 ; registre de 4 feuillets, papier contenant la copie de lettres adressées à Longchamp, du temps de Philippe de Valois.

L. 1022. — Titres originaux de biens de l'abbaye (1351-1396).

L. 1023. — Pièces de même nature, exclusivement pour le quinzième siècle ; mention d'une pièce de terre sise à l'endroit du moulin, entre icellui moulin et le bois (1416) ; liasse relative aux biens de la chapelle de la vierge, fondée dans l'abbaye par Blanche de France, et nomination d'Étienne Regnaut comme procureur et receveur pour ces biens (12 mai 1427).

L. 1024-1029. — Titres de rentes (seizième et dix-huitième).

L. 1029. — Manuscrit de la vie d'Isabelle, par Agnès d'Harcourt.

LL. 1600. — Inventaire dressé au quinzième siècle des biens de l'abbaye : 1° bulles et privilèges des papes ; 2° franchises royales ; 3° revenus et rentes inscrits sous le nom de chaque sœur qui a fait entrer ses biens à l'abbaye. 351 feuillets, papier.

LL. 1601. — Règlement de l'abbaye rédigé en 1601 ; 110 feuillets velin.

LL. 1602-1603. — Deux registres de comptes : 1° de 1434 à 1450 ; 2° de 1467 à 1474.

LL. 1604. — Histoire de l'abbaye, rédigée sous forme de biographie des quarante premières abbesses jusqu'à Claude de Bellières, élue le 13 avril 1668.

G⁰ 153. — Biens de l'abbaye à Paris achetés, en 1772 pour la reconstruction de l'église de l'abbaye de Sainte-Geneviève.

Q¹ 1069-1070. — Biens de l'abbaye à Boulogne et Saint-Cloud ; procès-verbaux de délivrance aux religieuses de 12 arpents de bois de chauffage auquel elles ont droit dans le bois de Boulogne (1626-1664).

Q¹ 1071. — Pièces de même nature ; bail par les religieuses à Nicolas Descoins, fermier du bas de Suresne, de toute la côte de la rivière de Seine, depuis la maison du bas jusqu'au bout des terres de l'abbaye, plus un arpent situé au bout de la côte au lieu dit le Trou-aux-Navets (1701).

Q¹ 1072. — Cahiers contenant l'indication des rentes de l'abbaye au quinzième siècle ; déclaration de biens et arpentages (dix-septième et dix-huitième) ; baux de maisons et jardins se trouvant dans l'enclos de l'abbaye.

Q¹ 1073. — État des rentes de l'abbaye en 1431 ; biens à Suresnes, Saint-Cloud, Nanterre, carrières Saint-Denis et Rueil (1602-1666).

Q¹ 1083.

Q¹ 1067. — Question de la fontaine du Veau-d'Or. Enquête sur le droit prétendu par les dames de Longchamp de tirer leurs eaux de la fontaine du Veau-d'Or à Suresnes (1619-1620).

Q¹ 1074. — Baux de la ferme de l'abbaye (1751-1766) ; plan de l'enclos de Longchamp ; biens à Boulogne et Longchamp (quatorzième et quinzième), baux du moulin de 1316 à 1740 ; en 1316 le prix de location est de 4 livres parisis par an et de 135 livres en 1740 ; procès-verbal de visite des terres dépendant de la ferme (1780).

Q¹ 1075. — Déclaration des biens en 1767 ; titres de rentes en divers lieux et notamment à Boulogne.

Q¹ 1072¹. — Deux registres reliés ensemble : 1⁰ cartulaire, dressé au quinzième siècle, des premiers actes relatifs au temporel de l'abbaye, 45 feuillets parchemin (treizième) ; 2⁰ inventaire de toutes les terres, héritaiges, prés, vignes, maisons, rentes, revenus, possessions, appartenances et dépendances que nous, abbesse et religieuses du couvent de l'Humilité Notre-Dame de Longchamp, possédons en cette présente année 1623, ensemble des lettres, titres, contrats et renseignements concernant le revenu de nostre dite abbaye, 194 feuillets papier, suivi d'une table alphabétique des localités et d'un état sommaire des biens de l'abbaye en 1668.

Q^1 1072². — Registre des revenus de l'abbaye au dix-huitième siècle, 581 feuillets papier.

Q^1 1073¹⁻². — État des rentes de l'abbaye en 1404, 1576 et 1691.

Q^1 1074¹. — Censier fin du dix-septième siècle.

S. 4418. — Union en 1750 des biens de l'abbaye des petites cordelières de la rue de Grenelle-Saint-Germain aux abbayes de Longchamp et des cordelières du faubourg Saint-Marcel ; titres de rentes et baux de maisons à Paris ; déclaration de 1790.

K. 974-982. — Maisons et titres sur lesquels les religieuses de Longchamp avaient des rentes.

V^7 1520 — (331).

Section historique judiciaire :

E. 766ᵃ, p. 52.

Z^{if} 559, fol. 87.

Z^{if} 607, fol. 111.

X^{ic} 20 (27 novembre 1369).

X^{ia} 1478 (fol. 16 — fol. 125).

— 1486 (fol. 52 — fol. 337).

— 1487 (fol. 218).

— 1490 (fol. 7), ayant surtout rapport à Passy.

E. 954ᵃ (p. 47).

— 913ᶜ (p. 256).

— 993ᵃ (p. 86).

— 1712 (p. 1249).

O^1 398 (fol. 1129 et 1131).

G^9 140 (p. 8).

P. 2288 (p. 53, 73, 390).

— 2305 (p. 1153).

— 2307 (p. 627).

P. 2346 (p. 177).
— 2374 (p. 467).
— 2388 (p. 731).
— 2477 (fol. 481 et 488).
H. 3385 et 3836 (pour les années 1760 à 1790).
K. 105 n° 54.
— 106 n°s 21, 55.
— 165 n°s 1, 10.
— 179 n° 16.
L. 253 n° 204.
— 260 n° 92.
— 261 n°s 100 et 100 *bis*.
— 262 n°s 112 et 112 *ter*.
— 287 n°s 110 et 110 *bis*.
— 292 n°s 23 et 27.
— 293 n° 29.
— 303 n° 56.
— 311 n°s 16 et 16 *ter*.
— 321 n° 6.
— 342 n° 4.
— 357 n°s 131 et 94 *bis*.
— 409 n°s 101 et 102.
— 1050 n° 11.
LL. 1193, p. 209.
J. J.   46 n° 146.
—   53 n° 241.
—   64 n° 648.
—   66 n°s 712, 813, 843.
—   68 n°s 29, 384.
—   71 n° 343.
—   73 n° 268.
—   90 n° 267.
--   173 n° 210.
—   177 n° 131.
—   190 n° 95.
V^7 331, 303, 308, 345, 200, 348, 291, 172.
K. K. 1065, fol. 1 et 9.
N^3 Seine 41, 42.
N^4 Seine 23, 14.

N[4] Seine-et-Oise 119, 479.

Q[1] 1049.

— 1054 à 1056.

— 1061 à 1065.

— 1077.

— 1084.

— 1085.

— 1087.

R[3]4 cote 52 plan.

5 cote 68 plan.

S. 909 (plan de bornage).

G[8] 707, p. 2552.

— p. 2555 (tome 85, p. 115).

— p. 2592 n°s 12, 63, 64, 68 à 70.

LL. 122.

— 1160.

— 130.

— 223.

X[2a]   6.

J.   1161.

— 1155.

— 175.

— 176.

— 746.

— 1030.

J. J.   26.

— 209.

TABLE ALPHABÉTIQUE

ANNOTÉE

(pour le texte seulement)

A

M

N

O

P

X

Y

TABLE DES MATIÈRES

___

APPENDICES

DOCUMENTS

16-9-04. — Tours, imp. E. ARRAULT et Cⁱᵉ.

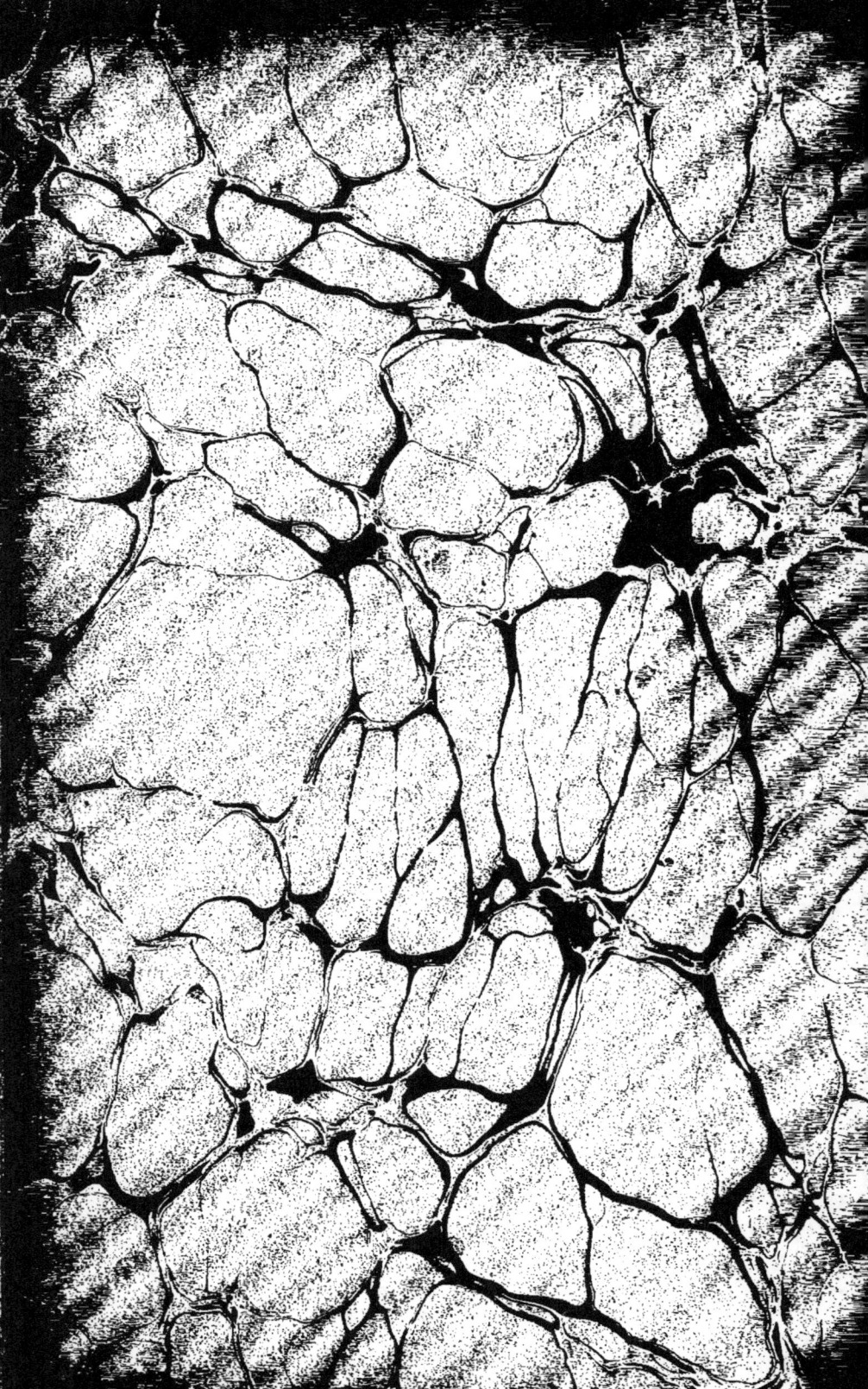

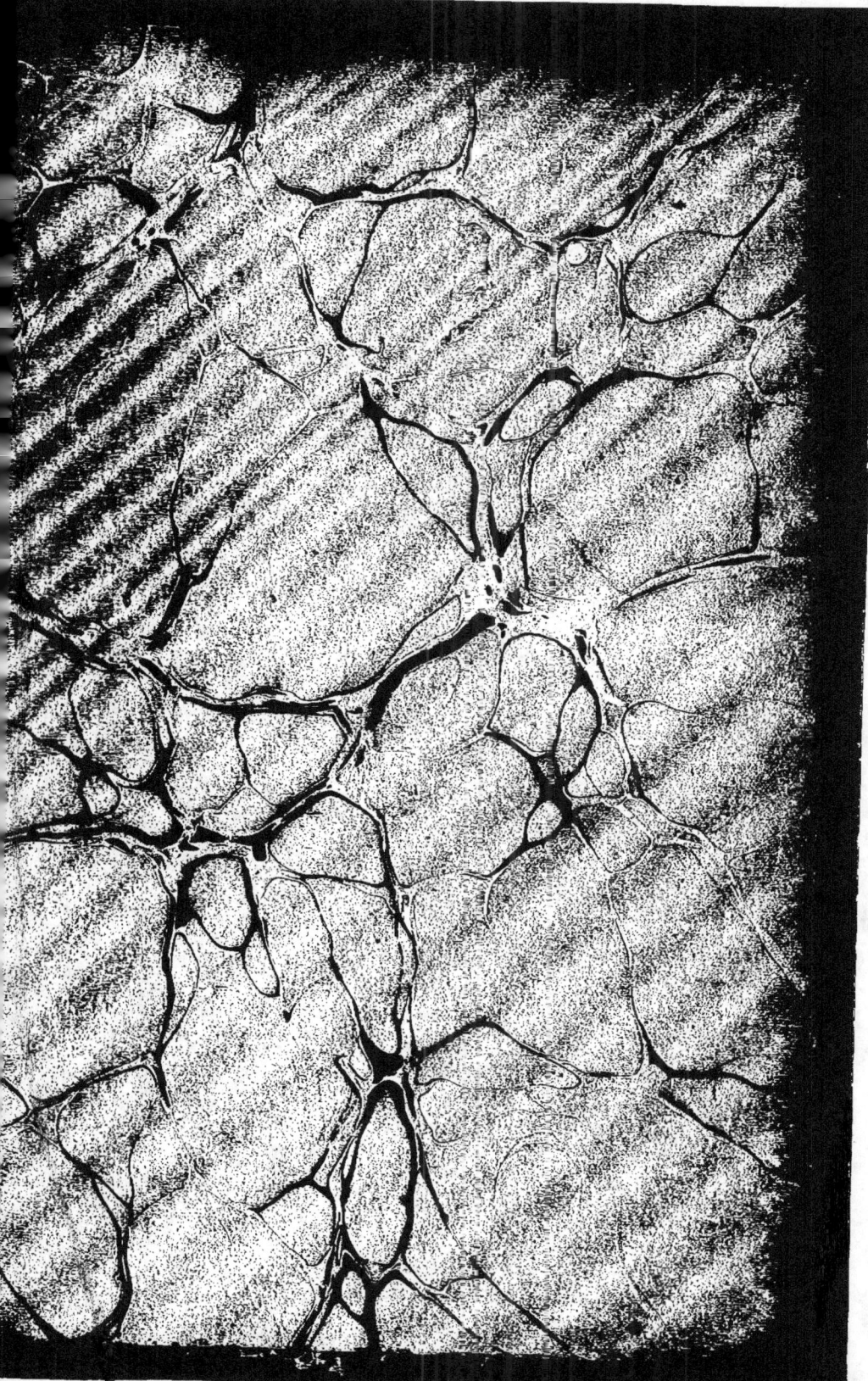

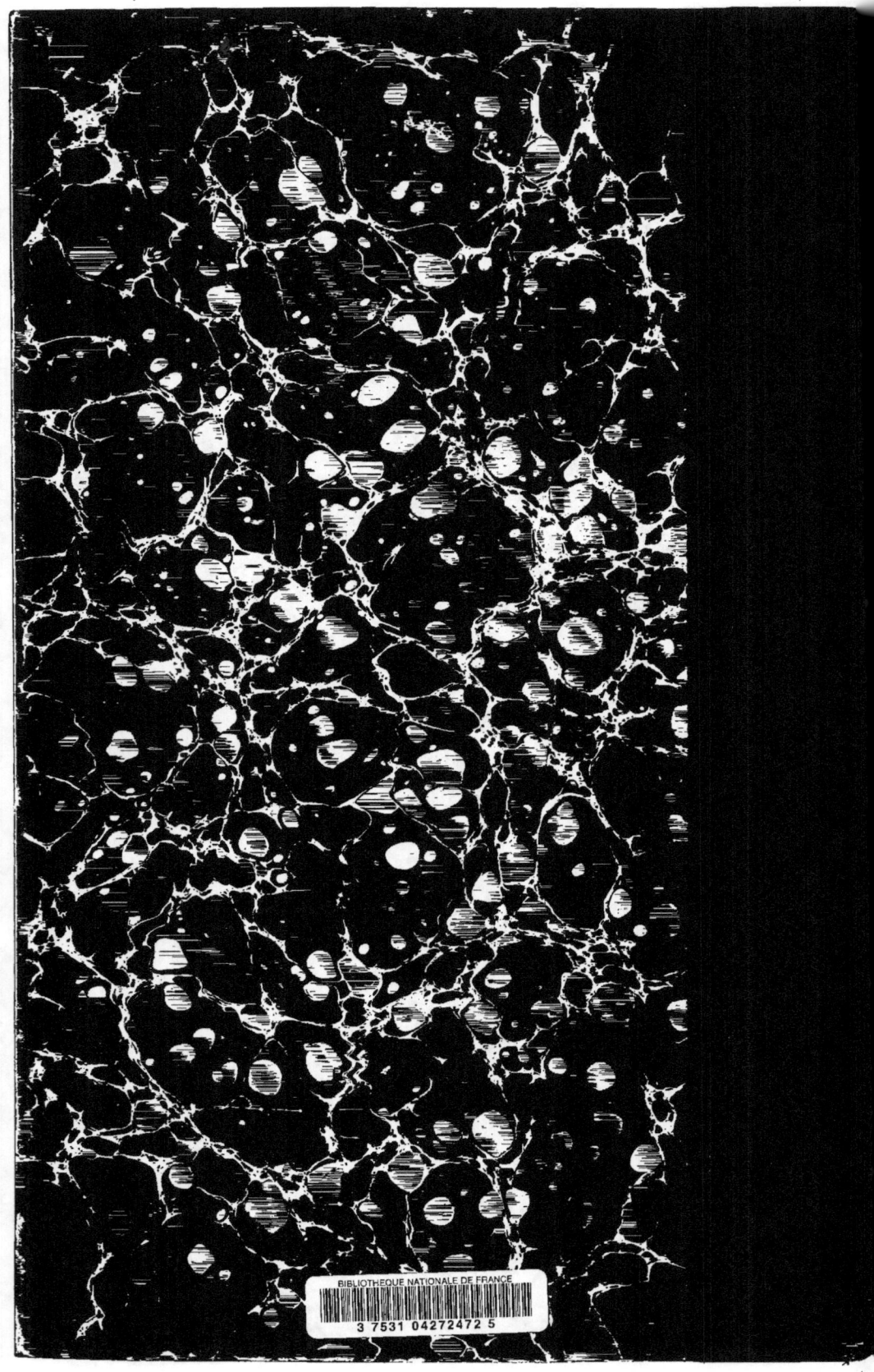

www.ingramcontent.com/pod-product-compliance
Lightning Source LLC
Chambersburg PA
CBHW061433030726
47503CB00005B/1396